JN321161

大正歌壇史私稿

来嶋靖生

ゆまに書房

装本　榛地和

カバー装画
右上より
北原白秋画「茂吉之像」
平福百穂画「伊藤左千夫三回忌のスケッチ」
会津八一書（杉本健吉画）『春日野』
「アララギ」島木赤彦追悼号
窪田空穂書「鉦鳴らし信濃の国」
左上より
与謝野晶子書「百首屏風」
斎藤茂吉書「写生」
石川啄木『一握の砂』
北原白秋「桐の花ノート」
「創作」創刊号

目次

大正歌壇史私稿

序にかえて

この『大正歌壇史私稿』は、大正短歌の通史ではなく、大正歌壇の歴史でもない。大正十五年間の短歌界の人々や出来事などについて、気儘に、自分の関心のあることどもを書き連ねたものである。

実は、この稿を起こすについてはあるきっかけがあった。それをまず記しておきたい。

二〇〇〇年五月、ゆまに書房から『編年体 大正文学全集』全十五巻別巻一の刊行が開始され、三年八月に完結した。

全集は各年一巻、それぞれ「創作」「評論」「詩歌」の三部立てになっている。その「詩歌」部門の「短歌」の作品選出を私が担当させていただいた。編年体であるから、当該年に制作された主要作品を年毎に出典を明示しつつ選出することになる。従来の各種アンソロジーのように歌集から適宜選ぶというわけにはいかない。要するに当時の新聞雑誌に発表された姿（初出）をそのまま掲載することになる。担当の藤田三男氏から話があった時、（これはたいへんな力仕事だ）と一旦は躊躇したが、『昭和万葉集』の時と同じく（この機会にたくさんの短歌が読める。既知、未知を問わず多くの歌に接することができる）と思うと、むらむらと闘志が湧いてきた。自分の力の有無はさておいて、チャンスを与えられて起ち上がらぬ法はないと、見境もなく「やらせて下さい」と返事をしてしまった。

当初、一年纏めるごとに解説めいたメモのようなものを書いておこうと思っていたが、巻が進むにつれて事に追われ、締切までに数を整えるのに精一杯、気息奄々の状態で何も書けないうちに最終巻を迎えてしまった。しかしおかげで短い期間に多くの新聞雑誌、歌集歌書に接し、数限りない短歌を読むことができたのだから実作者としては至上の慶びである。

完結後かなり日が経ったが、いま漸く十五年間の覚えを書き綴り、どうやら一整理というところまで来た。以下内容について、私の心がけたことを記したい。多分に個人的関心・興味が先立っている。

①**同時性**　編年体だから当然のことだが、同じ年にそれぞれの歌人がどのような状態で何をしていたか。できるだけ多くの歌人の動きが鳥瞰できるよう、同時性に配慮した。

②**推敲過程の把握**　短歌の資料はすべて当時の新聞雑誌であるから、後に歌集に纏められた形とは違う場合が多い。初出と歌集との異同を確かめることは、同時にその作者の推敲過程を把握することに繋がる。しかも歌だけでなく、作品の配列や連作の構成の変化も見ることができる。とくに窪田空穂や北原白秋、釈迢空らは歌集編纂に当たって大幅に改変するのが常である。すべてというわけには行かないが、煩雑になるのを承知でいくつかの作品とその作者について検討した。

③**技法の成立過程**　明治中期から大正初期にかけて、さまざまの華麗な花を咲かせて出発した近代短歌だが、大正中期に至って「アララギ」の勢力が高まり、影響は全国に及んだ。他方、窪田空穂や北原白秋は独自の技法をそれぞれ深化し、変容させてきた。技法的には写生・写実が大きな流れとなる

が、その技法の機微を作品や批評の上で例示できないか、一首ごとの批評がどのように行なわれ、技法として成熟していったか、をいくつか追ってみた。

④**ジャーナリズムとの関係**　歌集は、一般に商品として市場性をもちにくい。が、大正期には僅かながら短歌に熱意をもつ出版社の存在があった。その存在を不十分ながら辿ってみた。これは大正期に限らず、明治から平成に至るまで追究したいことである。

⑤**事実の周辺**　すでに多く論じられている著名な作品や評論についての論議は、それぞれの専門書に委ね、論理をあげつらうよりも作品相互の関係や周辺の事情をなるべく解きたいと努めた。文壇諸雑誌ではゴシップ的な記事が多くなった大正期であるが、文学外のことに触れると通俗に堕ちやすい。その選択には慎重を期した。

右のようなことを念頭におきながら歌を選び、気付いたことを書いて行った。願わくは『編年体　大正文学全集』を傍らにおき、その短歌欄を参照しつつ見ていただきたいが、この本だけでもわかるように、重要な作品は本巻と重複を厭わずに掲載した。また参考資料として木俣修『大正短歌史』（明治書院　昭46）、篠弘『近代短歌論争史　明治大正編』（角川書店　昭51）、窪田空穂・土岐善麿・土屋文明編『大正短歌史』（春秋社　昭33）の三冊は折に触れて参照し、多くの裨益を得た。右、極めて恣意的な歌壇史雑記、つまり「私稿」と名付けたゆえんである。

大正元年 1912

三月一日發行
第四年第三號

スバル

定價金三十錢
郵税二錢五厘

死（論文）……山本秃坪
雁（小說）……鷗外
澪（小說）……長田幹彥
鈑（小說）……久米秀治
お駒（小說）……三島きぬ子
あなた（小說）……江南あきこ
食注（小說）……江南文三
短篇（小說）……茅野蕭々
短篇（小說）……平野萬里
地獄へ落つる人々（戯曲）……佐々木好母
掠鳥通信……無名代

詩歌

長田秀雄　佐々木好母
佐藤春夫　出野青煙
竹友藻風　とよ子
茅野雅子　原田琴子
岡本かの子　加納豊子

堀口大學
長沼重隆
よさのひろし
三ヶ島葭子

ペルレエヌのカリカチユア（裏書）

神田區北神保町二　昴發行所　電話本局四二六四

九月中に出づべき新刊

北原白秋著　歌集　桐の花　定價金八拾五錢
若山牧水著　歌集　死か藝術か　定價金七拾錢
吉井勇著　歌集　水荘記　定價金壹圓
三木露風著　詩集　白き手の猟人　定價金九拾錢
木下杢太郎著　戯曲　和泉屋染物店　定價金壹圓

九月

朱欒

每月一日一回
第二年第九號

定價金廿五錢
送費一錢五厘

■正義派（小說）　志賀直哉
■詩　木下杢太郎
■歌　吉井勇
■橘の實る國（小說）　數暝數喜生
■評論　三木露風
■小說　平出修
■藏王山（歌）　齋藤茂吉
■孤獨（詩）　ボードレール
■海邊消息（詩）　川路柳虹
■MANDLIN（詩）　夏野三良
■リルケの詩　茅野蕭々
■詩及歌　北原白秋

東京市京橋區南傳馬町三丁目
東雲堂書店
（振替東京五六一四一番）

・大正の開幕―明治天皇と石川啄木の死

明治四十五年七月三十日、明治天皇が亡くなった。元号は大正と改められた。ここでは以後の大正十五年間の短歌界の動きを見ることにする。

ところで天皇の生没年で文学史をくくるのは如何かという議論がある。そこからすべて西暦で表そうという議論が導かれる。しかし一方、明治、大正、昭和という元号は、事実上時代としての意味をもち、元号による国民意識の変化は、文学に限らず各分野に存在する。それを無視してなべて西暦で統一しようというのは、歴史の実態を知らない人の浅薄な意見である。

たとえば『明治文学全集』（筑摩書房）は明治の文学を精密かつ正確に捉えた歴史に残る名企画であった。また『昭和万葉集』（講談社）も昭和激動期の国民感情の実態と推移を見るには絶好の大アンソロジーであり、歌人のみならず多くの人が評論エッセイ等の執筆に大いに参看し引用している。『編年体 大正文学全集』（ゆまに書房）も、かの十五年間を伝える時代の必然的要求から生まれたものである。その成立については編集担当の藤田三男の「『編年体 大正文学全集』のこと」（「日本古書通信」平12・4）に詳しい。

＊

明治天皇の亡くなる三カ月ほど前の四月十三日、石川啄木が亡くなった。明治天皇と啄木が同じ年に世を去ったということは、もちろん偶然であるが、何となく日本近代の可能性に躓きをもたらした事件として私には見過ごし難い気がする。

・明治天皇と御歌所

窪田空穂は、近代短歌の興隆には明治天皇の力が大いに与っているという意味のことをのべているが、端的に言ってしまえば天皇の歌好きが、衰微していた和歌に復活のエネルギーを与えたということだ。それは宮中の和歌関係部署である「御歌所《おうたどころ》」の発展過程を見れば明らかである。

明治二年十一月、天皇は歌道御用侍従候所で古式に従って御歌会を始めることとし、三条西季知《さんじょうにしすえとも》を掛とした。ついで四年、宮内省に歌道御用掛を設け、福羽美静《ふくばびせい》を掛とし、翌五年には八田知紀《はったとものり》を任命した。八田は薩摩藩士であり、香川景樹《かがわかげき》の桂園派の歌人だからこのあたりから御歌所に桂園派色がつよくなる。九年には歌道御用掛が文学御用掛となり、掛はさきの三条西季知、高崎正風《たかさきまさかぜ》、渡忠秋《わたりただあき》ら五人に拡大された。十九年には組織を変更し、侍従職に御歌掛が置かれ、長、参候、寄人の職制が敷かれた。さらに二十一年には再び、宮内省管轄となり、新たに「御歌所」が置かれ、桂園派の高崎正風が長となった。職員は参候九名、寄人二名、その他七名と大幅に拡大、三十年には勅任官の長、奏任官の主事の下に寄人七名、参候十五人と職制が改められた。御歌所がこのように天皇の嗜好を背景に権力機構に組み込まれて行ったことが、和歌の興隆の力となったことは疑いないが、反面若い革新勢力の攻撃目標となったのは当然であろう。余分なことを記したようだが、私は和歌革新の攻撃側の業績は多く研究されているが、攻撃された側の実態がどうも見えてこないのがかねて不満なのである。

彼らの歌は古い、形式的だ、という批判は正しいとして、どのように古かったのか、だめだったのか、権力と結びつくにはそれだけの何かがあったはずだ。そこをもう少し見極めたいという願いがある。（御歌所については片桐顕智『明治短歌史論』（人文書院　昭14）による）

それはそれとして、攻撃される側の根源にあった明治天皇の歌を思い出も加えて少しだけ見ることにする。

朝みどり澄みわたりたる大空のひろきを己がこころともがな

これは定番中の定番であった。戦時中の小中学生だった私たちは、作文といえばこの御製などを枕に据えたり、結びにおいたりするのが「必勝法」の一つだった。従っていつも念頭には御製があり、三首や四首は口をついて出るようになっていた。それはそれとしてこの歌、調べよくのびのびとして、おおらかな佳い歌である。

冬深き閨《ねや》の衾《ふすま》を重ねても思ふは賤《しづ》が夜寒なりけり

むずかしい言葉は俳句をやっていた二番目の兄が教えてくれた。「閨の衾」って何？　寝間の蒲団のことだよ。「賤」って何？　貧乏な人のことだよ。といった具合であった。「ふすま」といわれてもこどもの私の頭には座敷の「襖」しかイメージになってこない。「賤」の貧しさも具体的にはわからなかったと思う。

子らはみな軍《いくさ》のにはにいでてはや翁やひとり山田もるらむ

日露戦争中の歌である。「軍のには」が戦場だということは兄が説明してくれたが、そんなに男はみな戦地に行ってしまったのかという幼い疑問は残った。

その後、家にあった『明治天皇、昭憲皇太后御集』という分厚い歌集を見付けて読んでみたが、こどもには面白いとは思えず、しかし面白くないとも言えず、時が過ぎた。だがいま読み返してみると、明治天皇の歌は「朝みどり」の歌でわかるように、調べよく、平明に詠まれ、何よりわかりやすいのが魅力である。

国のため命をすてしますらをの姿をつねにかかげてぞみる
この繁《しげ》き世のまつりごと聴くほどに春の日影も傾きにけり
雲はれしこよひの月は玉だれのうちよりみるも涼しかりけり
山田もるしづが心はやすからじ種おろすより刈りあぐるまで

もちろんここに見るように、国民を「賤が」と詠み下す帝王然とした物言いや、殊更に教訓的な歌、題詠ゆえの類型的な歌などには反発したくなるが、総じて和歌への愛情や親しみは十分に感じられる。森鷗外に命じて「常磐会《ときわかい》」なる歌の会を発足させたのも天皇の歌好きゆえの試みであったことは疑いない。ともかく、明治天皇の死は多くの日本人に脱力感や不安感を与えたのは事実であろう。でなければ森鷗外の『興津弥五右衛門の遺書』はなかったかも知れないし、夏目漱石の『こころ』も違った形になっていたことであろう。

・啄木の死まで

啄木の臨終に立ち合ったのは、歌仲間では若山牧水だけであった。当時啄木一家は小石川久堅町に住み、牧水はほど近い大塚辻町の畳職人の家に下宿していた。四月十三日午前三時頃、啄木は昏睡状態に陥った。夜明けとともに妻節子は人を出して牧水を呼ぶ。金田一京助にも声をかける。三、四十分するといったん元気が回復し、それではと金田一が退出した直後、容体急変して九時半に息を引き取った。最晩年の啄木ともっとも親しかった土岐哀果は電報を受けてすぐに浜松町から駆け付けたが、その時はもう遺骸は長く横たえられ、顔は白布で覆われていたという。臨終の模様を牧水は「秀才文壇」九月号につぶさに記している。

啄木のことに入る前に、大正を迎える前の歌壇状況を概観しておかなくてはならない。

知られている通り、正岡子規の「歌よみに与ふる書」の連載が始まったのが明治三十一年。根岸短歌会、東京新詩社の創立がともに翌三十二年。鳳（与謝野）晶子『みだれ髪』の刊行が三十四年。すでに和歌革新の声があがって十年余りが経過した三十年代後半から四十年代にかけて、当時のいわゆる新派和歌は最初の収穫期を迎えていた。煩雑になるので一々はあげないが、三十八年は山川登美子・茅野雅子・与謝野晶子の『恋衣』、太田水穂と島木赤彦の『山上湖上』、窪田通治（空穂）『まひる野』。三十九年には与謝野晶子『舞姫』と新刊歌集が続く。と同時にこの頃、次々に新しい雑誌が創刊される。『心の花』はすでに三十一年から創刊（「いささ川」改題）されていたが、そのあと「明星」が三十三年。赤彦「比牟呂」、伊藤左千夫「馬酔木」がともに三十六年。前田夕暮「向日葵」が四十年。四十一年には三井甲之「アカネ」、左千夫「阿羅々木」。四十三年には若山牧水「創作」が生まれるが、反面「明星」は廃刊のやむなきに至る。文壇では四十年に「新思潮」（第一次）。四十三年には「白樺」「三田文学」が誕生、新機運は隆々と盛り上がってきていた。

要するに明治の末年、短歌の世界は新しい舞台が次々に整い、そこで活躍を約束されている新鋭歌人の歌集が相競って出揃って来た。新派和歌の第一次収穫期という所以である。

・啄木「猫を飼はば」のこと

岩城之徳の調査によると啄木の歌で活字になったのは、亡くなる前年の四十四年秋「詩歌」九月号の「猫を飼はば」が最後であるという。「詩歌」は四十四年の四月、前田夕暮によって創刊された。さきに四十年「向日葵」を創刊しながら、二号で廃刊してしまった夕暮にとっては今度こそという意気込みをもってはじめたもので、啄木のほかにも尾上柴舟、若山牧水、窪田空穂、土岐善麿（哀果）ら社外から多くの寄稿を得ている。

啄木の八月二十一日の日記には「歌十七首作つて夜『詩歌』の前田夕暮に送る。朝に秋が来たかと思ふ程涼しかりき」とあって「何がなしに、肺の小さくなれる如く思ひて起きぬ　秋近き朝」が三行で書かれ「妻の容態も漸くよし」と結ばれている。（この歌は「詩歌」に発表された時は句読点やダーシ（―）を加えた上、第十三首目に置かれていたが、『悲しき玩具』では第十二首目になっている。）

「猫を飼はば」は全体に暗い。この月七日、啄木一家はこれまで住んでいた本郷弓町の新井方から小石川久堅町の一戸建の家へ引越した。新井家は「喜之床」という理髪店で、肺病患者が二階にいると商売に差し支えるとして退去を要求されたからである。余談だが、昭和三十年に私は本郷真砂町の有斐閣六法編集室へ毎日通っていた。地下鉄丸ノ内線が開通したばかりで、本郷三丁目で下車し、弓町を通って真砂町へ通うのが通勤コースであった。ある日、野田宇太郎の「文学散歩」を頼りに「喜之床」を探した。代替りはしていたが、同じところに床屋さんはあった。声をかけて尋ねる勇気はまだなく、下から床屋さんの二階を眺めるだけに止めた。あれから四十年、この間付近を歩いたが、もう当時の町並みはなく、床屋さんもない（明治村に移築された由）。

久堅町の新居は「門構へ、玄関の三畳、八畳、六畳、外に勝手。庭あり、付近に木多し。夜は立木の上にまともに月出でたり。」と啄木は気に入っていたようである。しかし、病状は少しもよくならない。七月十二日には四十度三分の熱が出、「この日以後約一週間全く氷嚢のお蔭にていのちをつなぐ。食欲全くなし」と記している。その上妻節子も体調悪く、医者からは「肺尖カタル」の診断を受ける。生活費の苦労も続き、夫婦の間で口論が絶えない。郷里の寺の住職の地位を追われて啄木のもとへ転がり込んできた父一禎、そして嫁との確執絶えない母、こういう状況下での歌である。

解けがたき、
不和のあひだに身を処して、
ひとりかなしく今日も怒れり

＊

猫を飼はば、
その猫がまた争ひの種となるらむ。
かなしきわが家。

＊

俺ひとり下宿屋にやりてくれぬかと、
今日も、あやふく、

言ひ出でしかな。

＊

ある日、不図、やまひを忘れ、
牛の啼く真似をしてみぬ——
妻子《つまこ》の留守《るす》に。

はじめの四首だけを示す。特に言葉を加える要はないが、三首目、「あやふく」と言って「言ひ出でしかな」と続くのが文脈上はやや疑問。「言ひ出でむとす」ではないのだから口に出してしまったのであろう。なおこの一連、雑誌初出と歌集との間に漢字ひらがなの表記や歌の配列について多少の異同がある。この四首で言えば、三首目の「言ひ出でし」が「いひ出でし」四首目の「不図」が「ふと」など。歌集は残されていた啄木のノートに従ったものであろうか。一連の末尾に次の歌がある。

庭のそとを白き犬ゆけり。
ふり向きて、
犬を飼はむと妻にはかれる。

「猫を飼はば」を表題として「犬を飼はむ」で結んだのは啄木の趣向である。猫が争いの種になると言ったのは妻とだけではなく父や母や娘を含めてのことであろう。父を憐れむ歌、母に感謝する歌などを並べて最後に「ふりむきて、犬を飼はむと妻にはか」っているのである。岩城は「妻節子に対するしみじみとした情感と対立の解けた宥和的な感動が感じられる」（岩城之徳『啄木全歌評釈』筑摩書房昭60）としている。むろんその通りであろう。が、私はもう一つ加えたい、この「犬を飼はむ」には、この不遇な現状を変えたい、という啄木の切なる願いがこめられているのではないか。犬は「庭のそとを」歩いているのだ。しかも「白き犬」である。啄木のかなしい夢が、理想がそこにある。次に挙げる有名な歌とともに、この犬の歌は『悲しき玩具』巻末の歌として、感動的な秀歌であると私は思う。（なお歌集では左の「触れば」はひらがなに開かれている。）

　　秋近し！
　　電燈の球《たま》のぬくもりの
　　触《さは》れば指の皮膚に親しき。

そして明治四十五年（大正元年）の新春を迎える。啄木は日記に「今年ほど新年らしい気持のしない新年を迎へたことはない」と書いている。「からだの有様と暮のみじめさを考へるとそれも無理はないのだが、あまり可い気持のものではなかつた」とある。日記は断続的に記され、二月二十日で終わっている。

・土岐哀果と窪田空穂

四月十三日、親友石川啄木の死に立ち合った若山牧水は、医者との連絡、警察や区役所への届け、郵便局への電報打ち、葬儀社との連絡など「まめまめしく」働いた。「さうして動いてゐる方が気軽でもあつたのだ」と自ら書いている。報せを聞いて浜松町から駆けつけた土岐哀果は、啄木の朝日新聞の上司で同郷の佐藤北江、同じく同郷の親友金田一京助らと相談しながら、その後のこと一切を一同の中心となって取り仕切った。葬儀は哀果の生家、浅草松清町の等光寺とし、導師は哀果の兄、土岐月章に依頼した。翌十四日十時から営まれ、夏目漱石、森田草平、相馬御風、人見東明、木下杢太郎、北原白秋、佐佐木信綱ら四、五十名が参列した。前日奮闘した牧水は疲れて欠席している。葬儀のあとも、哀果は遺歌集『悲しき玩具』の刊行をはじめ、啄木の妻節子の転地療養や、郷里の人々との連絡など、何くれと面倒をみた。詳細は省略するがその友情の篤さと実行力は、まさに歌壇史に残る美挙といってよい。

そういう哀果を好意的な目で見ていたのが早稲田の先輩の窪田空穂であった。空穂自身は数年前から小説に心を傾け、前年の明治四十四年二月には第一小説集『炉辺』を刊行し、短歌とは訣別するつもりであった。その「歌のわかれ」の記念として、空穂はこれまでの歌集に近作「青みゆく空」を加えて全歌集ともいうべき『空穂歌集』を編んだ。巻頭に親友吉江孤雁の序文を置き、巻末に与謝野鉄幹の「『まひる野』に対する批評」を据えたのも、自分の短歌の総決算のつもりであった。その『空穂歌集』が世に出たのは四月十六日（奥付）、啄木が亡くなった三日後である。

決心はしたものの、空穂の心は鬱々として晴れなかったようである。鎌倉に行った折、次の歌を含む八首が生まれた。

麦のくき口にふくみて吹きをればふと鳴りいでし心うれしさ
わが重きこころの上によろこびのまぼろしなして燕飛べるも
つばくらめ飛ぶかと見れば消え去りて空あをあをとはるかなるかな

空穂はそれまで続けていた「文章世界」の短歌欄の選者を翌年から土岐哀果に譲ろうと、ひそかに決心するに至った。

・斎藤茂吉の「女中おくに」

斎藤茂吉は前年の明治四十四年一月から「アララギ」の編集にも参与、作歌に評論に旺盛な活動をはじめた。それより先、四十三年九月号に発表した「木のもとに梅はめば酸しをさな妻ひとにさにづらふ時たちにけり」をめぐる伊藤左千夫、島木赤彦らの評価の違いから、茂吉は「アララギ」内部の新旧世代交替の気運を強く自覚していた。作品も月ごとに熱気を帯びてくる。四十四年に入って「アララギ」四月号の「女中おくに」十八首（『改選赤光』では十七首）と、五月号と七月号のエッセイ「短歌小言」がその著しい顕れであろう。後者は伊藤左千夫との意見のちがいを明らかにするもので、深刻な内部対立を決定づけた。一方、医師としての茂吉は、四十三年十月には医師開業免状を取得、翌年十一月には医科大学助手となり、巣鴨の付属病院に勤務していた。

「女中おくに」は斎藤家にあって茂吉の身辺の世話をしていた女性である。漢字では「お国」とされている。茂吉は『赤光』に収録する際には、初出の見出しにあった身分語の「女中」を削除した。これは薄幸の「おくに」への茂吉のいたわりであり、人間的な愛情であろう。（「女中おくに」については茂吉研究者による厖大な諸説があるが、ここでは触れない）。

なにか　いひたかりつらむその言《こと》もいひなくなりて汝《なれ》は死にしか
はや死にてゆきしか汝《いまし》いとほしといのちのうちに吾《あ》はいひしかな
とほ世べに住《い》なむ今際《いまは》の眼にあはずなみだながらに嬉しむものを

はじめの三首、右が「アララギ」初出の形で左の『改選赤光』とはかなり違う。この推敲についてはすでに多くの人の言及があるが、実作者としてはたいへん参考になるのであえて記す。

なにか言ひたかりつらむその言《こと》も言へなくなりて汝《なれ》は死にしか

はや死にて汝《なれ》はゆきしかいとほしと命のうちにいひにけむもの

終《つひ》に死にて往かむ今際《いまは》の目にあはず涙ながらにわれは居るかな

第一首目「なにか」のあとの一字アキは、茂吉の指定であろうか。他に例がないので単なる組方のミスかも知れない。「いひなくなりて」と「言へなくなりて」の違いは、東北弁の名残かそれとも単純ミスか、これもわからない。第二首目はかなりの加筆がある。初出では「汝」を「いまし」と読ませていたのを「なんじ」として語順を換え、結句を「いひにけむもの」と改めた。初出に比べるとこのほうが表現としては明らかにまさる。ただし私は末尾に「ものを」と「を」を補いたい。意味は「いとしいと心の底から私は言ったのに」であろうから。第三首目はさらに大きく加筆されている。初句の「とほつ世に」に対して「終に死にて」、結句「嬉しむものを」に対して「われは居るかな」。初句は改めたほうが切実さが強い。

また結句は「初出・初版の形では、臨終の『おくに』の心情に比重がある。それを自分の状態として改作した。もとの形ではやや意味が不明瞭であるが、改作後すっきりした形となっている」という本林勝夫の見方（本林勝夫『斎藤茂吉』有精堂出版　昭49）に私も賛成である。以下、初出と改選と異同のあるものから、推敲のあとの著しいもののみを掲げてみる。・が初出。○が『改選赤光』。

・これの世に好きななんぢに死にゆかれ生きのいのちの力なしあれは

○うつし世のかなしき汝に死にゆかれ生きの命も今は力なし

「これの世に好きななんぢ」は直接的で用語のおさなさが魅力とも感じられるが「うつし世のかなしき汝」のほうが奥行のある深い表現である。結句も「力なしあれは」はやや感情的で「今は力なし」のほうが簡潔で力強い。

・あのやうにかい細りつゝ死にし汝《な》があはれになりて居《を》りがてぬかも

○もろ足もかいほそりつつ死にし汝があはれになりてここに居りがたし

「あのやうに」は口語的表現で、かえって抒情性は強いが「もろ足も」の具象的な言い方には及ばない。結句の「居りがてぬかも」は定形で悪くないが、作者は「かも」の詠嘆を嫌って「居りがたし」ときっぱりと強く言いたかったのであろう。

・にんげんの現実《うつゝ》は悲ししまらくもただよふごときねむりにゆかむ

○せまりくる現実は悲ししまらくも漂ふごときねむりにゆかむ

初句「にんげんの」と「せまりくる」の違いは大きい。「にんげんの」は一般的・概念的だが「せまりくる」のほうが作者自身の悲しみの表現として生きている。

啄木の「猫を飼はば」、茂吉の「女中おくに」ともに明治四十五年の作で大正の歌ではないが、同年のことなのであえて収めることにした。

・北原白秋「哀傷篇」

明治四十四年の秋から四十五年（大正元年）秋までの一年間は、北原白秋にとっては得意の絶頂から失意の底へ落ちる、まさに波乱の一年間であった。四十四年九月、詩集『思ひ出』の出版記念会が行なわれ、尊敬する上田敏の激賞を受けた。十月には「文章世界」の「文界十傑得点表」の投票で詩人の部で第一位に選ばれた。因みに各ジャンルの一位は、小説は島崎藤村、戯曲は坪内逍遥、批評は島村抱月、翻訳は森鷗外、紀行文は小嶋烏水、歌人は与謝野晶子、俳人は内藤鳴雪であった。そして十一月、雑誌「朱欒《ザムボア》」を創刊した。表紙は高村光太郎、内容のレイアウトも含めていかにも新時代にふさわしい斬新瀟洒な雑誌である。発行は東雲堂書店、編集発行の名義人は西村辰五郎（陽吉）であるが、白秋が思いのままに編集し主宰する約束で、その情熱と繊細な神経は誌面のすみずみにまで行き届いている。

だが年が明けると、一月早々母と妹が上京してきた。柳川の家が破産したためである。弟鉄雄とともに、四人家族の生活が始まった。やがて上京する父をも迎えるためにはより広い家が必要で、五月、知人の紹介で京橋越前堀の二階家を借りた。ところで夏になって七月五日、突如令状が届く。かねて親しい関係にあった人妻松下俊子とのことで、その夫が二人を姦通罪で告訴したという。白秋が受け取ったのは、裁判所に出頭せよという「召喚状」であった。翌日、裁判所に出頭した白秋は、予審判事の訊問を受けた後、そのまま未決監に拘置されることになった。

七月六日付の「読売新聞」は「●詩人白秋起訴さる　△文藝汚辱の一頁」という見出しのもとに、「北原白秋は詩人だ、詩人だけれど常人のすることを逸すれば他人から相当の批難もされやう、昨五日東京地方裁判所検事局から北原隆吉として起訴された人は雅号白秋其の人である、起訴されたのは忌むべき姦通罪といふのだ」という書き出しで、この事件をかなり煽情的な文章で報じた。

白秋と俊子との関係の発端や推移、また俊子の夫、松下長平の人となりその他はすでにいくつもの研究や資料があるのでここに詳しくは触れない。簡単に整理すると、自ら乱脈な生活をしていた松下が、妻の不倫を知り、しかも相手が著名な詩人白秋であると知って金銭上の野心を抱いたこと。ところが脅してみると、俊子の父の対応の冷たさや白秋の実家の破産など、見込み違いが生じ、焦ったか逆上したか、告訴に踏み切った、ということであろう。そこで私が疑問を抱いたのは、告訴後いきなり起訴され拘留される、という現在では考えられないことが、どういう法律手続によってなされたか。そして裁判もなく「無罪」になったと書かれているのはなぜか。ということだったが、これは鈴木一郎「北原白秋と松下俊子」（「文学」昭和三十六年二月号、のち筑摩書房『現代日本文学全集』第二十六巻に収録）で明らかとなった。以下鈴木論文に援けられながら整理する。

旧「刑法」第一八三条には「有夫ノ婦姦通シタルトキハ二年以下ノ懲役ニ処ス其相姦シタル者亦同シ　前項ノ罪ハ本夫ノ告訴ヲ待テ之ヲ論ス但本夫姦通ヲ縦容シタルトキハ告訴ノ効ナシ」とある。つまり親告罪で、告訴によって事は始まった。また旧「刑事訴訟法」には現行刑法にはない「予審」という手続があった。「予審」は訴えが起こされた後、これを公判に付するかどうかを決めることを目的とし、同時に公判で調べ難いと思われる証拠の収集や保全をはかるものでもある。予審は非公開で、弁護士の立合もなく、一方的に糾問される傾向があった。予審判事の供述が公判廷に提出されて強い証拠となり、被告人に不利な作用をすることが多く、第二次大戦後「刑事訴訟応急措置法」（昭和二二法七六）で廃止された。

さて出頭した白秋はこの予審を受けることになる。予審の手順は次のように進められる。（以下条文はすべて旧「刑事訴訟法」）

予審判事は、検事の起訴によって事件を受理すると、被告人に対して「召喚状」を発することが定められている（第六九条）。同時に、その送達と出頭の間には二十四時間の猶予があるべきこと、出頭した被告には即時に訊問が開始されるべきことも定められている。白秋はこの「召喚状」を受けて白身任意に出頭した。一部の評伝に書かれているように警察官が逮捕状をもって来たとか、原宿警察署に連行されたとかいうことは法律上あり得ない。また白秋の書いている「公判」は誤りで、予審判事の訊問でなくてはならない。

裁判所での訊問は直ちに始まった。白秋は訊問に対して素直に事実を答えたのであろう。予審判事は訊問後「勾留状」を発し、白秋をそのまま未決監に送ることにした。根拠は次の通りである。

第七十五条　勾留状ハ被告人ヲ訊問シタル後禁錮以上ノ刑ニ該《アタ》ル可キモノト思料スルニ非サレハ之ヲ発スルコトヲ得ス

つまり「禁錮以上ノ刑ニ該ル可キモノト思料」されたから勾留となったのである。こうして白秋は編笠を被せられ、手錠を施されて囚人馬車に乗り込む。俊子も同様にして勾留された。白秋の囚人番号は三八七番で、のちに発表される「哀傷篇」のサブタイトルに「罪びとソフィーに贈る「三八七番」」に用いられている。（なおソフィーは俊子を指す愛称）。

一方、残された家族、とくに弟の鉄雄は兄の出所のために奔走した。白秋が第二回目の予審判事の取調べを受けた七月二十日、弟の努力が効を奏して保釈が許可された（同法第一五〇—二条）。保釈後、さらに第三回の取調べが七月二十八日に行なわれるとの通知を受けた白秋は、松下との間に示談の交渉が進められていることを申し立てて延期を申請、認められた。示談の内容は、当時の金で三百円が白秋から松下に支払われたようである。その金額を受け取ってはじめて松下は告訴取下げの書類に捺印したという。

八月十日、予審廷に呼び出された白秋は、正式に「免訴」と「放免」を言い渡された。ここで従来の評伝や白秋のいう「無罪」とは違うと鈴木氏はいう。鈴木氏によれば「無罪」の判決または決定とは「審理の結果被告事件が罪とならず、又は犯罪の証明がないときに言渡す純実体的裁判であるが、これに反して「免訴」の判決または決定とは、一旦国家に発生した具体的刑罰権が特別の事由によって消滅した場合に言渡す形式的裁判である。」だから「無罪」と「免訴」は同時には成立し得ない。白秋も、また白秋門下の評伝執筆者も法律には明るくない。表現が不正確なのは止むを得ないところだが、間違いを記しては後世に影響する。そこで私も少しこだわった。白秋は法律上は「免訴」であって「無罪」とは言えないのである。

・若山牧水と太田喜志子

啄木の死に立ち合う前後、若山牧水は相当荒れた生活をしていた。園田小夜子との恋は絶望状態となり、二年前に始めた雑誌「創作」は四十四年の十月で廃刊となる。代わって新しく「自然」創刊を企てるが資金が集まらない。十二月から「やまと新聞」に就職するが、友人と酒に溺れてまともな働きもせず、年明け早々辞めてしまう。しかし「自然」創刊は何とか実現したいと願い、三月十六日から信州への旅に出る。それは友人を頼っての資金手当とともにもう一つ目的があった。それは半年前に太田水穂宅で紹介された太田喜志子に逢うためであった。喜志子は水穂の親戚で、同じ広丘の出身、文学への憧れがあって上京、一時水穂宅で家事を手伝っていた。

牧水は喜志子を最寄りの村井駅に呼び出し、桔梗ケ原を散歩しながら結婚を申し込む。喜志子は即答を避けたが、牧水の「清らかな澄んだ瞳」に魅せられ、やがて承諾するに至る。

帰京した牧水は啄木の死を送った後、太田水穂夫妻を訪ねて事を報告した。そこまではよかったが、牧水は性急にも喜志子に上京を迫る。喜志子は困惑したが牧水の言葉に従い、家出同様の姿で上京、五月から同棲を始めた。世間並みの結婚を望んでいた喜志子の両親とは当然絶縁状態になる。続いて七月、牧水のもとへ父危篤の報が入り、急遽宮崎に帰省する。十一月に父は世を去るが長男である牧水は親族から帰郷・宮崎定住を強く迫られる。牧水は苦悩の末断るが、喜志子のもとへ帰ったのは翌年五月であった（牧水の動きについては大悟法利雄『歌人牧水』（桜楓社　昭60）に負うところ多い）。

・諸歌人の動向

与謝野夫妻はヨーロッパにいた。先年夫の渡欧を見送った晶子は、やはり国内にいたたまれず、思い立って夫の後を追う。五月に日本を立ち、シベリヤ鉄道経由でパリに向かった。名高い「コクリコの歌」が生まれたのもこの旅である。再会した夫妻は九月、ウィーンに入り、日本大使館での天皇御大葬の席に参列する。晶子はその後ベルリンを経て、十月に一人先に帰国している。

その十一月、三十歳の斎藤茂吉は東京帝国大学医科大学助手となる。巣鴨病院当直の夜は、牧水、白秋、尾山篤二郎、阿部次郎、赤木桁平ら友人が代わる代わる訪問している。また「アララギ」九月号に伊藤左千夫が「叫びと話」を書いた。赤彦、茂吉ら若手との対立がようやく顕わとなる。実現はしなかったが、赤彦、茂吉、中村憲吉、古泉千樫らの間には「アララギ」を廃刊して合同歌集を出版しようという計画もあったと言われる。

またこの年、佐佐木信綱の『新月』も刊行された。信綱はすでに四十歳になっている。そして十七歳の土田耕平が「アララギ」に入会した。年末になって岡本かの子の『かろきねたみ』が出ている。

なお短歌雑誌ではないが、十月に大杉栄、荒畑寒村らが「近代思想」を創刊した。無政府主義関係の文献に親しんでいた土岐哀果はつよく刺激され、亡き啄木と計画し挫折した雑誌を思い、翌年の「生活と藝術」創刊となる。

大正二年 1913

アララギ叢書
第二編

歌集 赤光《しやくくわう》

齋藤茂吉著
及裝幀

柑子の實……木下杢太郎畫
通草の花……平福百穗畫
佛頭……木下杢太郎畫

東京市日本橋區檜物町九番地
東雲堂發行

十月一日發行　定價金九拾錢　送費八錢

齋藤君が明治三十八年始めて左千夫先生に歌を見て貰つた時から大正二年七月三十日先生が亡くなられた時までの作凡そ九百首を蒐めたものである。今から見ると厭な歌やひどい歌が隨分多いけれども兎に角皆蒐めておいた、さうして早く醜い自分を葬つて仕舞ひたい、吾々はこれからである。と作者は云つて居る。然しこの作者は初めから著しく特色のある歌を作つて居た。人の追隨を許さない作者みづからの道をひとりぐん〳〵歩いて來られた。作者がその特色あるみづからの國を如何に開拓し進んで來たかを見ることの出來るのは吾々讀者には甚だ興味のあり、利益のあることである。裝幀は赤と金とで甚だ氣持のよいものである。それに木下さんと平福さんとのい丶畫がはひつて居る。十月一日には必ず製本出來る。（千樫記）

KIRI-NO-HANA.

北原白秋氏著及畫

桐の花

抒情歌集（一月一日發賣）

本文朱黒二度刷……歌二百餘首及歌論
挿畫銅版數十種……裝幀淡紫と白の諧調
定價金壹圓……送費金六錢

凡てこれ快くして悲しき氏が内心の息づかひと清新なる感觸の記錄なり。今や新裝成る。

發行所　東京市京橋區南傳馬町三丁目（振替東京五六一四番）　東雲堂

大正二年の歌壇で特記したいことを三点に絞れば、まず北原白秋の三浦三崎、小笠原行ならびに『桐の花』の刊行、次に斎藤茂吉の「死にたまふ母」の発表ならびに『赤光』の刊行、そして土岐哀果の「生活と藝術」創刊、である。以下順に記す。

・白秋の転機

大正二年の年が明けた。姦通事件以来、失意の底にあった白秋は、年明け早々東京を離れて三浦三崎へ赴いた。死を決意していたとも言う。「一月の二日に私は海を越えて三崎へ行つた。死なうと思つたのである。」(「朱欒」二月号後記「余興」)『桐の花』の「哀傷篇」「続哀傷篇」の後に添えられた散文「白猫」「ふさぎの虫」には苦しみ悩む白秋の心の動きが赤裸々に語られる。「大正元年八月二十六日午後四時過ぎ、俺は今染々とした気持で西洋剃刀の刃を開く」「眼が鏡の中で笑ふ、剃刀が咽喉の薄い皮膚を辷る、危ない、グッと突つ込んだら汝は其儘寂滅だ。」もちろんこれは創作の一部であって手記ではない。事実とするわけにはいかないが、追い詰められた白秋の気持は伝わってくる。

死を思いとどまったのは、白秋自ら書いているように、三崎の海の波や紅い椿であったかも知れない。が、大きな契機となったのは公田連太郎との会見ではないか。前年から三崎に住んで法語の研究を進めていた旧知の漢学者公田連太郎を白秋は訪ねた。語り合った内容は伝えられていないが、白秋は公田の微笑に包まれて、思い詰めていた心を和らげ、また自身の藝術観にも何らかの示唆を得たのであろう。やがて四月、白秋は一家をあげて三浦に移り住む。次の歌集『雲母集』への転換がここで用意されて行く。

水あさぎ空ひろびろと吾が父よここは牢獄《ひとや》にあらざりにけり
水あさぎ海はろばろし吾が母よここは牢獄にあらざりにけり

一方東京では、遅れていた第一歌集『桐の花』が刊行された。前年九月に出た若山牧水の『死か藝術か』に比べると、この時期、諸雑誌の書評などの反響は少ない。だが「アララギ」四月号に出た木下杢太郎の「『桐の花』を評す」はもっとも早くその真価を認めたものとして注目される。なお白秋は四月に俊子と結婚し、一家をあげて三崎での生活をはじめるが、父や弟の仕事もはかばかしくなく、家族間の空気もしだいにきまずくなり、秋には白秋と俊子だけを残して家族は東京へ引き揚げてしまう。

・茂吉と木下杢太郎

ところでその杢太郎は、同じ医学者としての親しみもあったのであろう。斎藤茂吉にも少なからぬ影響を及ぼしている。

斎藤茂吉は「アララギ」二月号に「さんげの心」八首を発表した。末尾に「一月のはじめつくる」とある。

こよひはや学問したき心おこりたりしかすがにわれは床にねむりぬ

風ひきて寝てゐたりけり窓の戸に雪ふる聞ゆさらさらといひて
あわ雪は消《け》なば消《け》ぬがにふりたれば眼《まなこ》かなしく消《け》ぬらくを見む
腹ばひになりて朱の墨すりしころ七面鳥にあわ雪は降りし
ひる日中《ひなか》床の中より目をひらき何か見つめんとおもほえにけり
雪のうへ照る日光のかなしみにわがつく息はながかりしかも
赤電車にまなことづれば遠国《をんごく》へながれて去《い》なむこころ湧きたり
雪のなかに日の落つる見ゆほのぼのと懺悔の心かなしかれども

第八首目、結句の「かなしかれども」の「ども」には木下杢太郎の影響があるとされている。『赤光』所収の「身ぬちに重大を感ぜざれども宿直のよるにうなじ垂れゐし」について、茂吉の自註に「『感ぜされども』といつた句には、その頃木下杢太郎氏によつて試みられた詩の影響もあるやうにおもふのである」とあることから、この「かなしかれども」にも同じことが言えると本林勝夫は言う。また杢太郎の影響については柴生田稔にも例示しての論がある。最近では岡井隆『『赤光』の生誕』（書肆山田　平14）に詳細な言及がある。この頃茂吉は阿部次郎や杢太郎と親しく交わり、後期印象派など西洋絵画に親しんでいた。「ゴオガンの自画像見ればみちのくに山蠶《やまこ》殺ししその日おもほゆ」はその成果のひとつである。

・「死にたまふ母」

白秋が三崎の生活がままならず苦しんでいる頃、斎藤茂吉は母重態の報せを受けて、五月十六日、郷里山形への路を急いでいた。茂吉の実母は守谷いく、数年前からいわゆる中風を病み、茂吉が駆け付けて一週間後の二十三日に亡くなった。

はるばると薬をもちて来しわれを目守《まも》りたまへりわれは子なれば
寄り添へる吾を目守《まも》りて言ひたまふ何か云ひ給ふわれは子なれば

この大作についてはすでに多くの研究がある。「死にたまふ母」に茂吉のこめた思いの深さと自信のほどは、九月に「アララギ」に発表された翌十月、歌集『赤光』が刊行されていることでもわかる。つまり雑誌と歌集と同時進行で「世に問う」形をとっているのである。この雑誌・歌集同時発表は当時の常識らしく、土岐哀果の歌集『佇みて』も「生活と藝術」発表に平行して刊行されている。この年は歌集の当たり年というべく、次のような歌集が次々に出た。

一月、尾上柴舟『日記の端より』北原白秋『桐の花』。四月、内藤鋠策『旅愁』。五月、原阿佐緒『涙痕』、松村英一『春かへる日に』。七月、久保田柿人（島木赤彦）・中村憲吉『馬鈴薯の花』、土岐哀果『不平なく』。九月、若山牧水『みなかみ』。十月、斎藤茂吉『赤光』、尾山篤二郎『さすらひ』とまさに壮観である。

・哀果「生活と藝術」創刊

土岐哀果は四月から窪田空穂の後をついで、「文章世界」の短歌欄の選者となった。その一方、哀果は「読売新聞」の記者としても多忙で、五月に入るとすぐに特派員として満州朝鮮への旅に出発した。日露戦争終結後八年、満州は日本の勢力範囲となった。九十九年間の租借という形で大連旅順を含む南端の関東州を確保した日本が、今後どういう方向で大陸経略に乗り出すか、国際的にも注視されている時である。すでに国策会社として満鉄（南満州鉄道株式会社・明治39年）をはじめ東拓（東洋拓殖株式会社・明治41年）など企業の満州進出は着々と進行している。満州朝鮮についての新情報はまさに国家的に求められている時期であった。また明治四十三年の日韓併合により、韓国人の間には隠微な形で反日感情が渦を巻いている。そういう背景のもとに敏腕記者土岐善麿が派遣されたわけである。記事とともに歌も多く詠み、それらは歌集『佇みて』に纏められ、年内に刊行される。はじめて接する大陸の風物、八年前の戦火の跡の生々しく残る土地を踏み、ここに流された両国兵士の血潮を思う愁いの歌、めざましく進む工業化をリアルに描く歌、さまざまな心境がうかがわれる。

撫順炭坑

遠く来て、この
千二百三十四呎の地下の
　うすらあかりに歩むなり、われは。

＊

よちよち、よちよちと
黄なる光の近づくなり、
　坑夫はのぼり来たるなりけり。

＊

みやげもの、——

たいほうのたまの花いけを
　撫《ママ》でてかなしむ、わが胸のごと。

＊

一兵卒として、
われもそのときありたらば、
　銃剣をとりてここにありたらば。（「生活と藝術」大正2年11月号）

帰国早々哀果は懸案の「生活と藝術」の編集をすすめ、九月、創刊の運びとなる。

はじめに私は明治から大正への移行にあたって、明治天皇の死と石川啄木の死とに注目すると記した。それは明治末から大正の初めにかけて啄木のいう「時代閉塞の現状」という認識がどう継承されたか、を考えたいためである。哀果にとっては、啄木とともに企画した「樹木と果実」が頓座した後、啄木の「時代閉塞の現状」への憂いを継承し、ともにこころざした現状打破のための一石を投じるため「生活と藝術」は必ず果たさねばならぬ大きな使命なのであった。

話は少し戻るが、啄木が明治四十三年の大逆事件に大きな衝撃を受けたことは多く論じられている。「時代閉塞の現状」は大逆事件の二カ月後に書かれている。そして「創作」同年十月号には「九月の夜の不平」と題する三十四首が掲げられている。

　秋の風今日よりは彼のふやけたる男に口を利《き》かじと思ふ
　大海《だいかい》のその片隅につらなれる島々の上を秋の風吹く
　くだらない小説を書きてよろこべる男憐れなり初秋の風

といった三首からはじまる。

　つね日頃好みて言ひし革命の語をつゝしみて秋に入れりけり
　今思へばげに彼もまた秋水《しうすゐ》の一味なりしと知るふしもあり
　この世よりのがれむと思ふ企てに遊蕩の名を与へられしかな
　わが抱く思想はすべて金なきに因する如し秋の風吹く
　秋の風我等明治の青年の危機をかなしむ顔撫でて吹く
　時代閉塞の現状を奈何《いか》にせむ秋に入りてことに斯《か》く思ふかな
　忘られぬ顔なりしかな今日街に捕吏にひかれて笑める男は

ところで、大逆事件に反応した歌人は啄木だけではない。与謝野鉄幹は詩「大石誠之助の死」を書いた。「明星」の歌人で、幸徳らの弁護人でもあった平出修は小説「逆徒」「計画」を、木下杢太郎は戯曲「和泉屋染物店」を著した。歌人以外では徳冨蘆花の一高の校友会での講演「謀叛論」をはじめ、森鷗外「沈黙の塔」、永井荷風「花火」、佐藤春夫「やまひ」をはじめ枚挙に暇ない。

　この時代閉塞の現状を憂える歌人の意思表示として創刊されたのが「生活と藝術」であるが、それは哀果にとっては啄木と計画して果たせなかった雑誌「樹木と果実」のリターンマッチでもあった。

・諸歌人の動向

　この年の大きな事としては伊藤左千夫が亡くなった。七月三十日、数え年で五十、満年齢ならば四十八歳。意外に若いのに驚く。いうまでもなく、左千夫の死によって斎藤茂吉「悲報来」（「アララギ」

九月号）が生まれた。左が初出の八首である。

ひた走るわが道暗ししんしんと堪へかねたる我が道くらし
ほのぼのとおのれ光りてながれたる蛍を殺す我が道くらし
すべなきか蛍を殺す手のひらに光つぶれて為《せ》んすべはなし
氷室《ひむろ》より氷をいだす幾人《いくにん》はわが走る時ものを云はざりしかも
氷きるをとこの口《くち》のたばこの火赤かりければ見て走りたり
死にせれば人は居ぬかなと歎かひて眠りぐすりをのみて寝んとす
諏訪のうみに遠白く立つ流波《ながれなみ》つばらつばらに見むと思へや
あかあかと朝焼けにけりひんがしの山並《やまなみ》の天《あめ》朝焼けにけり　八月作

『赤光』収載にあたって一行だった詞書が加筆され、歌の順序や表記に僅かながら異同がある。すでに多くの茂吉研究者によって論じられているところだが、少しだけ触れておく。

詞書は次の通り。

上諏訪にゐて先生逝去の電報を読む（初出）

七月三十日夜、信濃国上諏訪に居りて、伊藤左千夫先生逝去の悲報に接す。すなはち予は高木村なる島木赤彦宅へ走る。時すでに夜半を過ぎゐたり。（赤光）

初出八首だったものが『赤光』では一連十首となっている。加えられたのは「赤彦と」に始まる「蚤とり粉」の歌と「罌粟はたの」の歌。また一首目の「堪へかねたる」の漢字を「怺へかねたる」に変えている。四首目の「氷室より」は「氷をいだす幾人は」が「氷をいだしゐる人は」に改められている。こまかいことながら、茂吉の感覚が窺えて興味深い。

一月二十日、与謝野寛はヨーロッパから帰国した。ところが三月に「やまと新聞」が寛のスキャンダルを報じ、騒ぎとなった。一方晶子は欧州での見聞について六月五日から「東京朝日新聞」に「明るみへ」を執筆、以後百回の連載となった。また都新聞、毎日、日々、読売、大毎、万朝報などの七新聞の歌壇選者となり、一層華麗な存在となった。「青鞜」への寄稿にも応じている。

牧水は年明け早々から旅に出、福岡、長崎、鹿児島と回って六月に帰京、大塚窪町に住んだ。八月には「創作」を復刊、これには太田水穂が協力し、十一月から「記紀歌謡講義」の連載をはじめた。牧水はこの頃破調の歌が多い。「早稲田文学」一月号に出た「黒き薔薇」五十首はほとんど破調である。郷里での作であろう。この後、「詩歌」四月号の「死んだこころの歌」十首も同様で、失恋と父の臨終と、苦痛に沈む姿が痛々しい。

この牧水の影響を直接に受けたかどうか、軽率には断定できないが、五月に出た松村英一の第一歌集『春かへる日に』も著しい破調の歌が多い。これに限らず、短歌ではないが、白秋の詩「野晒」の「死なむとすればいよいよに命恋しくなりにけり」(「朱欒」四月号)などの影響もないとは言えない。また俳句のほうで、河東碧梧桐らの「新傾向俳句」の影響もあるかも知れない。この時期の歌壇の混沌としたアナーキーな傾向の波は、誰によらずかぶっているというべきであろうか。松村とその後行動をともにする同年の尾山篤二郎が「創作」に参加しているから、松村も当然牧水は読んでいたに違いない。

古泉千樫は六月に本所緑町から南二葉町に転居、七月から「アララギ」の編集発行人となる。が、後に記すようなトラブルも発生した。同じ月に赤彦と憲吉の共著で『馬鈴薯の花』が刊行された。

先に記した白秋は、三浦にあってしだいに気力を回復し、七月には『東京景物詩』が刊行され、十一月には「巡礼詩社」を起こした。のち著名となる「城ケ島の雨」の先駆作である「城ケ島の娘」を「処女」九月号に発表、それとは別に藝術座音楽会のための船歌として「城ケ島の雨」を十一月に発表している。この名作の成立等については多くの人の言及がある。

前年の項に歌人同士の交流について記したが、この頃はその黄金期ともいうべく『桐の花』の批評ないし読後感を「アララギ」四月号では木下杢太郎、中村憲吉、古泉千樫が揃って書いている。また白秋のほうは「時事新報」のアンケートに対して、大正二年の収穫として「斎藤茂吉氏の歌集『赤光』」とのみ簡潔に答えている（「編年体　大正文学全集」第二巻、解説・竹盛天雄）。また芥川龍之介が『赤光』を高く評価したことは周知のことである。近代短歌の革新は、まさに大正二年にもっとも大きな結実を見たというべきであろう。

以後メモ風に二、三記しておく。六月、石川啄木『啄木遺稿』が出た。発行元は東雲堂書店、この若主人西村陽吉は文学への志高く、この時期短歌を初め文藝書出版に奮闘する（東雲堂書店については大正六年の項に記す）。九月、土屋文明が東大文学部哲学科に入学した。十月、十七歳の松倉米吉が「アララギ」に入会した。十一月、会津八一が早大英文科講師となった。十二月、川田順が東京に転任、牛込矢来町に住む。

・小嶋烏水と上高地

大正二年八月十四日（または十五日）、窪田空穂が歌人としてはじめて槍ケ岳に登ったことは、私も何度か書いた。しかしあらためて取り上げるのは、『編年体 大正文学全集』の同年巻の評論の中に、小嶋烏水の「上高地の風景を保護せられたし」という文章が収録されているからである。烏水の文章は、同年八月三日、四日に「信濃毎日新聞」に連載されたもので、空穂が登頂する十日ほど前、また和田の実家を出発する日から数えるとほんの一週間の差である。

小嶋烏水は、まずこの文章は「日本アルプス登山の中心点のために、将た敬虔なる順礼《ママ》の心を以て、日本アルプスといふ厳粛なる自然の大伽藍に詣でる人のために、同地にある美しい森林の濫伐に関して」提出された「公開状」だと前置きし、上高地および日本アルプスの風景の美しさを説く。一方温泉客や登山者の増加のために、国有林が次々に民間業者に払い下げられ、美しい自然が急速に損壊されて行く、その現状を憂い、警告を発している。

いうまでもなく烏水は、ウォルター・ウェストンの著書に触発されて槍ケ岳に挑み、明治三十五年八月、岡野金次郎とともに近代登山家としてはじめて登頂に成功した人。その登頂記録は「文庫」誌上に掲載され、多くの反響を呼んだ。作家・歌人、たとえば志賀直哉が、芥川龍之介が、窪田空穂が、これに刺激されて槍ケ岳に挑んだことも知られている。烏水は書く。

「私が一昨年、温泉宿の主人、加藤氏に聞いたところを事実とすれば、明治四十二年は、宿帳に註せられた客が千百三十人、翌四十三年は、千百九十人で、最も混雑する時は、一日に九十人位を泊めることがあるさうである」。まさにこの数字は当時としては驚くべきものだったのであろう。この時から九十年、今や当時の実に何倍もの人が上高地を訪れている。烏水が知ったらどう思うであろうか。

「然るにこの美麗なる上高地の峡谷に対して、早くも残虐なる破壊が、その森林から始まつた。自然の中でも、比較的に抵抗力の微弱なる森林から初《ママ》まつた」「信州と他国の国境、即ち飛驒境から越中越後の国界へと亘つて、多大なる面積を有する壮麗なる国有林は、大林区署の収入を多くする考へからか、或は他に理由があるのか、用材の伐り出しに着手された」「森林の濫伐は、おのづからその地盤を赤裸に剝いて、露出させて、水害を頻繁にしたり、大にしたりすることは、今更言ふまでも無いことであるが、上高地にあつてこの感は殊に深い」「その愛すべき森林が、商人に惜しげもなく、払ひ下げられた、それを買つた商人は、樹も小さいし、巣を喰つてもゐるし、運搬は不便だし、一向引き合はぬと愚痴を零《こぼ》しながら、ドシドシ斧を入れさせる。一昨々年は、温泉宿付近、前穂高一帯の森が空地になつた」「昨年は河童橋から徳本峠まで、落葉松《からまつ》の密林が伐り靡《なび》けられた。本年は何でも、田代池の栂《つが》を掃つてしまふのださうである」「一方に於て、市内の学者たちが、山岳研究会を開催し、山岳地の宿屋は、山光水色の美しさを呼び物にして、登山客を吸引してゐる傍らに、他の一方に於て森林の伐採を公許して、風景を残賊《ざんぞく》してゐるやうな矛盾衝突した現象を、この国人は何と見られるであらうか。」

　繰り返しになるが、この烏水の文章は、実に一九一三年（大正二年）に書かれたものだ。『編年体 大正文学全集』にこの文章が採録された意義は大きい。おかげで、私ははじめてこの文章を読むことができた。以後約九十年が経過している。この間、上高地をめぐってさまざまなことがあったであろうが、烏水が憂えた事態はますます深刻になり、悪化している。結果として烏水の警告は無視されたとしか言いようがない。確かに保護の声は当時よりは強くなっているし、対策も規制も行なわれているが、もはや手遅れの感もある。私の知る最近十数年の間にも破壊は進んでいる。上高地だけではない。登山の流行、観光事業の繁栄は、当然自然の破壊に直結する。それは明治の末、大正初頭からはじまっていたのである。烏水の文章は今もって生きている。

・高村光太郎と空穂

もう一つ関連して記しておきたいことは、窪田空穂の歌と高村光太郎の詩のこと。二人の上高地での出会いについては私は他に文章（『歌人の山』（作品社　平10））を書いたがその作品には触れていない。

空穂の槍ケ岳登頂の作品群は歌集『濁れる川』と『鳥声集』に収められ、近代歌人の山岳詠としてはじめてと言ってよい大作である。『日本アルプスへ』『日本アルプス縦走記』という紀行文集もある。また次に掲げる高村光太郎の詩「山」も、「山」の詩として画期的であるというだけでなく、光太郎の画業・詩業を考える上で貴重である。この詩は大正二年の「文章世界」十二月号に発表され、のち詩集『道程』に収められた。

山

山の重さが私を攻め囲んだ
私は大地のそゝり立つ力を心に握りしめて
山に向った

山はみじろぎもしない
山は四方《しはう》から森厳な静寂を滾々《こん〳〵》と噴き出した
たまらない恐怖に
私の魂は満ちた
とゝつ、とつ、とゝつ、とつ、と
底の方から脈うち始めた私の全意識は
忽ちまっぱだかの山脈に押し返した

「無窮《むきう》」の力をたゝへろ
「無窮」の生命《せいめい》をたゝへろ
私は山だ
私は空《くう》だ
又あの狂つた種牛《たねうし》だ
又あの流れる水だ
私の心は山脈のあらゆる隅々《すみ〴〵》をひたして
其処に満ちた
みちはじけた

山はからだをのして波うち
際限のない虚空の中へはるかに
又ほがらかに
ひゞき渡つた
秋の日光は一ぱいにかがやき
私は耳に天空の勝鬨《かちどき》をきいた

山にあふれた血と肉のよろこび！
底にほゝゑむ自然の慈愛！
私はすべてを抱《いだ》いた
涙がながれた

光太郎はこの年初夏から上高地に入り、清水屋旅館に滞在し、近隣を歩いて絵を描いていた。北原白秋や木下杢太郎らと「パンの会」で気炎をあげていたが、その頽廃的雰囲気に限界を感じ、自己の一新を図っての入山であった。八月に入って恋人の長沼智恵子が徳本峠を越えて光太郎のもとへやってくる。二人のスケッチ旅行は光太郎の精神に大きな慶びと闘志を与え、帰京後婚約、画境に大きな展開をもたらしたと言われる。

さて智恵子の上高地入りの報せを受け、途中の岩魚止《いわなどめ》小屋まで迎えに出る光太郎と、槍ケ岳を降りて東京へ帰る窪田空穂とは同行する。颯爽と登ってくる智恵子の美しさに空穂は目を見張った。帰京後、誰かにこのことを語り、それが「山上の恋」として新聞に書き立てられた。光太郎はその記事は空穂が書いたものと思い込み、その後空穂に不快感を抱くようになったらしい。だが、そこで生み出された詩「山」を読むと、光太郎は恋を得て詩も画も新しい生命の展開を見るに至ったことが察せられる。詩の後半「秋の日光は一ぱいにかがやき　私は耳に天空の勝鬨をきいた　山にあふれた血と肉のよろこび！　底にほゝゑむ自然の慈愛！」はまさにそれで、この点、すでに『山の思想史』（岩波書店　昭48）の三田博雄、『山と詩人』（文京書房　昭60）の田中清光、同様の指摘がある。田中は「このように全身で山と結びつき、内面の精神をとおして山を動的に歌った詩はこれ以前にはなかった。『山はからだをのして波うち』などという表現は、はじめてのものである」とも述べている。

いっぽう短歌の空穂は『濁れる川』（大正四年刊）に「槍が岳」登山の歌を多く発表している。「徳本峠を越えて上高地に至る途上にて」四十首に始まり、「山麓の家で」十二首、「白樺の林を行きて」九首、「明神の池」十一首があり、あとは「旅を終へて」となる。ここでは山頂付近での歌は詠み残された形になっており、次の『鳥声集』で「曾遊の槍が岳、焼岳など、日本アルプスの風光が忘れられなくて眼の前にうかんで来る（以下略）」の詞書に始まり、四十四首の歌が続いている。制作は四年十月。

前に記した通り、空穂はのちに縦走記をまとめ、その巻末に短歌を抄録しているが、これらの選出の後をたどると当時の空穂の選歌基準や構成意識がうかがわれる。全部を比較するのは煩雑になるので、『日本アルプスへ』収載の「山と高原の歌」から「日本アルプス」冒頭の「徳本峠を越ゆ」の十六首について『濁れる川』初版とを比較する。
・以下は『日本アルプスへ』の配列。歌の後の○囲みの数字は句の異同、末尾のカッコ付き数字は『濁れる川』初版の配列。つまり第一首目でいうと、『濁れる川』では①第一句は「荷を背負ひ」であったこと、配列は（1）、第一首目であったことを示す。なお下向き矢印は、その後（全集、全歌集など収録時）の推敲を示す。

荷を負ひて高山《たかやま》越ゆる人間のうしろ姿をさみしとぞ見る　①荷を背負ひ（1）
悩ましく曇れる空にしみとおほり桂の大樹《たいじゅ》山に薫るも　⑤かほるも（2）
すくすくと桂の若枝《わかえ》千枝《ちえ》に立ちか青く立ちて香を吐けるかも（4）
おのづから倒れて朽つる大木《たいぼく》の真青《まさを》き谷に白く晒《さ》れし見ゆ（10）
この谷の栂《つが》の大樹とかの谷の栂の大樹と枝さし交《かは》す　⑤さしかはす（13）
徳本《とくごう》の峰越えかねて息づけば頭に近く雷《はたたがみ》鳴る（5）
大木《たいぼく》に身をすり寄せて隠ろへば青き峰包み夕立の来る　④青の峰⑤夕立きたる（7）
心細みたたずむ我を高山《たかやま》の夕立の雨の打叩くかな　⑤うち叩くかな（6）
蹲りあれば怖れに死にぬべみ雨暴《あ》るる中《なか》の徳本を攀づ　①うづくまり④雨あるる（8）
徳本の山押し包み真白くも夕立の降れば死ねよとぞ歩む　②押しつつみ（9）
夕立の雫しらじら光りつつ暗き木下《こした》にこぼれゐる見ゆ　②しづくしらじら⑤こぼれをる見ゆ（11）↓こぼれ落つる見ゆ
徳本の峰の笹原脱《ぬ》け出でて真白く立つは白樺の木か　③ぬけいでて④真白くも立つ⑤白樺の樹か

（14）
久方の天《あめ》に照る日もまさみしく眼に見ゆるかな徳本に来れば→見ゆるなり（15）
徳本の峠に攀ぢ登りふり仰ぎ正目《まさめ》に見たる穂高岳はも　②よぢのぼり③ふりあふぎ→穂高岳かも
（16）
穂高岳正目《まさめ》に汝《なれ》を仰ぎ見れば生けらく神に似てあらずやも　①穂高だけ②汝れを→生くらく神に
（17）
栂《つが》の木に栂《つが》の重なり真暗くも空遮れば鳥の音もせぬ　①②栂《つが》の木に栂《つが》の重なり④空さへぎれば
（19）
こう見ると『日本アルプスへ』編集にあたって歌の配列をかなり換え、字句の推敲も念入りに行なわれていることが知られる。細部については別に記す。

大正三年 1914

木下利玄歌集

銀

定價金一圓送料六錢

上に發表されたもので、春には枯草の間から嫩草の芽を探し出すやうに、冬には寒い旅の後で爐の火に近いて行くやうに親しみをもつて其折々待ち焦がれたものであつた。今改めて夫れを美裝された「銀」の裡に朗吟し得るのは此上も無い歡喜である。此著者の有する詩境は純藝術、即ち表現の微妙と自由と韻律的な所に在る。內容を言ひ、形式を論ずるものも、未だ眞に著者の詩を解するものではない。如何に著者の感覺が其儘詩化され、表象されつゝあるか。今日の最進歩せる、最上品なる歌に接せむとするものは必ず本集を繙け。(A)

內容

●みちのくにて●濁り川●晝間●肌身●旅の雪●絲くづ●粉雪●落葉樹●地面●利公の爲めに●夏●指の傷●夕方に●蕊●紐●あかり●八つ口

發行所 東京麹町區平河町五ノ三六 振替口座東京二〇一九四番 洛陽堂 電話番町四二五八

故石川啄木著

藪野椋十氏序

土岐哀果氏跋

四六判版三百五十頁

著者自筆歌挿入

函入美本

定價八十錢 郵稅八錢

啄木歌集

新刊

著者の第一歌集「一握の砂」久しく絶版となりて江湖の渇望に背くこと久し。今「悲しき玩具」と併せて啄木歌集と名づけ世に出す。蓋し數多からぬ著者の歌のすべてを網羅せるものなり。なつかしき著者の姿見なり。

發行所 東京京橋區南傳馬町三丁目 振替東京五六一四 東雲堂

・新派和歌の定着と停滞

大正三年という年は、近代短歌にとってかりそめならぬ意味をもつ年である。

あかあかと一本の道とほりたり玉きはる我が命なりけり
かがやける一本の道遥けくてかうかうと風は吹きゆきにけり
斎藤茂吉（「詩歌」1月号、のち『あらたま』）

夕焼空焦げきはまれる下にして氷らんとする湖の静けさ
島木赤彦（「アララギ」2月号、のち『切火』）

白埴の瓶こそよけれ霧ながら朝はつめたき水くみにけり
長塚　節（「アララギ」6月号、のち『長塚節歌集』）

向日葵は金の油を身にあびてゆらりと高し日のちひささよ
前田夕暮（「詩歌」8月号、のち『生くる日に』）

誰もが知っているこれらの名作はすべて大正三年を初出とする。前年の大正二年には多くの名歌集が出た。たとえば『桐の花』『馬鈴薯の花』『不平なく』『みなかみ』『赤光』、さらにその前年には『黄昏に』『悲しき玩具』『死か藝術か』『新月』などが出た。『みだれ髪』以後、当時の言葉でいう「新派和歌」はいまや文学史の上に確実にその地歩を占めるに至った。近代短歌最初の収穫期である。その成果による自信が、右にあげたような、各作者たちの代表作を生み出したといえる。と同時に間もなく、それぞれが迷いの季節を迎えることにもなる。白秋の動揺と変貌、「アララギ」の遅刊、「生活と藝術」（五年）の廃刊、「詩歌」（八年）の休刊などが続く。大正三年は収穫の高揚から停滞に傾く節目にあたる。

・空穂の推敲

ところで、窪田空穂は明治四十年代には小説に打ち込み、短歌との訣別をひそかに考えもするが、大正期に入って翻然、ふたたび短歌に復帰する。いわばこの数年、空穂は動揺している。結局大正四年五月、収録千首を越える歌集『濁れる川』を出すが、これは空穂という一歌人の転機を示す歌集であるとともに、近代短歌の混沌の指標のように私には思われる。短歌の近代的表現獲得のために、「アララギ」は「写生」をかかげて突進したが、空穂もまた生活現実の描写のために苦しい闘いを続けた。「取材その物の歌に適すか否かの選択をせず、苟も実感を誘つた物は、それが即ちその瞬間の自分の全体であると信じて、すべて歌としようとするやうになつた」と自ら顧みて書いている。が、その実態は、一首の推敲は無論のこと、作品の配列、構成に実に細かい神経を働かせている。

以下は「早稲田文学」大正三年三月に発表された「郷里」と題する四十首であるが、これがその一年後『濁れる川』に収録されるに当ってどのように推敲され、変容しているかを見ることにする。

郷　里　　　　　　　　　　　　　　窪田空穂

郷里へ帰つた。思へば二年ぶりである。帰つて見ると郷里は記憶のうちになるものとは、何時か大分ちがつたものとなつてゐた。

(1)これやこのわが胸にしてかゞやきし町かも、何といふ暗さぞや。
(2)あはれかくもさみしき町にありけるか、眼のあたり見れば、しかなりけらし。
(3)ふる里の町よ、汝《いまし》の見まほしく遠く来ぬるにと我のいとしも。
(4)あな高き山かな、われの朝夕《あさゆふ》に見つゝそだちし山かも、あれは。
(5)ちらほらと、闇にひたりてあゆみをる人見え、人の見えずなりにけり。
(6)うまれける村に帰らん我なりや、新しき路に心ためらひ。
(7)夏の夜のま闇にまなこ遮られ、心さみしも、ふる里にゆくに。
(8)あな蛍、闇にみだれて飛ぶ蛍、げにわれ久に見ざりしものかな。
(9)忍びやかに人のかつぎて行きたるは、棺桶ならずや、夜《よる》のくらきに。
(10)ぬばたまの夜天《やてん》よ汝れもよろめくか、きらめき細き星こぼしつゝ。
(11)ひやびやと顔にかゝるは何の息ぞ、まくらし、土のたゞにひろがり。
(12)くらやみの、われ遮りて行かせぬに、たゞずめば、細く水の鳴るかな。

はじめの十二首を掲げた。これを含む連作四十首に相当するのは『濁れる川』（以下「歌集」という）では「日本アルプスに登らんとて、途次、久しぶりに郷里に帰りて」と詞書のある三十四首である。これは単に「早稲田文学」（以下「初出」という）の歌から六首を削除したというにとどまらぬ変改が加えられている。とくに冒頭部分は「歌集」では次のようになっている。

①見つつわが育ちたりける郷里の山の高きを驚き仰ぐ
②ふる里の路あらたまり行く行くも生まれし村に帰るには似ぬ
③夏の夜の真闇に眼さへぎられ進みかねつもふる里の路
④帰りくるふる里の路の夜となればあなめづらしく蛍飛ぶ見ゆ
⑤久にわれ見ずもありしと嘆きつつ暗き田の面に飛ぶ蛍見ゆ
⑥夏の夜の真暗きうちにつづきては行く行くも見ゆふるさとの路
⑦うれひつつ見あぐるに空の真暗くてよろめき立てる如く思ほゆ
⑧河原みち真暗きうちを忍びかに舁ぎゆけるは棺にあらずや

まず「初出」は歌の中に句読点を施しているが「歌集」にはない（以下同）。また「初出」の歌、久々に帰省しての感傷が先立ち、詠嘆の助詞が頻発する。

個々に見て行くと、まず冒頭⑴⑵⑶と⑸⑹は「歌集」ではまったくカットされている。情に傾き過ぎているということであろうか。⑷が「歌集」の①に当る。第四句「見つつ」から歌い起こし、見違えるようにすっきりと整えられている。

原型を止めているのは⑦以後だが、いずれも少しずつ加筆されている。対応するのは⑺が③、⑻が④⑤、⑽が⑦、⑼が⑧である。

⑺は第四句「心さみしも」が③では「進みかねつも」となり、ここも「心さみしも」の感傷を抑えた形になり、⑻の蛍は④⑤の二首に分けられ、客観的な描写で単純化された。蛍への思いは、後の『土を眺めて』の名作「其子らに捕へられむと」につながって行く。⑽の詠み方は「汝もよろめくか」な

ど、明星風を残している甘さを⑦では退けている。総じて客観性を重んじる方向で推敲が加えられていると言ってよいであろう。

⒀われ来ぬとランプ手にして暗きより出で来る見れば、さみし、家のもの

⑨われ来ればランプ手にして暗き家の暗き方より姪のあらはる

「暗きより出で来る見れば」は冗漫で「暗き家の暗き方より」で暗さとランプの灯りの対比が際立って感じられる。「さみし」は安易で「家のもの」という漠然とした言い方よりも「姪」と明確に言い換えるほうがまさる。

⒁泉水に水引き入れぬ、この滝の夜に鳴る音を久に我きかぬ。

⑩泉水に水を引けかしその滝の夜鳴る音を久に聞かぬに

「初出」第二句と第五句がいずれも「ぬ」で終わっているところ、「歌集」では第二句までを呼び掛けの命令形とし、倒置でわかりやすく整えている。また泉水に水を引いたのは、作者が頼んだということが加筆によってわかる。

⒂うす青くさみしく光る空のみの四方に見ゆる村に来つわれ。

⒄うす青くさみしく光る空のみの四方に見ゆる村に来つわれ

ほとんど変化はない。

⒃ちちははよ、おん上しのびはるばるとみ墓をがみに子は帰り来ぬ

⑫ちちははよおん上しのびはるばるに来りたる子にもののたまはね

「初出」でも言い得ていると思うが、加筆の「もののたまはね」(何かおっしゃって下さい)により

一歩踏み込んだ形となった。

⒄手を合せをがみまつりつ、まをすことあらぬを思ふ、ちちははの墓
⑪掌を合せをがみまつれど申すことあらぬをぞ思ふちちははの墓
特に言葉を加えることはない。
⑱礼しつも、あはれ安らにましますと思ひぞわがしつ、ちちははの墓
⑭安らにもおはしたまふと苔生ひしちちははの石碑眺めて立つも
上下の句を入れ替えて調べが整うとともに「初出」第四句の煩雑が解消された。

⒆わが齢重ねるほどに、いや切に汲みぞまゐらす、父よ、み心。
⑬わが齢重なりくればいや切にみ心の程の思ほゆも父
「初出」第四、五句が煩わしい。また「み心を汲む」より「み心が思われる」が自然である。

⒇いまそかりし父を思へば、わが心、尚し針もて刺さるる如し。
⑯いまそかりし父を思へばわが心太き針もて刺さるるが如し
「いまそかり」は「あり」の尊敬語。いらっしゃる。ありし日の父を思えば、の意。「太き針」と具体性をもたせた。
㉑いとこはき父かも、あはれみまかりて久しかれども尚われ叱る。
⑮いとこはき父におはすも身まかりて年経にけれど尚しわれ叱る
「初出」の「あはれ」を排してより平明になった。

父母の墓に詣でての歌の加筆のさまを見た。いずれも納得の行くものである。句読点の使用は特に

意図してのものでなく、軽い実験的な試みだったのかも知れない。また右の番号で明らかなように、配列順を微妙に入れ替えている。個々の歌の推敲はここまでに止めて、次に連作の構成を見る順序になるが、「初出」「歌集」ともに、まず久々に帰省しての印象を述べ、姪に迎えられて家に入り、次に父母の墓に詣でる歌となる。「初出」では父母の墓前の八首（16〜23）の後、兄や甥、姪の歌へと続くが、「歌集」では墓前の歌の末尾二首（22〜23）を切り離して後へ下げ、また甥や姪に関わる歌（25〜30）も同様に後へ下げ、「初出」では後方にあった近隣の印象（31〜33、37〜39）を先に出している。このあたり、構成上の苦心が察せられる。番号によって移動を示す。

㉒肉親の似るものもなきしたしさにもの言ひをればさみしくなりぬ
㉝肉親のあやしきまでの親しさのいと悲しくもなりにけるかな
㉓人情の、なつかしくはた悲しきに、涙こぼしつつもたれてをるも。
㉞肉親のこのやさしかる心にぞ身をもたせかけて泣かんともしつ

この㉒㉓二首が最後尾となる。

㉕わが甥は、汗ぬぐひつつトマトーの紅きをちぎり食ふてをるも。
㉘火に似たる紅きトマトーちぎり取り食べをる甥の畑に見ゆるも
㉖旅びとのわれいたはると、やさしくもあるじぶりするに、姪のかなしも、
㉙旅びとの我をいたはりわが姪の主人ぶりする見ればさぶしも
㉗明るくも日の照る庭を眺めをれば、わが手はありぬ姪の肩のうへ。
㉛明るくも日の照る庭を眺めつつわが手置きに姪が肩のうへ

(28)わが姪はなやましげなる瞳して、われ見おこしつ、もの言ひたげに。
(30)わが姪はうれはしげなる瞳してわれをば見つつえぞもの言はぬ
(29)くれなゐに凌霄花ゆらめけば、古りしわが家の廂さびしも。
　くれなゐに凌霄花咲きたれば廂暗くも家古び見ゆ
(30)話してありと思ふに、わが心、うす青き空に取られてありけり
(27)話してありと思ふにわが心うす青き空に取られてありけり
末尾の前に置かれたのが右の六首である。また前のほうに取り出されたのが次の六首である。
(31)ひそびそと音するは虫か、うす青くさみしく空の光りてあるに
(19)うす青く光れる空のさみしきにむかひをれば虫のひそびそと鳴く
(32)うす青く暮れてゆかんとする空のはるけき見るに、鐘鳴りきたる。
(20)うす青く暮れてゆかんとする空のはるばるに見え鐘鳴りきたる
(33)寝入りたる子が枕べを踏む如く踏みつつも行くふる里の路。
(21)寝入りたる児が枕べを踏む如く踏みつつも行くふる里の路
(37)あれは誰ぞ、かがみ腰して来る人の、見覚えはあれどその名の言へぬ。
(20)あれは誰そ屈み腰して田の畔を歩みくる爺はまさしくも知る
(38)笊もち泥鰌とる子ら、とりやめて、さは眼をまるう我をば見そね
(23)溝に立ち泥鰌をすくふ子ら見れば我かとぞ思ふふるさとの村
(39)をさなき日飛ばせしやうに、茅萱摘み、飛ばさんとすれば空の遠きかも

㉔小さき日したるがやうに茅萱摘み矢に飛ばすれば空の遠しも
㊷肉身の愛のうれしくさみしきに離れて、我よひとり行かまし。
㉞肉身のこのやさしかる心にぞ身をもたせかけて泣かんともしつ
「初出」にありながら「歌集」に入れられなかった歌は、はじめの五首のほか、次の六首である。

⑾ひやびやと顔にかかるは何の息ぞ、まくらし、土のただにひろがり。

⑿くらやみの、われ巡りて行かせぬに、たたずめば、細く水の鳴るかな
㉔ゆるらなる心もつ兄となりたまひ、弟われをあはれまんとす。
㉞さながらに家はあれどね、門にあそぶ子らのあまたが我が知らぬかな。
㉟うれしさは過ぎぬとぞいふ瞳して、われを見るかや、若き彼等。
㊱旅を近みをろがみに来しうぶすなの社新しくなりにけるかも。

一方、「初出」にはなく、「歌集」で加えられたものは、先の蛍の歌以外に次の三首がある。

⒅あやしくも空のみ眼には入る家ぞうす青くしも山に落つる空
㉕うたひつつ田の畔をくる若い衆の唄をし聞けばわれも知るうた
㉖などさしも珍しげにも我を見る親しとぞ思ふ故里の人
ところで注意したいのは「初出」の㉝、「歌集」の第二十一首目の次の歌である。
㉝寝入りたる子が枕べを踏む如く踏みつつも行くふる里の路。
㉑寝入りたる児が枕べを踏む如く踏みつつも行くふる里の路。
これは後年、『土を眺めて』の名高い次の歌の先蹤と言うべく、語句は第一句を除いてほとんど同

じである。

転寝《うたたね》の親の枕べ踏む如く踏みてわが行く故里の路を

第二次大戦後の昭和二十七年、中央公論社から『窪田空穂全歌集』上下二巻が刊行された。これは既刊の歌集から選出の上、まとめられたもので『濁れる川』は初版の一〇一一首に対して五六二首が選ばれている。ほぼ五五・六％という厳選ぶりである。因みに同時期の他の歌集は『まひる野』三九三に対して二九〇（七三・八％）、『明暗』一〇五対九六（九一・四％）『空穂歌集』四七七に対して二九七（六二・三％）『鳥声集』三六三対三四六（九五・三％）という比率で、空穂の選歌眼は『濁れる川』についてもっとも厳しかったことになる。（数字は短歌のみ）

全歌集の後記に当たる「本書を編みつつ思ひ出す事ども」で、空穂は当時の歌集出版の経緯について語りながら「我ながらひどいと思ふ物までも加へると、千首はあつた。」そして「千部刷つた。或る程度は売れた」と記し、最後に「本書（全歌集）に収めるにつき、実に多くを削除した」と書きとめている。ここにあげた「郷里へ帰りて」の「歌集」の三十四首は「全歌集」では「上高地渓谷行」と題され、「夏、槍ケ岳登山を企つ。松本駅より郷里和田村まで徒歩す」の詞書で九首。「故里」の小見出しで十三首、合計二十二首に圧縮されている。削除されたのは「歌集」の⑦、⑫から⑯、⑳㉑㉖㉚㉛㉞の十二首で、残された歌は、表現上の大きな変更はなく、漢字ひらがなの文字遣い、つまり表記上の手入れが見られる程度である。この後「歌集」ではいよいよ徳本峠を越えて槍ケ岳に挑むことになる。

・島木赤彦の上京

大正三年の大事件といえば、やはり島木赤彦が上京し「アララギ」の発行編集の中心になるということである。この間の経緯については斎藤茂吉の『アララギ二十五巻回顧』(「アララギ」昭和8年1月号)をはじめ、多くの記述がある。それらに従って「アララギ」の危機とその克服の後をたどってみる。

茂吉の『アララギ二十五巻回顧』によれば、明治四十二年九月からそれまで千葉の蕨真《けっしん》のところにあった発行所が伊藤左千夫(東京市本所区茅場町)方に移ったことが記されている。その際在京の同人が順番に編集を行なうという申し合わせができた。そこには石原純、民部里静、古泉千樫、山本薫湫、斎藤茂吉の名があがっているが、実際は左千夫にもっとも近い古泉千樫が主として担当し、時に茂吉が替わるという状態になっていった。だが千樫は月々の編集を的確に行なわず、遅刊が続き、会員を苛々させたらしい。茂吉は書いている。

「古泉千樫君は万端骨折つてくれたのであるが、アララギの遅刊・休刊は毎年のやうに幾冊かあつた。」

大正二年七月、伊藤左千夫が死去するが、事態は好転しない。

「五月号の休刊、六月号の遅刊は何とも申訳のない次第であります。本号は何でも彼でもただ遅れまいとして編輯を急ぎました。それで蕪雑となりました。八月号以下は古泉千樫君が専念に編輯して呉れます。本月号は致し方なく私が編輯したに過ぎません。私はこれから専念に今迄通り会計の方をやります」(「アララギ」大正3年8月号「編輯所便」)

これを読むと茂吉が会計を担当していたらしい。まさに時代であるが、ともかく、事態はますます悪化する。明けて三年一月号は、通常は年内に出るはずのところ、十日になっても出来てこない。原稿は十二月上旬に印刷所に渡され、すでに初校は出ていると印刷所はいう。茂吉が千樫に確かめると、すでに校正刷は戻したという。茂吉がそれを印刷所に伝えると印刷所は「御笑談ではありません」と憤慨する。再び茂吉は千樫に電話をかける。以下『二十五巻回顧』に従う。

「「君、民友社に校正刷を届けたといふのは本当か」。古泉君云。「本当だ」。私云。「それでもまだ届かないといふぜ」。古泉君云。「いや届けた。」私云。「君、嘘もいい加減にしたまへ。君は新年号を承知のうへでまた遅刊したのか」。古泉君。「……」。私。「一体どうするつもりだ」。古泉君。「……」。私。「馬鹿…！」私が「馬鹿！」と云つたか云はない瞬間に、古泉君は受話器をかけてしまつた。それがカチヤリといふ音をして聞える。私は受話器を耳にしたまましばらく茫然として立つてゐた。」

このやりとり、実にリアルでおもしろい。東京にいる茂吉がこれだけ怒るのだから地方にいる会員はどのように不安で不満だったことか。私にはひとごとと思えない。上田三四二の『島木赤彦』（角川書店 昭61）には「アララギ」（昭和51年6月号）に紹介された中村憲吉から島木赤彦にあてた書簡が引用され、さらに赤彦から憲吉にあてた書簡などもあって赤彦の不満の並々ならぬ感情が浮き彫りにされている。憲吉は、千樫が一月号の校正を握って返さなかったのは自分の歌ができなかったからだと赤彦に伝える。赤彦が激怒したのはいうまでもない。もちろん千樫の性情が遅刊の大きな原因であろうが、遅筆の作者が編集を兼ねるとどうしてもこういう事態を招きやすい。

赤彦はこの状態がつづくならば今後は「アララギ」に作品を発表しないとまで言い出す。困惑した東京の茂吉と憲吉は相談していくつかの対策をたてる。茂吉は海外留学を目前に控えて（ただし実際は延期）いるし、事は急を要するのであった。赤彦は自ら上京して事に当たろうと決意する。赤彦の上京は、ただ「アララギ」の刊行正常化のためだけではない。赤彦の「内面的事情」もあったという。この間のことは多くの研究者によって分析され推察され、私が口を挟む余地はないほどである。赤彦自身の文学のため、中原静子との関係清算のため、など入り組んだ事情があり、それらをめぐるさらに複雑な心情があったことであろう。ここでは茂吉の一言を記しておく。

「大正三年に赤彦君が専門の歌人生活をするつもりで上京し、小石川の上富坂のいろは館といふ下宿にゐて、アララギの編輯に骨折つたのであつたが…」（「島木赤彦君」）。つまり茂吉は「専門の歌人生活」という面を重視している。

それにしても赤彦にとっては大きな決断の要ることであった。すでに三十九歳（数え年）、長野県諏訪郡視学という地位を捨ててのことである。東京での職は淑徳高等女学校に決まってはいる。赤彦は次のような切実な文章を書いている。

「家を出たのは四月十日であつた。潮沿ひの県道には午前七時の日ざしに霜が淡く光つて居た。子供が三人後から蹤いて来た。そして一停車場の間だけ一緒に乗つて別れた。子供の顔が最後に車窓から流れ出した時私はそこに全く信濃から別れた。」（「アララギ」3年6月号「消息」）

以下、よく引用される歌であるが、ここはどうしてもあげておきたいのであえて記しておく。

家を出づ

妻も我も生きの心の疲れはてて朝けの床に眼ざめけるかも

かうしつつ膝ならべつつゐる心暁のひかり時すぎんとす

古家の土間のにほひにわが妻の顔を振りかへり出でにけるかも
日の下に妻が立つとき咽喉《のど》長く家のくだかけは鳴きゐたりけり
幼な子は病みのよわりを立ち出でて吾《あ》を見たるかな朝日のなかに
三人の子だまりてあとにつき来る湖《うみ》の朝あけは明るぐるしも
幼な手に赤き銭《ぜに》ひとつやりたるはすべなかりける我が心かも
この朝け道のくぼみに光りたる春べの霜を踏みて別れし
灰の上に涙落してゐし面わとほどほに来て思ほゆらくに　（「アララギ」6月号）

赤彦は上京し、その月のうちに茂吉とともに千樫を訪ね、編輯所を茂吉方に移すことを承諾させる。千樫は当然不満であったろう。が、遅刊休刊の事実は動かせず、拒否することはできない。四月号にそのことを誌上に公告し、五月号は休刊、六月号から正確に出すことが決まる。実際は、名義は茂吉となったが、実務は赤彦の下宿である小石川区上富坂町のいろは館で行なわれた。茂吉は次のように記している。

「私は赤彦君に編輯の方法を教へた。頁数の勘定のこと、活字の大《ママ》さのこと、目次の書方、交換広告の書方、さういふことは当時は一々編輯幹部が自らやつたので、少年の手を煩はすことなどはなかつた。また、選歌も当時は数も極めて少なかつたから清書したりしたものである。ここに於てアララギははじめて十二月号を発行することが出来た。」ここでいう編輯幹部は茂吉、赤彦のほか、憲吉、千樫、土屋文明らであり、少年とは河西省吾、横山重、土田耕平、清水謙一郎、藤沢実（古実）ら赤彦門下の人々をさす。これらの人々は赤彦を扶けてその後の雑誌刊行に大きく寄与したことは知られている。当時「アララギ」の発行部数は、五〇〇部または六〇〇部であった、と茂吉は書いている。「赤彦君。『斎藤。ぼくは今年ぢゆうに千部にして見せる』。茂吉、『ハハハ。それは誇大妄想といふものだ』。そんな話もあつたりした」(「アララギ二十五巻回顧」前掲)。ともかく赤彦の力によって「アララギ」の危機が回避され、その後の発展があったことは間違いない。短歌に限らず、文藝雑誌の興亡つねならぬこと、この頃から変わらないが、この大正三年の「アララギ」の危機とその回避に至る波乱は劇的である。その後幾星霜、日本一の短歌雑誌に成長した「アララギ」だが、平成九年十二月、その「アララギ」はついに解散した。止むを得ないこととはいえ、感慨なきを得ない。平成の赤彦はついに存在しなかったのである。そういう時代なのかも知れない。

こうして赤彦は「アララギ」の発行を軌道に乗せた。新婚の茂吉はもとより、中村憲吉も編集に参与し、石原純もヨーロッパから帰国、「アララギ」の最初の高揚期が始まる。だが赤彦には、個人的にもう一つの悩みがあった。中原静子との問題である。十月、八丈島に渡る。翌月帰京し、小石川白山御殿町に転居する。長塚節は六月号から「鍼の如く」を発表しはじめる。が、病状は重い。

・「水甕」と「国民文学」創刊

この年、二つの大きな雑誌が創刊された。「水甕」と「国民文学」である。尾上柴舟は二年前の明治四十三年に「短歌滅亡私論」を発表したが、自ら歌をやめるというほどの意識はなく、二年には『日記の端より』を刊行している。教職にある以上、萌え出ようとする学生たちの機運を受け入れて新雑誌が生まれるのはむしろ自然な流れであろう。四月には同志と「水甕」を創刊した。もと柴舟を囲む青年たちの「車前草」グループと（石井直三郎、岩谷莫哀）、柴舟の郷里岡山近在の旧制六高グループ（赤木桁平、出隆）が中心となって創刊、少し遅れて東京女高師グループ（水町京子、関みさを）も参加した。当初は温雅な自然詠が主流であった。

「国民文学」の創刊号は六月に出た。短歌雑誌というよりは文藝総合誌といった色彩が強く、窪田空穂が責任者ではあるが、編集は前田晁がリードした。文壇への登龍門として全国の投書少年の夢を育んだ『文章世界』が衰退の色濃く、自然主義文学全体の退潮が顕わとなってきた。空穂・前田の間ではここで「白樺」や「新思潮」に対抗する力をもった文藝雑誌をもちたいという夢があったと思われる。巻頭は田山花袋、徳田秋声、中村白葉、三木露風、第二号からは長谷川天渓、島村抱月、豊島与志雄、相馬御風らの名が出る。それに松村英一、半田良平ら十月会以来の空穂門下の歌人が参加した。だが販売成績は上がらず、多くの借財をかかえる結果となった。翌年から短歌中心の雑誌にあらため、六年九月からは松村英一が編集発行の責任者となる。

・諸歌人の動向

「新思潮」は二月に第三次「新思潮」として芥川龍之介、久米正雄、山本有三らによって創刊。これに二十四歳の土屋文明も「井出説太郎」の筆名で参加している。

前年に歌人交流のことを記したが、この年も土岐哀果の肝煎りによって茂吉、赤彦、白秋、夕暮、憲吉らが日本橋メイゾン鴻の素で晩餐をともにした。

北原白秋は二月に小笠原父島に渡った。が、俊子は島での暮らしに耐えられず帰京、白秋は遅れて帰り、七月に麻布十番に住む。俊子と離婚するが、この頃貧窮に苦しむ。しかし九月には「地上巡礼」を創刊する。十二月、『白金之独楽』刊。

金沢から出てきて間もない二十五歳の尾山篤二郎は先輩室生犀星のもとで、萩原朔太郎、富田砕花らと「異端」を出した。創刊号に「歌壇縦横」を書いて歌壇を批判。別に空穂、柴舟の歌、新妻莞の夕暮批判などを収めて意気盛んだったが続かず、のち短歌部門は「国民文学」に吸収される。

若山牧水は四月に『秋風の歌』刊。雑誌「創作」は経営困難で十月から休刊。前田夕暮は、一月、「詩歌」に百首発表、ついで九月、『生くる日に』を刊行。後期印象派的な外光の強さを志向した歌が多い。「アララギ」に千樫、茂吉、赤彦、憲吉の批評が出た。

与謝野寛は五月『巴里より』刊。与謝野晶子は一月、外国での作をまとめた『夏より秋へ』刊。この頃『新訳栄華物語』など古典の評釈や訳の仕事が多い。木下利玄は五月『銀』を刊行、新作を巻頭つまり前に置く編集が話題となった。

七月、第一次大戦勃発（八月、対独宣戦布告）

大正四年 1915

北原白秋著畫裝幀

日本空前の一大歌集愈出づ

歌集 雲母《キララ》集

壹圓五拾錢 送料十二錢

十二章六百首繪畫四葉(木版彩畫)裝釘 表紙雲母刷木版背異赤の緞子四六版天金箱入萃麗清新無比

大膽、莊麗、單純、高逸殆どあらゆる綜合的大歌集

にして謙讓無比 實に驚嘆すべき絶代の一大傑作也!!

忽三版

わすれなぐさ

日本出版界を驚倒せしめし萃麗柔軟羊皮製の白秋氏抒情小詩選

定價九拾五錢 送料六錢

社友募集

規則入用の方は郵券二錢封入阿蘭陀書房宛御申込下されたし

巡禮詩社

東京市麻布 坂下町 十三番地 阿蘭陀書房 振替口座 東京 一四四八九

土岐哀果著 (愈々發賣せり)

詩歌集

街上不平

表帖『ヴォルガの船曳き』 清逸なる布裝美本 『佇みて』と同型三百餘頁

定價金八拾錢

郵税四錢

新詩五十餘篇 短歌百餘首

著者、都會に生活し、社會の諸相、身邊の雜事、日常、胸懷の欝悶、禁ぜんとして禁ぜず、出でては街路に現狀の打破を思ひ入つては書齋に自己の薄志をなげく。現代、智識ある青年の間に、著者が多くの同志を有する所以、蓋し此處にあるか。詩歌の近業百數十篇、すべてこれ眞情の流露、書肆は之れを單り我が詩歌壇に薦むるのみならず、弘く一般の人々の一讀を請はんとする也。

發行所 東京市日本橋區檜物町九番地 東雲堂書店 振替東京五六一四 電話本局一八七一

・長塚節の死

二月八日未明、福岡九大病院で療養中の長塚節が亡くなった。葬儀は博多の崇福寺で営まれ、荼毘に付された。遺骨は東京を経由して郷里に帰り、三月十四日に国生共同墓地に埋葬された。埋葬に参列した平福百穂の詞書つきの歌が式のありさまをよく伝えている。詞書中の「秀真」は香取秀真《かとりほずま》、「瓊音」は沼波瓊音《ぬなみけいおん》、「左翁」は伊藤左千夫を指す。「アララギ」大正四年四月号。

長塚節の葬式　平福百穂

三月十三日朝来雪、長塚節氏の葬儀に参列の為め午后上野発秀真氏瓊音氏同行す。石下駅一泊。翌十四日快晴、鬼怒川の渡をわたりて岡田村国生《こつしやう》に着。雪解の悪路言語に絶えたり。往来の人手に手に棒切れを投げるを見る。親戚故旧及び村人等雲集皆ひそやかに家の内外にあり。君が長篇「土」中の人物も眼前に活躍す。霊柩は嘗つて左翁と共に宿りし室の中央に安置せられたり。やがて三時頃五六の僧侶一様に緋の衣《ころも》を着けたるが来り読経、柩を三周し畢る。天台宗なり。余等はこゝにて焼香帰途に就く。四時出棺墓地に送らる。俥上に振りかへり〳〵見るも只鉦の音哀しく森の中を練りゆくを聴くのみ。そこの藪かしこの畑、はた氏が殖林せる竹林には雪斑らに筑波の山も白く見ゆ。十余年前氏及び左翁と連れ立ちて此土を踏みしが今は共に亡し。感慨無量。（三月二十日）

竹藪の蔭に残れるはだら雪ひたぶるさびし堪へがてぬかも
たまたまに鉦をたゝける葬《はふり》いま竹の林にかかりけるかも
百姓の男二人が麦売《から》のもと火を持ちて葬に立つも
造り花茗荷の花は五いろの花傘の如つくられにけり
造り花茗荷の花は竹藪にさやりにければ散りにけるかも
しなへ竹かぶさりかゝるくらがりを柩静々さやりつつ行く
緋衣の導師は駕籠に乗りにけれ塗色はげし其駕籠かなし
麦畑の丘のうねりに日あまねく光りの中の人動きゐる
丘の辺に黒く群れゐる村人《むらひと》等たまたま駈る童子等も見ゆ
午后の日の光あまねき丘の辺の畑の中の墓原も見ゆ
仄かにも鉦の音きこゆ畑越えて我は幾度もふりかへりつも
黄に光る夕日のなかにうらがなしふりさけ見れば雪つめる山

・「品行方正」について

長塚節は短歌のみならず小説も書いた。『土』はいうに及ばず、短篇小説も多く、単行本としては生前に『芋掘り』、没後に『炭焼きの娘』『山鳥の渡』二冊がある。このうち『炭焼の娘』は大正四年五月二十一日に発行され、六篇の短篇小説と十八篇の写生文・紀行文が収められている。表題作の「炭焼の娘」は宇野浩二の称賛を得たという。ところで短篇小説のうち「隣室の客」は次のように始まる。

「私は品行方正な人間として周囲から待遇されて居る。私が此処にいふやうな秘密を打ち明けても私を知つて居る人の幾分は容易に信じないであらうと思はれる」。実はこの小説のもつ問題性は「短歌」昭和六十年二月号の宮地伸一の文章によって教えられた。宮地はこの小説を紹介しつつ、従来多く行なわれている長塚節童貞説に疑問を投げかけている。五味保義の談話や岡麓の手紙、また平輪光三の研究などさまざまな資料を援用してまことにおもしろい文章である。

私が注意したいのは、長塚節が自らを品行方正であると他人に見られていることを自覚していることだ。歌を読んでも文章をみても、全集の書簡を調べても、彼の不品行？ を思わせるものはほとんどない。僅かに「隣室の客」があることを私は宮地の文章ではじめて知った。実際に節は品行方正だったのであろう。その例外が一点だけあり、それを他人のこととして「隣室の客」という小説に仕立てている、そこが節の人間を考える上で興味深い。節はその過去の一事を悔い、その後の自分をストイックに拘束したのかも知れない。あるいは、他人にはそう見えるように演技し続けていたのかも知れない。他人の評価はある程度本人の行状を規制してしまうところがある。まして生真面目な節は、最後まで品行方正の重荷を背負って生き続けたのではないか。節が童貞であってもなくてもその短歌の評価には関わりないが、「隣室の客」の書き出しは、長塚節という人について、またその後大きく展開する私小説の理解の上でも考えさせられる。

余談を一つ、「鍼のごとく」其四（「アララギ」大正3・9）には「構内にレールを敷きたるは浜へゆくみちなり、雑草あまたしげりて月見草ところ〴〵にむらがれり、一夜きり〴〵すをきく」という詞書のあと、次のような五首が続くところがある。とくに「白銀の」は著名。

石炭の屑捨つるみちの草村に秋はまだきの螽蟖鳴く
きりぐ〳〵すきかまく暫し臀据ゑて暮れきとばかり草もぬくめり
きりぐ〳〵すきこゆる夜の月見草おぼつかなくも只ほのかなり
白銀の鍼打つごとききりぐ〳〵す幾夜はへなば涼しかるらむ
月見草けぶるが如くにほへれば松の木の間に月欠けて低し

私的なことになるが、いまから約六十年以上前の昭和二十三年のこと、私は高校一年生で筥崎八幡宮の手前、九大病院からは裏手にあたる馬出《まいだし》浜松町の川崎清宅に厄介になっていた。こども用の小さい机を借りて縁側に置き、それを勉強机とし、そのそばの畳に布団を敷いて寝る。食事は腎臓結核で入院中の兄と、その付添をしている姉のところで摂っていた。徒歩約十分。馬出の川崎家から病院の裏門を通って、泌尿器科の病棟へ通うのだが、裏門近くに使われていない錆びたレールが敷いてあった。門の近くに古い石炭置場ふうの囲いがあり、レールは塀に沿って二十メートルほど続き、確かに浜の方に向いていた。いま思えばそれが節の詠んだレールだったのである。レールは地面になかば埋まっており、裏門付近の道は石炭の粉にまみれて、地面に黒くこまかい砂のような粒子がキラキラ光っていた。私はその道を朝夕、登下校のたびに通った。まだ長塚節の存在は知らず、もとより歌碑のあることも知らなかった。兄は翌年二月に死に、以後私の下宿は他所に移ったので、レールの行方はついに見ていない。

・伊藤左千夫と節

左千夫、節という子規直門の先達を失ったことは「アララギ」にとって大きな打撃には違いないが、一方新世代の奮起と新風台頭の機運を促進したことは疑いない。

いまさら私が書くまでもないが、子規の短歌のもっとも佳き後継者であった左千夫と節は、性格の上でも作風の上でもまったく対照的であった。写生についての考え方さえ差異があった。微笑ましいのは、病床の子規の前で二人が柿本人麻呂の風貌について論じ合ったこと。左千夫は人麻呂を必ず太った人だと言い、節は必ず痩せた人だと主張して譲らなかった（斎藤茂吉「長塚節氏を憶ふ」による）という。子規はそのことを面白がって書いているが、まことに二人の文学の違いを示す象徴的なエピソードである。また土屋文明は節が左千夫の美術鑑賞眼について「伊藤君は本当のよいものを見てゐないから」と疑問を洩らしていたと記している（「アララギ」昭30・11）が、これも頷けることである。

数年前、私は機会があって成東町の伊藤左千夫記念館に行って、左千夫の遺品、書画や茶道具など遺品の展示を見た。歌に詠まれている道入の黒楽茶碗はあったが、ほかに目ぼしい品は思ったより少なかった。建物はもとより、展示の内容全体、弟子の茂吉や文明の記念館の壮麗さに比べて何とも質素なものであった。しかしそれがまた、左千夫のよさであろうとも思い、かえって親しみを覚えた。同時にまた生家はていねいに保存されているが記念館のない節のことが、さらにゆかしく思われる。節は旅の先々でいろいろな古美術に進んで触れ、心を養って行ったことは、節を偲ぶ赤彦の追悼歌でも知られる。

白雲の出雲の寺の鐘ひとつ恋ひて行きけむ霜の出雲を　島木赤彦

なお右に触れた斎藤茂吉の「長塚節氏を憶ふ」は「ホトトギス」大正四年三月号に掲載されたもの。節の死後間もない頃の文章で、先輩節を偲ぶ心情がつつしみ深く記されている。中でも貴重なのは、節が茂吉の『赤光』批評を書くのに必要だからといって「おひろ」の背景について執拗に説明を求めるくだりで、「予は批評を書いて貰ひたいばかりに事実をみんな話した。その時長塚さんは甚く感心して聴いてゐた。それから何でも緑の若葉が余程大きくなつた頃である。突然予の勤めて居る巣鴨の病院に訪ねて来た。表向の用事は胸を診て呉れといふのであつたが其実は、予の女人の事をもつと精しく聴きたいのであつた。そして矢張り「批評を書くから」と言つた。予は（略）また精しく話した。その時長塚さんは何とも云へぬ「寂しーい顔」をした」。茂吉が「長塚さんほど、官能方面に於ける女人との交渉の少ない人も稀であつた」という節である。この節の「寂しーい顔」はどういう表情であったのであろうか。なお節の『赤光』評については大正九年の項で触れる。

・与謝野夫妻のこと

歌壇とは直接の関わりはないが、与謝野寛が、この年四月、晶子や周囲の反対を押し切って京都府から衆議院議員に立候補、みごと落選する。もともと寛は日清戦争前の朝鮮での壮士的活動など、政治的関心の高い人であったが、所詮は無理な企てであろう。「明星」「スバル」退潮のあと、外遊後も意気上がらず、現状の打開を求める寛の焦りであろうか。とはいえ前々から女性関係やこどもの教育への意見の相違など、波風の絶えなかった夫婦仲が、いっそう難しくなったという。晶子はヨーロッパから帰国後、平塚らいてうらの「青鞜」に寄稿し、文化人としての発言も多くなっていたが、やがてらいてうと反りが合わなくなって行く。華麗な名声とは裏腹に、晶子には寛との軋轢を処理しきれない古さと弱さがつねにつきまとっている。「青鞜」の人々とは拠って立つ基盤が違うのである。

かにかくも君は君のみ知る世界われはわれのみ見つる日を持つ
いく人を忘れはてむと君云へば身もやらはるるここちこそすれ
女には懺悔をききて後に得る病ありとは知らざりしかな
たぐひなき思はれ人と世に知られ時にはわれもさもやと見しを
思はれて来しと云ふにもたがひたり思はれずとし云ふもたがへり
君のみが恋人なりとわれ云はる長き懺悔を聞けるしるしに
われと住みなほ十余年御心に置かれしものはなみしかねつも
われよりもひたと心に抱かれて来しを思へば許しがたけれ
さばかりも辱められ侮られおとしめられて後懺悔きく
し給へる懺悔によりて救はれしものなしわれも君も悲しき

「ARS」六月号二十首の中から抄出した。これらの歌、のち『朱葉集』に収録されている。詠まれている夫婦のトラブルはおそらく何らかの事実が反映され、すべてがフィクションではあるまい。ただいつのことか特定できない。掲載された「ARS」はこの年四月、北原白秋が弟鉄雄とともに新しい意気込みをもって創刊した雑誌。その「ARS」に寄稿を求められ、晶子は断ることもできずに旧作で責を果たしたのかも知れない。だが詠まれている夫婦間の内容は深刻で、かなり赤裸々に事実を示している。相手の女性は誰とも言われていないが、しかるべき歌人、山川登美子や増田雅子らかも知れない。「われよりもひたと心に抱かれて来し」と言い「許しがたけれ」と歌いあげるところ、まさに嫉妬の炎狂わんばかりである。これらの歌、選挙落選の直後に発表しているところなど、晶子には考えがあったのであろう。なおこの選挙は政府の選挙干渉や買収など、スキャンダルが多く報じられ、晶子も「太陽」に批判的な文章を書いている。

・啄木追想会

大正四年四月十一日午後一時から、浅草松清町等光寺で石川啄木三年忌追想会が行なわれた。もちろん土岐哀果の肝煎り、等光寺は哀果の生家である。「生活と藝術」五月号に「哀果生」によってその概要が記されている。一部を引く。

「朝から小雨、寒し。正午を過ぐる三十分、斎藤圭君まづ来る。横浜からわざわざ来たのである。」当時、横浜は「わざわざ」と言われるほど遠方だったのだ。「一時半法要。伽陀、阿弥陀経。一同焼香。法要後、一同書院に集つて、冴えかへる春の火鉢をかこむ。出席諸氏左の通り。(来着順)」とあって四十人ほどの名が記されている。多くは「生活と藝術」の執筆者・読者であろう。私の知る名は、矢代東村、西村陽吉、富田砕花、大熊信行、柴田武、金田一京助、窪田通治(空穂)、松村英一、与謝野晶子、与謝野八峰、与謝野七瀬、古泉千樫、中村憲吉、久保田俊彦、秋田雨雀、荒畑寒村、吉井勇などである。与謝野寛の名がないのは記録漏れか。晶子は小さい子を連れての出席、赤彦(久保田俊彦)、千樫、憲吉ら「アララギ」三人の出席が目をひく。

「開会について、僕（哀果）の挨拶したのち、窪田通治、秋田雨雀、荒畑寒村三氏の談話。」とある。空穂は何の用意もなかったが、哀果に乞われて止むなく立った、と後で書いている。空穂は「お互いに、歌を詠みます時に、いちばんはじめには、ただ自分一人で生きて行く心もち、世間、社会というものを別にして、自分一人の生活の感傷、主観の動揺から歌が起って来ます。万葉から今まで、歌の大部分は、その境にあると思います」と前置きし「ところが、私どもが生きて行く中に、漸次それだけではすまなくなって来ます。つまり、世間、国《ママ》体といふ問題が起きてきて、自分と離して考えることが出来なくなります。（略）歌では何だか、くいたりなくなって来ます。石川君は其処を突き出た、従来誰にも出来なかったことをやっております。石川君は、世間と自分の交渉、大勢の中の自分を歌っております。」それは「石川君の真実と誠意とによって出来たのだと思います」と述べた。

その後、荒畑寒村が立ち、啄木の思想の展開と深化について熱弁を振い、啄木は共産主義者になってこの世を終えた、と述べた。すると来会者の一人、軍服を着た青年が立ち上がり「自分は軍籍にある金子玄一といい、啄木とは古くからの親友で、何事も知りつくしている。彼は今言われたような共産主義者では断じてない。私はそういう主義の人と同席するのを潔しとしない」と発言し、さっさと退席して行った。右「生活と藝術」の記事と、後年空穂の書いている回想による。さらに空穂はもうひとつ興味深いエピソードを記している。

空穂が会場に来たのはまだ開会前で、畳敷きの書院にすでに二、三十人の人が来ていた。与謝野寛、晶子夫妻の姿を見出だした空穂は、先輩である与謝野に「よくいらっしゃいましたね」と挨拶した。すると「彼は軽い笑いをうかべて、『啄木、こうなるとえらそうだね』と言った。その笑いと、その語気とから私は、今日の追悼会は、彼啄木にとっては過分な似合わしくないものだということを、言外にこめていると感じとった。」（昭和三十年執筆）

つまり空穂は啄木の死の前と後とでは啄木の評価に差があること、生前の評価が低かったことを感慨をこめて記しているのだ。

・「歌壇警語」の効果

土岐哀果がはじめた雑誌「生活と藝術」に大正四年九月号から「歌壇警語」という欄が設けられた。今日の歌壇時評的なものだが、土岐哀果の署名があり、対象も斎藤茂吉、島木赤彦、窪田空穂、松村英一、前田夕暮、与謝野寛ら多彩を極めた。とくに哀果が九月号に「斎藤茂吉君の歌論」という文章を発表し、哀果と茂吉の間に短歌史上、名高い論争が起こった。このこと、篠弘『近代短歌論争史』（明治大正編）で懇切に紹介論評されているし、また武川忠一「歌誌を辿る」（角川「短歌」平成10・10のち『近代歌誌探訪』角川書店　平17に収録）でも要点が記されている。この論争は過去の近代短歌に関する論争の中で数少ない高度のもので、短歌創作の本質に触れる問題をもつものであった。茂吉のこだわる「言葉」は表現意識と方法によるもので、創作過程にきびしく、一語一語を吟味しようとするのに対して、哀果は使用された言葉は作者固有の思想、情景を表わすもので、一語について拘る茂吉らの態度を批判した。この差は単に茂吉と哀果の差というよりも、短歌における「写実」の理解とその方法の差異でもある。が、多くの論争がそうであるように、この論争もまた論争過程で論点がずれ、茂吉の感情語ばかりが目立つ結果となった。が、哀果の論理的で明晰な叙述の中に皮肉もまじえた軽妙な文章は、これまでの歌人の論争文になく、論者を引き込む「よみもの」としてのスピード感と親しみをもっていた。論争そのものは哀果が「木馬紅塵」(「生活と藝術」大正5年4月号)を書いてピリオドが打たれる。論争の行方に不毛を感じる判断があったからであろう。哀果の文体の例を少しだけあげておく。

「斎藤君がアララギに発表する歌論はそのナエヴェテと独断とを愛せざるを得ない。最近沼波とか西出とかいふ人達を対手にした直截な意気込みも痛快であつた。それに対して、ある小さな雑誌に、斎藤茂吉は近来少し名が知れたので、有頂天になつてナマ意気になつた、いかんといふやうなことが書いてあつたが、僕はいかんことはないと思ふ。(略)斎藤君の歌論は、若宗匠の多い現歌壇の珍とすべきではないか。」(「生活と藝術」9月号)

「斎藤君はかかる苦心、いろいろな言葉からお蔭を蒙る努力のために、しばしば自己の感動そのものを逸することはないか。それの変形されたものになつてしまふことはないか。斎藤君近来の歌に斎藤君自身といふものの生々しさが無くて、一種の衒気のまつはりついてゐると見えるのは、意識的にか無意識的にか、このやうな言葉の上の動機によつて、或は一首となるまでのプロセスに於いて、自分の「もの」を疎かにするためではないかと思はれる。これは僕等が短歌を自身達のものとしつつある上に、由々しき事実と考へなければならない。」(同右)

「生活と藝術」は大正五年六月に廃刊し「歌壇警語」も消滅したが、言葉を論じて短歌の本質に迫る哀果の筆法は、その後の論争の範となり、かえって茂吉に大きな影響を与えたのではないか。太田水穂との論争、石榑茂との論争などを見ても、茂吉は(言葉は激しいが)論の構成や進行にかなり慎重になっている。

・諸歌人の動向

赤彦は二月から「アララギ」編集発行人となった。「アララギ」三、四月号は「赤光」批評号。三月『切火』刊。

同じ二月、空穂の『万葉集選』が出た。五月『濁れる川』刊行。女子美術学校の講師を辞す。

土岐哀果は三月に『街上不平』を、七月に『はつ恋』（ローマ字歌集）を相次いで刊行。十一月『作者別万葉短歌全集』刊行開始、三行書きをやめる。

北原白秋は前述のように四月から弟鉄雄と阿蘭陀書房を創立。「ＡＲＳ」を創刊した。その際の寄せ書き風の即興歌がある。

阿蘭陀書房披露歌

うらうらと何ともかとも云へぬ男ゐて阿蘭陀書房のはじまりはじまり　斎藤茂吉
み仏も女人もなべてほがらかに阿蘭陀書房生れけるかも　島木赤彦
いとどしく北原白秋真面目になり阿蘭陀書房生みにけるかも
麗らかに阿蘭陀書房の店頭に白秋ほとけ本売りおはす　中村憲吉
白秋も頭まろめてにこやかにわれの仲間となりにけるかも　東雲堂主人
八十円の詩集三冊売れにけり阿蘭陀書房の春のゆふぐれ　古泉千樫
あまり多く本が売れるに驚きて魂な落しそ北原白秋　吉井勇

麗かになんともかともいへずうららかに本はすつかり売れにけるかも　土岐哀果

わが友の北原白秋が出版業永当永当おひいきを乞ふ
これは遙かに阿蘭陀のトンカジヨンの新事業福貴自在に冥加あらせたまへ
うららかな阿蘭陀書房の店びらき兄が損して弟がまうけ　阿蘭陀書房主人
儲《まう》かればまた損もすることあるならむ阿蘭陀書房ありがたきかも

（「ARS」5月号）

若山牧水は夫人喜志子の病気静養のため神奈川県長沢に転居。七月から太田水穂の『潮音』創刊に協力。十月『砂丘』刊行。

木下利玄は夏、箱根仙石原で「萱山」を詠む。「白樺」九月、十月号に発表。赤彦が誉める。

尾山篤二郎は三月『明る妙』刊。十月から松村英一とともに「短歌雑誌」の編集に当たる。

その他の歌集は、二月に石榑千亦『潮鳴』、三月、柳原白蓮『踏絵』、五月、吉井勇『祇園歌集』、六月、今井邦子『片々』、八月、岩谷莫哀『春の反逆』、九月、森鷗外『沙羅の木』、十二月、若山喜志子『無花果』などがある。

大正五年 1916

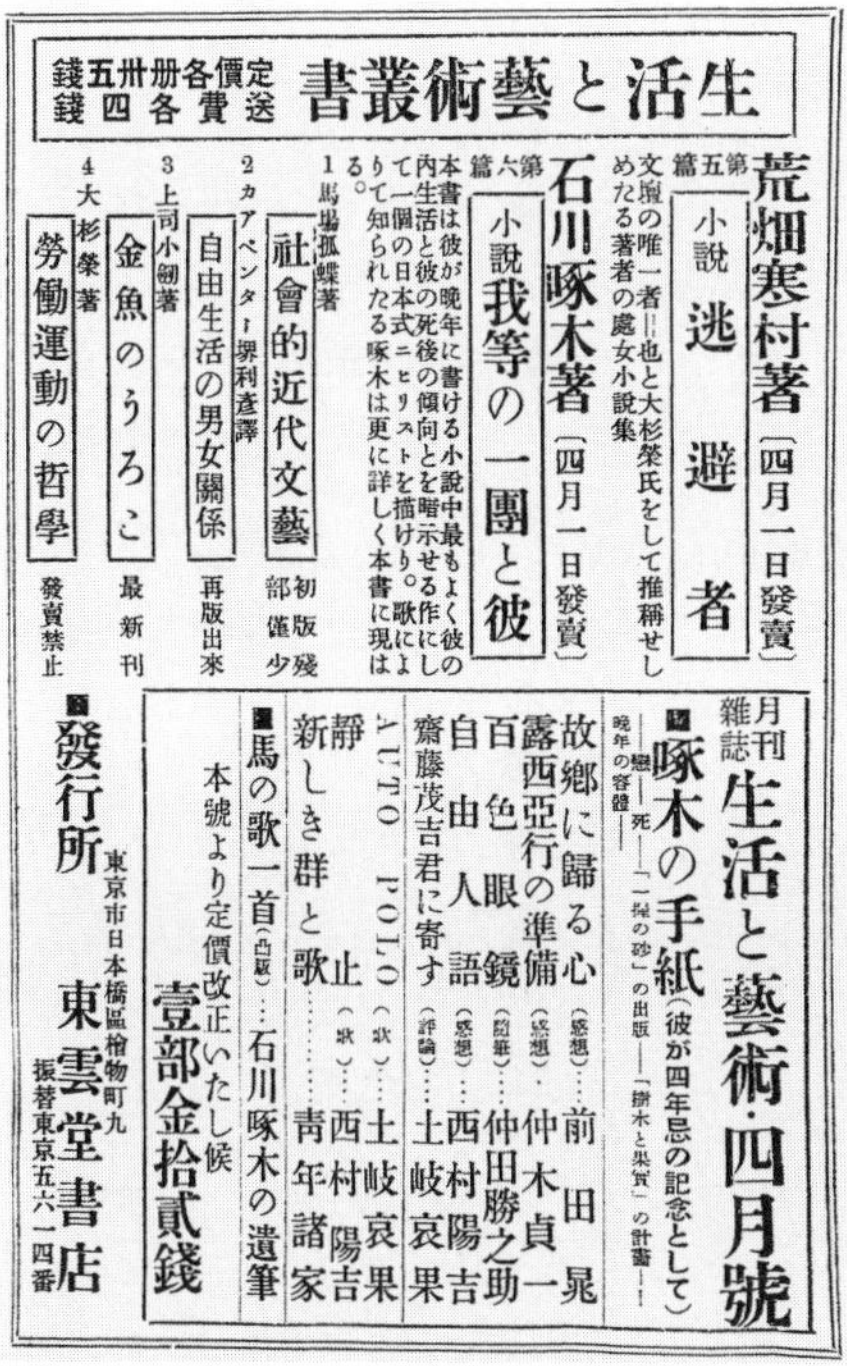

生活と藝術叢書
定價各冊卅五錢
送費各四錢
第五篇 荒畑寒村著（四月一日發賣）
小説 逃避者
文壇の唯一者‖也と大杉榮氏をして推稱せしめたる著者の處女小説集
第六篇 石川啄木著（四月一日發賣）
小説 我等の一團と彼
本書は彼が晩年に書ける小説中最もよく彼の内生活と彼の死後の傾向とを暗示せる作にして一個の日本式ニヒリストを描けり。歌によりて知られたる啄木は更に詳しく本書に現はる。
1 馬場孤蝶著 社會的近代文藝 初版殘部僅少
2 カアペンター 堺利彦譯 自由生活の男女關係 再版出來
3 上司小劍著 金魚のうろこ 最新刊
4 大杉榮著 勞働運動の哲學 發賣禁止
月刊雜誌 生活と藝術・四月號
啄木の手紙（彼が四年忌の記念として）
——戀——死——「一握の砂」の出版——「擽木と果實」の計畫——晩年の容體——
故郷に歸る心（感想）……前田晁
露西亞行の準備（感想）・仲木貞一
百色眼鏡（隨筆）……仲田勝之助
自由人語（感想）……西村陽吉
齋藤茂吉君に寄す（評論）……土岐哀果
AUTO POLO（歌）……土岐哀果
靜止（歌）……西村陽吉
新しき群と歌……靑年諸家
馬の歌一首（凸版）……石川啄木の遺筆
本號より定價改正いたし候
壹部金拾貳錢
發行所 東京市日本橋區檜物町九 東雲堂書店 振替東京五六一四番

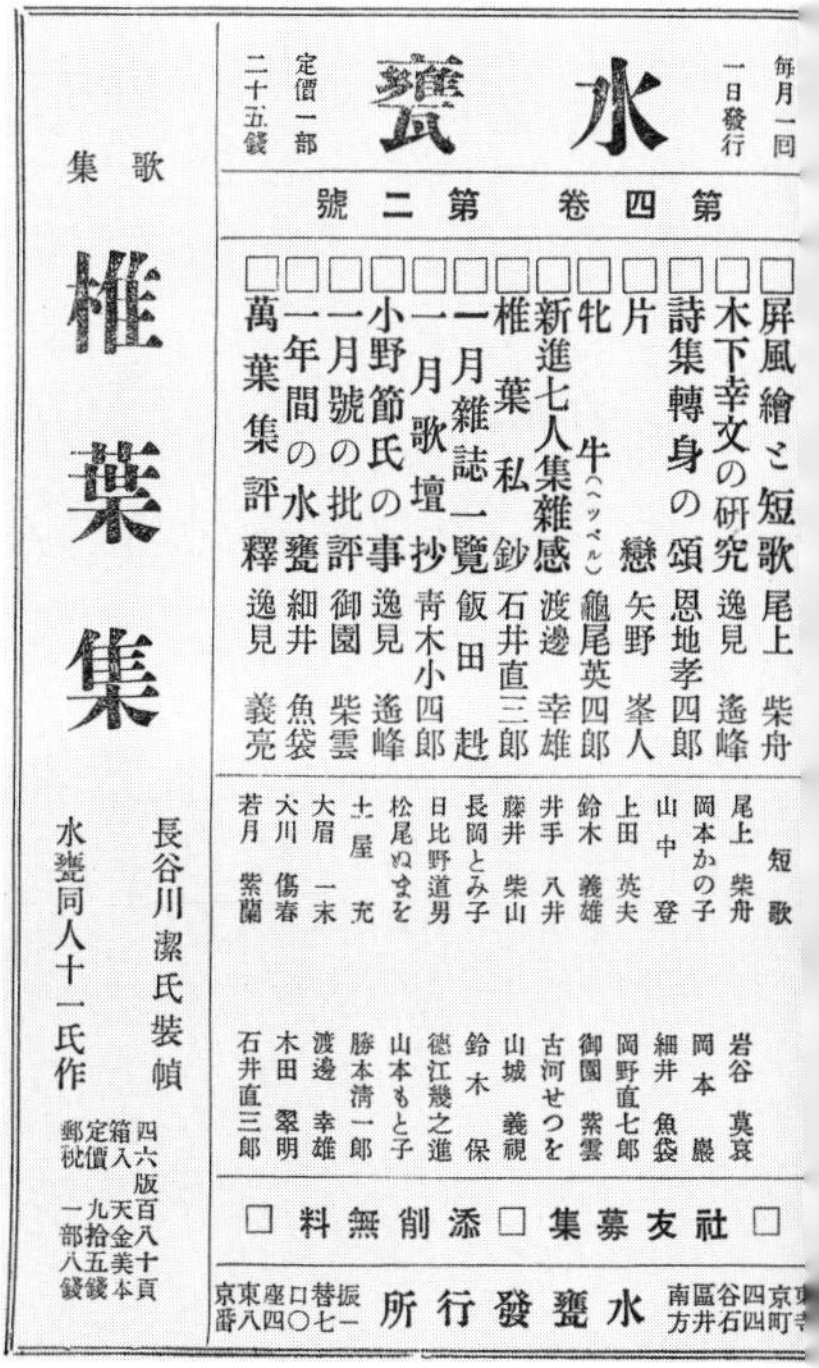

毎月一回 一日發行
水甕
定價一部 二十五錢
第四卷第二號
□屛風繪ゝ短歌 尾上柴舟
□木下幸文の研究 逸見遙峰
□詩集轉身の頌 恩地孝四郎
□片戀 矢野峯人
□牝牛（ヘッベル） 龜尾英四郎
□新進七人集雜感 渡邊幸雄
□椎葉私鈔 石井直三郎
□一月雜誌一覽 飯田赳
□一月歌壇抄 靑木小四郎
□小野節氏の事 逸見遙峰
□一月號の批評 御園柴雲
□一年間の水甕 細井魚袋
□萬葉集評釋 逸見義亮
短歌
尾上柴舟 岩谷莫哀
岡本かの子 岡本巖
山中登 細井魚袋
上田英夫 岡野直七郎
鈴木義雄 御園紫雲
井手八井 古河せつを
藤井柴山 山城義親
長岡とみ子 鈴木保
日比野道男 德江幾之進
松尾ぬまを 山本もと子
土屋充 勝本淸一郎
大眉一末 渡邊幸雄
犬川傷春 木田翠明
若月紫蘭 石井直三郎
□社友募集□添削無料□
歌集 椎葉集
長谷川潔氏裝幀
水甕同人十一氏作
四六版百八十頁
箱入天金美本
定價九拾五錢
郵税一部八錢
東京四谷區南寺町四四石井方 水甕發行所 振替口座東京一七〇四八番

・「生活と藝術」廃刊

土岐哀果が三年前に創刊して以来、多くの読者を擁し、話題をまいてきた「生活と藝術」はついに六月号をもって廃刊となった。まさに日本はじめてと言ってよい革新的な、広い視野をもつ文藝雑誌であったが、二年十カ月、三十四冊をもって幕をおろした。

廃刊の理由についてはさまざまの論議がある。最終的には哀果の決断によるもので、廃刊号の六月号には「なぜ廃刊するのか、その事情も、理由も数へれば単一ではない。然し、いよいよ廃刊を決意した上において、なぜ廃刊するのかと僕自身に問へば、要するにイヤになったから、と答へるよりほかない。この『イヤになつたから』といふ心もちは、どうしても動かすことはできない。」と書いている。そしてその号の表紙裏には「せめてわが自由になるものを自由にせむ、自由になるものの三つか二つを」を置き、本文には「雑沓」と題する十首を並べ、最後に裏表紙の「せめてわが」の歌を再掲している。

雑　沓（抄）　　　　　　　　　　土岐哀果

こつそりとぬけ路すれば、その路も人こみあへり、ゆくところなし。
込みあへる電車の窓に、さきたりと見あげ過ぐる赤坂見附の桜。
わが前に肩おしいるる、その肩の黄なる埃をいかがすべしや。

ぐんと押せど何ともせざる、人ごみの男の顔をひそかに憐れむ。
おさるれば何処《どこ》までもへこみ終るごとき、この雑沓のわが腹あはれ。
どうせいつか帰らねばならぬわが家へ、はやく帰りて眠るにしかず。（「生活と藝術」6月号）

その「イヤになつたから」を裏付けるものとしては哀果自身が後に善磨となって著わした『晴天手記』に次のように書いている。

「遂に「生活と藝術」を思い切つて廃刊してしまふまでの過程は、思想と感情、理論と実践との対立における、矛盾と苦悩とが、ある意味においては臆病な行詰りが、いかにしても堪へられなくなつたことが、最も大きな動因で、結局僕はそこから転向してしまつたのだ。これは僕の性情と生活環境とが、さうさせてしまつたのであることは否み難い」（『晴天手記』〈四条書房　昭34〉）

これは正直な感想であろう。すでにヨーロッパでは第一次世界大戦が起こり、思想や文藝、そして社会との関わりの問題が日本にも及んで、当時の青年たちの心をつよく揺り動かしていた。大正四年「生活と藝術」誌上で戦わされた荒畑寒村と楠山正雄のアナーキストの行動をめぐる激しい論争もその余波の一つということができる。だが雑誌が話題となり、尖鋭の度を増すとともに、勢い官憲も敏感となる。哀果の身辺にはつねに特高がつきまとい、雑誌も時に発売禁止を命じられる。哀果は職業である新聞記者としての活動もままならぬようになった。新聞記者か、文藝誌か。その選択を迫られたのがここ一、二年の哀果の生活であり、悩んだ末に新聞記者の道を選んだ。傷が深くならないうちにという、聡明な哀果なればこその決断であった。

日本に住み、日本の国のことばもて言ふは危ふし、わが思ふこと　　土岐哀果『黄昏に』

廃刊号には多くの人が寄稿しているが、「歌壇警語」で論争を戦わした斎藤茂吉の「怨敵」という文章があたたかい。

（略）「生活と藝術」はいろいろな点に於て大兄の為すべきところを為したでありませうが、そのうちで、毎号、短歌のために骨を折られたといふことを僕は一番感謝してゐます。大兄は「歌人々々」といつて軽蔑してゐながら、矢張り歌を作つてゐたのを僕は嬉しく感ずるのであります。それは一面からいへば、歌つくり同志での敵でありませう。敵であつてもかまひません。怨敵まことは道の師なりと申します。そこで、もつと突込んで言ふことがあるやうな気がします。それは第二期の「生活と藝術」のをりにゆづりませう。大兄の為事は多岐であるに相違ない。ただ、いつまでも歌壇にも大兄の清明な目を向けられんことを希望してゐます。

・太田水穂と若山牧水

前年七月、太田水穂は「潮音」を創刊した。創刊号で奇異に感じられるのは若山牧水が編集に参画し、牧水門下の歌人が多く参加していることである。牧水はすでに明治四十三年三月に「創作」を創刊し、注目されたが経営困難のため四十四年十月休刊、さらに大正二年八月、牧水を中心とし、太田水穂が後援するという形で第二次「創作」をはじめたが、これまた長続きせず、大正三年十月、休刊に至った。年明けて水穂の「潮音」創刊の企てを聞いた牧水は前からの因縁で協力を申し出たのであろう。まだまとまった同志がいるとは言えない水穂はむしろ喜んで応じたに違いない。牧水とその妻喜志子の結婚の仲立ちをしたのは水穂であるから、事のなりゆきとしては至極自然な結びつきだが、やはり両雄ならび立たず、牧水門下の人々は牧水単独指導の雑誌が欲しかったのであろう。ひそかに回覧雑誌「創作」などを出していたらしい。鷹揚な水穂は、牧水を代表にしてもよいとも考えたらしいが、今度は水穂門下の人々が応ぜず、結局この年十一月、牧水一門は去って、翌年二月、三度「創作」復刊の運びとなる。結果としては水穂もすっきりしたのではないか。

・白秋の動き

北原白秋は五月に江口章子と結婚、葛飾真間に住む。土地の人との交流を詠んだ歌なども見えるが、生活はかなり苦しく、後に刊行した『雀の卵』（大10・8）の「葛飾閑吟集」では「序にかへて」という文章で「赤貧常に洗ふが如く…いただくはありふれし米の飯、添ふるに一汁一菜の風韻、さながら古人の趣に相かなふを悦ぶ」云々と葛飾での生活を記している。

葛飾

葛飾《かつしか》の真間《まま》の手児奈《てごな》が跡どころそのしののめの白蓮の花
水のべに蓮花《れんげ》声する夜明け方睡眠《ねむり》めざめつ吾《わ》れもふしどに
父母を今朝《けさ》は離れてその子二人《ふたり》泣きて飯食《まま》くふ白蓮の花
汽車みちの右と左の蓮の花その葛飾《かつしか》の十五夜の月

白藤

吾が尿《ゐまり》汲みに来ましし葛西《かさい》びと今朝《けさ》白藤の花賜《た》びにけり
吾が糞尿《こそ》と代へてたびたるひと房の白藤の花垂り咲きにけり
（「三田文学」9月号）

なおこれらの歌は『雀の卵』には、右の第一首目の歌だけが収められ、名高い「葛飾の真間の継橋夏近し二人わたれりその継橋を」と並んで収められている。が、下の句は「その水の辺のうきぐさの花」と改められている。

また旧友との交友再開を示唆する次のような歌もめずらしい。

ある時

人間のかたち彫《きざ》ます人間の高村光太郎恙《つゝが》あらせそ
人間の病を癒す人間の木下杢太郎恙あらせそ
人間の狂《ふ》れしこころを人間の茂吉守らし恙あらせそ
藝は長くいのち短し千代紙の鈴木三重吉恙あらせそ
矢筈草浮世すてたるうきよびと荷風宗匠恙あらせそ
歌麿の上の息子とわれを見てまた相《さう》したべ晶子おんもと
れいろうとして玉のやうなれうつそみのこれの隆吉恙なかれよ（「三田文学」9月号）

真間の生活は短く、六月（七月ともいう）には小岩に転居する。七月には巡礼詩社を「紫烟草社」と改称、十一月に詩歌雑誌「煙草の花」を創刊したが二号で休刊する。白秋は書く。

「私は今都から逃れて、静かな南葛飾の里にゐる。江戸川の清らかな流のほとり、胡瓜や茄子や玉葱や紫蘇の畑の中に、ほそぼそと紫烟草舎の煙を立ててゐるのである。私は落ちついて静かに歌つてゐたい。つまらぬ世間の雑音から掻きみだされたくない。それで今度草舎から出す雑誌も私と私の愛する同人達の秘蔵物にしたい。匂の高い、なつかしい、それでゐて窮屈でない、何とも云へぬ親しみの深いものにしたいと思つてゐる。それだと私もゆつくりした気持で編輯が出来るし、それほど今の生活に禍を来す事もあるまい。雑誌の名は今度は固くならず、簡単に「煙草の花」として置く」（「紫烟草舎の言葉」『童心』春陽堂　大10）

実際の雑誌は「煙草の花」ではなく「烟草の花」だったらしいが（筆者未見）それが二号までしか出なかったというから驚く。その後のことは次の年のこととなる。

・原阿佐緒と三ケ島葭子

この年二月、「新しい女」の砦であった雑誌「青鞜」の永久休刊が決まった。平塚らいてうから伊藤野枝に編集が移ってほぼ一年後のことである。原阿佐緒も三ケ島葭子も同誌の社員で、とくに葭子は「青鞜」を自らの短歌の最上の発表機関としていただけにその衝撃は格別のものがあった。二人は誌上でははやくからの知己で、二年前の十月、阿佐緒が夫庄子勇とともに葭子の家を訪ねて以来、短歌に留まらずさらに親しい間柄となっていた。葭子は八月半ば過ぎ阿佐緒に招かれて宮城県黒川郡宮床村の阿佐緒の家を訪ね、四十日間滞在した。というのは、阿佐緒は前年二月に子保美を産んだが経過が思わしくなく、母に伴われて実家に帰り、静養中であった。病身で一歳の子育てに疲れ果てている葭子にとって、文学を語れる友と過ごす日々はどれほど嬉しかったことだろう。「青鞜」が廃刊となり、発表の場を失った葭子は、阿佐緒に勧められて「アララギ」入会を決意する。阿佐緒は大正二年からすでに「アララギ」の会員となっており、歌集『涙痕』も出ていた。

楽しい四十日を過ごした後、阿佐緒は九月に東北帝大病院に入院し、十月末に退院、十一月に第二歌集『白木槿』を上梓する。一方葭子も「青鞜」に打ち込んできたエネルギーを「アララギ」に注ぐようになる。だがこの幸せも束の間、この後少しずつ不幸の魔神が二人に忍び寄ってくる。

二人の、子を詠んだ歌を見ておこう。阿佐緒は夫との関係がしだいに疎遠になり、特に母と夫との間の確執に苦しんでいた。また葭子は前年四月に喀血し、自らの病いに苦しみながら、夫が別の女性を同居させるという屈辱にも堪えなくてはならぬ状態にあった。

吾か児　　原　阿佐緒

うち離《さか》りありける母のかへり来しに何をか泣くぞ吾児よわが児よ
久しくも病みて凋れたる空乳房《むなちぶさ》児めづらしみ吸ふはかなしも
横《よこた》はる生木《なまき》の匂ひ身にぞしむ別れをいたむ秋のやまぢに
別れ来て髪にいつしか萎れ居し山草の花に人のしぬばゆ
人と逢ひてこもれるひまにさいかちの葉もいつしかに落ちつくしたる
さいかちの葉はおちつくし黒き莢かはきさやげり秋風の中
母とのみの夜居を淋しみ児はいでて遊ばむといふ寒き月夜を（「アララギ」12月号）

○　　三ケ島葭子

何よりもわが子のむつき乾けるがうれしき身なり春の日あたり
世に生きて甲斐なきなげき忘れまし子には尊き母の身なりし
ただに子の眠ればこころ何事かなしをへしごと安らふなりけり
添寝する身に木蓮の花見えて病む子も今は睡りたるかな

爪《つめ》立て、我をつかめる手の力ゆるぶが如し子の眠りつく（「青鞜」4年9月号）

二人の歌については別に記す。

・赤彦と前田夕暮

この年に出た主な歌集には一月与謝野晶子『朱葉集』、二月安成二郎『貧乏と恋と』、三月片山広子『翡翠』、五月吉井勇『東京紅燈集』、六月今井邦子『光を慕ひつつ』、七月西村陽吉『都市居住者』、八月前田夕暮『深林』、十月窪田空穂『鳥声集』、中村憲吉『林泉集』、原阿佐緒『白木槿』などがある。このうち前田夕暮の『深林』が、島木赤彦の酷評を浴びた。

『深林』は夕暮の第四歌集で、三年八月から五年七月までの短歌四六八首が収められている。前歌集『生くる日に』につづくもので、自然をつよく意識し、それに人生的な境地が加わったものと言われている。「詩歌」は十一月号を『深林』批評の特集としているが、川路柳紅、萩原朔太郎ら多くは好評であった。が「アララギ」十二月号に島木赤彦の「歌集の『深林』と著者に呈す」が出て人々を驚かした。その詳細は篠弘前掲書や前田透『評伝前田夕暮』に記されているが、要するに赤彦の批評の中に、純粋な作品批評以外の要素、たとえば『深林』広告文をとりあげ、これを枕に夕暮の歌を激しい言葉（無能、こけ威し、低卑、大袈裟、鈍感、頭の粗雑と神経の弛緩など）で罵倒するような挑発的な部分が目立つためにさまざまな推測を含めた論議が生まれた。もちろん夕暮の反論はあったが、論争に慣れている赤彦の激越な口調には押され気味である。

なぜこのように赤彦が猛り立ったか。それは「アララギ」の勢力拡大を心がける赤彦には、先行する強力雑誌「詩歌」（雑誌の頁数も出詠者も「アララギ」より多い）に一撃を加えて発展を阻む（前田透）必要があった、とするもの。関連して、当時「詩歌」に斎藤茂吉や古泉千樫らが、気軽に寄稿に応じることを牽制する意図（本林勝夫）をいうもの、また「アララギ」宛に書いた迢空と千樫の『深林』評は掲載せずに、赤彦だけが九頁にもわたって一人で書いていることなどが問題（前田透）とするもの。赤彦の『深林』罵倒の背景には過去、赤彦の『切火』に対する夕暮の批評に遠因があるかも知れぬ（篠弘）とも言う。それらの当否は私には判断できないが、歌壇史的資料としてその広告文を紹介しておく。誰が書いたかはわからない。（発行は「白日社」だから夕暮自身かも知れないが、前田透は否定している）。

「氏の歌は『生くる日に』一巻を境として、薄明幽暗の世界より出でて日光汪洋たる地上に勇躍するの観ありしが、近来更らに燃焼の度を昂め来たり、その光と生との交錯、実感驚異の表現は深く人間本然の境地より流露して自然の奥処《おくが》に到達し、最も特殊たる姿を示現し、その己れより発するの歌は悉く作者が厳粛なる主観的体現の絶体境に処りて感動の動く処自ら発露せり。収むる歌すべて六百首、今や最も特異たる装幀を凝していづ。願くは来つて氏の生命に触れよ。」（「詩歌」大正5年10月号巻末『深林』広告文）

同年の赤彦と夕暮の歌を掲げる。

独　座（抄）　　　　島木赤彦

朝の茶の茶碗を膝におきにけり待ちくたびれて音信《たより》は待たず
夜の街更けて嵐のきこゆなり来ぬと決まりしたよりは待たず

夜更くれば炭火の上に己が頬《ほ》を寄せ居り今は逢はんと思はず
火の番の柝《き》を撃ちて過ぐる音よりも遠き工場の鎚の音止みぬ
葦原の木の橋渡り親しめるふたり寂しきところに来る（「アララギ」2月号）

朝焼　　前田夕暮

あかつきの街上の雪踏みさくみいのち死にたる児をいとほしむ
街上の雪まのあたりあかあかと朝焼のしてあけにけるかな
朝焼のはる〳〵赤く流れたる雪の上をゆく心ひきしまり
ほのぼのと生れてやがて死にゆきしわが児を思ふ朝焼の雪
産科院の濃青の屋根につもりたる雪にもうつるこの朝焼けは（「詩歌」4月号）

・**諸歌人の動向**

このほか釈迢空の『口訳万葉集』の上巻が出た。窪田空穂は次女なつを失い、悲しみのうちに歌集『鳥声集』を纏めた。吉井勇の『東京紅燈集』、中村憲吉『林泉集』も見過ごせぬ歌集である。このほか「文章世界」は九月号で「新進十一人集」を企画、それぞれ一首ずつあげておく。

深《ふか》やかに葛這《くずは》ひかゝり日中《にっちう》のひかりはふれり一心《いっしん》にふれり　木下利玄
蜂のうなりこもらふ咲きの盛りなる白き木槿《もくげ》に陽は照り満てり　原阿佐緒
帰りきて祖母のみ墓に立ちつくす身はあはれなり雨ふる中に　清水謙一郎
山の辺のうけらが花のさぶしけどかくへならずば汝《なれ》に折らんもの　熊谷武雄

いついつと君がまちわびありし日ののうぜんかつら全《まつた》く咲きぬ　若山喜志子

あからひく朝日のぼりて静もれる畑《はた》に真白き馬鈴薯《じやがいも》の花　金子不泣

夜の雨ひとりの姉に送られて心まづしく旅立ちにけり（東京駅にて）　岩谷莫哀

旅立たん、小夜《さよ》の電車の四五の人《ひと》、疲れしごとし、さびしくぞ見ゆ。　西村陽吉

天離《あまさか》るひなの長手《なかて》にあそぶ子を愛《かな》しと思《も》へや見てすぎにけり　半田良平

正午《ひる》迫る野の輝きのまんなかに男ざくりと青芒《あをすゝき》切る　山田邦子

ほがらかに前山《まへやま》晴れて蔵王嶺《ざわうね》にかたまる雲の夕光《ゆふひかり》かも　結城哀草果

大正六年 1917

ココロノハナ

第廿一巻 二月號 第二號

蘆屋歌談 谷本富
大隈言道翁 梅野満雄
歌仙櫻の神官へ 永田龍雄
曙の富士に向ひて 竹柏園主人

他界のひと 竹友藻風
米國の學窓に在る竹友君が故上田敏博士を追憶する情緒を哀愁極まりなき筆にうつしたる小説にして十數頁に渉る出色の長篇

萬葉類葉抄と小澤蘆庵 佐々木信綱
萬葉集訓點考 品田太吉
曙會發會記事 間島磐雄
西片町より 佐々木雪子

短歌

早川孝平 齋藤瀏 朝場重三 佐々木福太郎
松井恒 永田龍雄 新開竹雨 間島磐雄
内山敬次郎 鈴木義雄 石榑千亦 門野珠子
原てる子 村田きよ子 山尾末子 寺島登美子
竹尾ちよ 田口賀代子 藤本鳥羽子 田本愛子

定價一部金廿一錢 半年前金一圓 一年前金二圓

東京日本橋區 竹柏會出版部 本石町一ノ一
電話本局五一七〇番 振替東京四三〇〇番

新装を凝せる創刊號出づ

短歌雜誌

◀十月一日發行・定價一冊金貳拾錢・三ヶ月分(税共)金六拾錢▶

古代詩歌の精神…岩野泡鳴
新葉集と宗良親王…田山花袋
和歌の境地と俳句の境地…大須賀乙字
■歌壇非黨派論…土岐哀果
■生ける宮(詩)…三木露風
■「收穫」を出した時…前田夕暮
□處女歌集の回憶□
■予が作歌の經驗…半田良平
□作歌講話□
■落合直文の歌…尾山篤二郎
□短歌新評釋□
■歌と高野山…植松安
子規及び左千夫の末流…三井甲之
大隈言道のことども…佐々木信綱
過去を顧みて今に…太田水穗

□諸大家の近詠□

葛飾の秋…北原白秋
こほろぎ…與謝野晶子
研究室にて…尾上柴舟
實となるころ…吉井勇
洲の崎のお八重…半田良平
風を聽け…金子薫園
青葭集…西村陽吉
螢…窪田空穗
貧しき庭…若山牧水
東海覊旅…土岐哀果
善光寺…島木赤彦
秋祭…太田水穗
宵淺く…尾山篤二郎
百日紅…古泉千樫
獨居小情…松村英一

▲雜詠 ▲雲…牧水選 ▲土…茂吉選
▲表紙意匠…北原白秋

▲緩急言語 ▲コシップ ▲前月歌壇抄 ▲問歌論歌話抄 ▲質疑應答 ▲讀者論壇

發行所 東京市日本橋區檜物町九番地 短歌雜誌社 電話本局一八七二 振替東京三七七八二
發賣所 東京日本橋區 東雲堂書店 至誠堂・東京堂・上田屋・東海堂・北隆館・良明堂

・空穂の不幸

窪田空穂は心晴れない思いで新年を迎えた。三年前にはじめた雑誌「国民文学」は当初の志と裏腹に、営業成績はまったく振わなかった。ふえる一方の経費は窪田家の家計をも圧迫する。空穂は前田晁と相談の上、雑誌の様態を改めて、短歌を中心とする会員組織にし、松村英一に経営を任せることにした。松村の周囲には半田良平、植松寿樹、対馬完治ら有能な仲間が何人もいる。松村が自分に任せよと熱心に説くのに空穂は押し切られる形となった。その結論に至るまでにはさまざまな曲折があったらしいが、今は触れない(なおこの後、対馬完治は別れて「地上」を創刊する)。

もう一つ厄介な問題があった。空穂は前年の秋から「読売新聞」の「身の上相談」欄を担当し始め、好評であったが、四月になって社の上層部からクレームがついた。空穂の扱う内容には男女間の下品な問題が多く、良家の子女に読ませられない、云々のチェックである。この背景には社内の人事上の軋轢が絡んでいたようだが、空穂にとっては予期せぬトラブルで、憤然辞表を書いて退社した。この間の経緯は別項に記すが、最新の研究に臼井和恵の『窪田空穂の身の上相談』(角川書店　平18)があり、そこにつぶさに論じられている。

折も折、妊娠中の空穂の妻藤野が子を死産し、本人も死去するという不幸に見舞われる。空穂は公私ともに大きな打撃を受け、一夏郷里松本へ引き籠って亡妻の追悼記執筆に専念する。この空穂の追悼記（『亡妻の記』）は、長く行方知れずとされてきたが、近年孫の窪田新一氏夫妻によって発見され、角川書店から上梓された。

空穂は妻の死に遭って、心の赴くままに多くの歌を生み出したが、とくに臨終のありさまを詠んだ長歌は哀切を極める。和歌革新以後、長歌はほとんど顧みられず、わずかに伊藤左千夫や北原白秋の奮闘が目立つ程度である。それに対し、空穂の長歌は現代における長歌の可能性を示唆するものとして注目すべき試みであった。ただし発表はこの年ではない。

郷里へ帰った空穂は一夕、子らを伴って蛍狩に出かけた。そのうちの一首が著名となるが、歌集『土を眺めて』に収載された形と、はじめ「短歌雑誌」に発表されたものとは少し違う。そして歌集ではカットされてしまった長い口語の詞書がある。その詞書を含めて五首を掲げておく

　晩涼を持つて私は、子どもに蛍狩をさせようと、青田の方へ連れて行つた。都会に生まれた子どもには、その事は珍しくも楽しい事であつた。上の男の子は捕へた蛍を籠に入れながら、母が歿して間もないに、蛍など捕つてもかまはないかと訊いた。幼い心に感じてゐる事を思つては、私は直ぐには何も云へなかつた。

その子らに捕へられんと母が魂《たま》蛍となりて夜を来《きた》るらし
越えがてぬ田川越さすとかきいだき飛べば愛《かな》しきわが子なるかも
門川のみぎはの草にゐる蛍子《ほたるこ》にとらせたり帯をとらへつゝ
蛍来《こ》と見やる田の面《も》は星のゐるはるけき空につゞきたりけり
夕川の水を見つゝも亡き人のかはれる身かと思ひつるかも（「短歌雑誌」10月号）

これらは『土を眺めて』では「妻の生家」と題する二十六首の中の第十首目から第十四首目までに

収められているが、順序も漢字表記も少しずつ違う。右の「その子らに」の歌は、歌集では「其子等に」となり「蛍と成りて」なっている。全体に漢字を多くしているが、今となっては初出の形のほうが親しみやすい。

同じその夏、「亡妻の記」執筆中の空穂のもとへ渡辺順三が訪ねてくる。順三は富山市の生まれ、富山中学一年在学中に事情あって母とともに上京、家具屋の職人となった。短歌に関心をもち窪田空穂選の「時事新報」短歌欄に投稿、しばしば入選した。大正三年、順三二十一歳の時に空穂を訪ね、創刊したばかりの「国民文学」の同人に加えられていた。

「此方へ御立寄りにならうとの事お待ち申候。何のもてなしも出来ず候へども、農村を見て頂くべく候。小生の家は松本駅より西へ二里足らず和田町と申すところにて駅前より車にて四五十分にて着くべく候」

訪問したいという順三に空穂から右のような葉書が届いた。順三は、教えられた通りに和田に向かった。その順三を空穂はあたたかく迎え、浅間温泉に伴い、一夜歌について語り明かしたという。空穂は順三のもってきたノートをひらき、扉の裏に「温泉《ゆ》の宿の畳の上に腹這ひて話をぞする遠来し友と」と即詠の歌を書き付けた。

空穂は順三のような職人であって歌を詠む少年を大事にした。同じような境遇だからといって櫛引き職人の田辺駿一を紹介したり、順三の歌を「早稲田文学」へ掲載するよう便宜を図ったりしている。

此頃――　　　　　　　　　　　　　　　　　　　　渡辺順三

沁々と空を見る事もなし

一日家に働き居れば
我が思想おほ方は世に入れられず
流人の如く
今日も悲しむ（「早稲田文学」5年9月号）
渡辺順三はまもなくプロレタリア短歌運動に挺身し、また一時詩を書いたりして「国民文学」から は遠ざかって行くが、空穂の恩は終生忘れないと書いている（渡辺順三「空穂先生について思い出すこと」「余情」昭23・2）。

なお空穂の結婚のために尽力した太田水穂は、「真榊の葉　窪田夫人の御魂にささぐ」という挽歌十二首を「潮音」に発表する。水穂にとって、空穂は同郷の友であり、また空穂の妻藤野は教え子でもある。思いのこもる一連である。三首を引く。

雑司ケ谷春花匂ひ咲くところ人を埋むる穴掘りにけり
白玉の君を祭ると真榊《まさかき》の青《あを》の葉を執《と》る御柩の前に
奈良井川長き堤路《つゝみぢゆ》行くと来と見し菜の花は咲きてあらんを（「潮音」5月号）

その太田水穂は五月に肺炎となり一時は重態が伝えられた。病床で耽読した芭蕉、良寛への傾倒をさらに深めて行く。

病気といえば島木赤彦は前年暮、夏目漱石危篤の報を聞く。自身も病床にあり、次のように詠んでいる。

いたづきの身は動かねば畳の目のよごれ明るく灯はふけてゐる
原稿を止《や》めと言はれて止め給ひし大き先生を死なしむべからず
あな悲し原稿のつづき思ひたまふ胃の腑には血の出でていませり（「アララギ」1月号）

・東雲堂書店「短歌雑誌」を創刊

この年歌壇最大の話題は「短歌雑誌」の創刊である。発行元東雲堂書店の店主は西村寅次郎、明治三十年代、日本橋通四丁目で学習参考図書の出版と卸売りを業としていた。そこに丁稚として入ったのが江原辰五郎（陽吉）で、三十七年九月上旬とされる。陽吉は客の対応もよく、仕事の能力があり、店主や番頭の気に入られ、やがて養子として西村姓を名乗ることになる。

幼い頃からの文学少年で各種の雑誌へ投稿を続けた陽吉は「文章世界」で田山花袋の知遇を得、若山牧水の短歌に親しみ、「青鞜」の女性達にも接近、東雲堂の若主人として文藝書出版へ踏み出すこととなる。藤沢全『啄木哀果とその時代』（桜楓社　昭58）には「西村陽吉と東雲堂時代」という貴重な研究が収められているが、同書に記されている明治四十三年から大正五年までの文藝出版物には次のようなものがある（主なもののみ抄録、数字は月）。

明治四十三年　1田山花袋『二十二篇』（短篇小説集）　4若山牧水『別離』、7岩野泡鳴『放浪』、
　12石川啄木『一握の砂』
明治四十四年　6北原白秋『思ひ出』、11小山内薫『舞台と役者』、11北原白秋『邪宗門』

明治四十五年　2土岐哀果『黄昏に』、3若山牧水『牧水歌話』、6石川啄木『悲しき玩具』、7木下杢太郎『和泉屋染物店』
大正元年　8若山牧水『死か藝術か』10吉井勇『水荘記』12岡本かの子『かろきねたみ』
大正二年　1北原白秋『桐の花』、2青鞜同人『青鞜小説集』5平塚らいてう『円窓より』、5石川啄木『啄木遺稿』、7久保田柿人・中村憲吉『馬鈴薯の花』、北原白秋『東京景物集』、7土岐哀果『不平なく』、9三木露風『白き手の猟人』、10斎藤茂吉『赤光』、11土岐哀果『佇みて』12三木露風『露風集』
大正三年　4阿部次郎『三太郎の日記』、萩原井泉水『自然の扉』12尾上八郎『日本文学新史』
大正四年　3土岐哀果『街上不平』、与謝野晶子『さくら草』、5タゴール『新月』(訳詩集)、9土岐哀果『万葉短歌全集』、11窪田空穂『作歌問答』、12馬場孤蝶『社会的近代文藝』
大正五年　3大杉栄『労働運動の哲学』、5石川啄木『我等の一団と彼』、5荒畑寒村『逃避者』

右に見るように、当時評判となった歌集の多くが東雲堂から出ていることがわかる。陽吉がいかに熱意をこめて各歌人と接触し、説得勧誘して発行元となったたか、察するにあまりある。藤沢全によれば「出版物はおおむねよく売れ、採算に合致した」とあり、白秋の『思ひ出』は九版、『啄木歌集』は五版、『三太郎の日記』は四版、晶子の『さくら草』は三版と版を重ねたという。実際にどの程度刷ったか、再版の単位がどれほどであったか、明らかではないが、このほかに主流である学習参考書『新訳中学英和辞典』や『中学和英新作文』なども刊行していたのだからその勢いは驚くべきものがある。実用書で上げた利益を、文藝書などに回し、収支整えるという方式は、現代の出版社にも行なわれているようだ。

雑誌のほうでは、陽吉は大正二年六月から土岐哀果の「生活と藝術」の発行を引き受け、また三年三月から三木露風、川路柳紅、西條八十らの「未来」を、同月、「青鞜」を去った尾竹紅吉、原信子、松井須磨子らの雑誌「蕃紅花《サフラン》」を、また同月、自ら主宰する小雑誌「青テーブル」を発行したがいずれも短命に終わっている。

しかしこのうちもっとも社会的に反響もあり、盛んであった「生活と藝術」が前年六月に廃刊となったことは、陽吉としては何よりも残念であったに違いない。そこで新たな意気込みで企てたのが、流派を超えた新雑誌「短歌雑誌」なのであった。

「短歌雑誌」については前掲藤沢全著とともに陽吉自身が語っている「東雲堂時代」（「短歌」昭31・10〜12）が貴重である。ほかに『編年体　大正文学全集』第七巻（紅野敏郎解説）参照。さらに同じ紅野敏郎「東雲堂『短歌雑誌』を繰る」（「短歌雑誌」平9年1月号から連載）や武川忠一『近代歌誌探訪』（角川書店、平18年）に詳細に紹介されている。とにかく「短歌雑誌」は史上初めての短歌総合雑誌であり、いろいろ曲折はあったが歌壇の広場として大きな役割を果したことは特記しておきたい。

・「アララギ」の人々

「アララギ」では島木赤彦中心の体制が着々と固まり、赤彦門下の新人が次第に頭角を表わして来た。土田耕平、木曾馬吉（藤沢古実）、門間春雄、横山重らのほか原阿佐緒、山田邦子、築地藤子、三ケ島葭子ら女性も登場する。なかでも土田耕平（土田島五の名で発表）の静謐な歌境が注目された。「折にふれて」三十七首より五首を引く。

囲炉裡べの畳の冷えの身にしみて夕飯を食すひとり坐りて
病みてあれば心弱きか吹きすぐる疾風《はやち》の音におびえて起くる
いざよひの月は澄みたり凄じく荒れたる土に人音もなし
うす肌に流るゝ朝の風さむし炊ぎの水を外《と》にすてにけり
さびしさをいづべにやらん夕潮の五百重の沖に沈む伊豆山（「アララギ」11月号）

斎藤茂吉は数か月にわたって三井甲之と論争を続けた。茂吉は甲之が「日本及日本人」に長塚節は写生文から小説に進み「土」を書くなどして「過労のために若くして死んでしまった」と書いたことに激怒、口調激しく反論を記した。甲之も応酬、さらに甲之の歌「北風の吹き来る野面をひとりゆきみやこに向ふ汽車を待たなむ」について島木赤彦がこの「なむ」は誤用と指摘したことから三者絡んでの論戦となった。今から見れば、内容よりも「アララギ」「アカネ」相互によどむ年来の鬱屈した感情のほうが目立つ。（論争の詳細や意義は篠弘の既出『近代短歌論争史』参照）。

このあと茂吉は十二月、長崎医専教授、長崎病院精神科部長として長崎に赴任する。十三日「短歌雑誌」の肝煎りであろう、歌壇諸家集まって日本橋檜物町の魚河岸料理店で送別会が開かれた。今ならば長崎赴任で送別会など考えられないが、当時東京から長崎までは三十時間はかかっていたはずである。西海の果てという感覚はあったかも知れない。「短歌雑誌」の記事（7年新年号）によると出席は太田水穂、土岐哀果、北原白秋、若山牧水、前田夕暮、古泉千樫、松村英一、半田良平、尾山篤二郎、橋田東声、西村陽吉ら二十一名。送別の辞は年長の水穂が述べた。そして宴の後、一同が茂吉に送った記念の送別の歌が掲載されている。歌は即興でひどい？　ものもあるがのどかなよき時代であったことを思わせるので四首だけ記しておく。

霜氷る冬の夜ふかくゐむれつつ君を送ると杯をとる　水穂
長崎の鶏の啼く夜は長くとも赤き舌をな出しそ茂吉よ　白秋
ゑひどれのむれてどよもすとおもふ、ゑひどれのゑひどれのむれをぬけてゆくか、ながさきへ　牧水
ながさきの夜はかなしと酒のみて歌ひありくなゑひはゑふとも　千樫

この年、土屋文明は荏原中学教諭となった。

・白秋と木下利玄

北原白秋は六月に上京、一旦築地本願寺近くに住んだが八月には本郷動坂に移る。そして紫烟草舎を解散した。この前後のことは外部のものには察しにくい複雑な事情があったようで、白秋の書いている大正六年八月二十日の日付のある「紫烟草社解散の辞」を読んでも難解である。末尾の部分のみ掲げておく。

「（略）人生は短い。藝術の命《いのち》は長い。
苦しみに苦しみを経《へ》、悲しみに悲しみを堪へ、生々流転してなほ諦《あきら》められぬは吾曹《われら》の初一念である。一生の苦業は実に再生の栄光に輝く。真実の路はひとつ、人は畢竟一人である。
願くは個々に光つてくれ。

諸君。
更に改めて私は君達に虔ましい別離の言葉を申述べる。私は今日限り諸君と師弟の誓約を解く。これからは人として、更に藝術上の同朋として、相互の深い愛と正しい理解とを以て擁き合はう。紫烟草舎は解散しても新らしい曼陀羅の結合が代つて同じ地上に樹つ。時代は進む。人は更に新らしくなつてゆく。
新人の上に栄光あれ。」

木俣修は、この解散は右のような、白秋の自己を律するきびしさが主な理由としているが「もう一つの理由として、ゆきづまった経済生活と藝術との矛盾相克による苦悶」をあげている。それにしても白秋の確固とした自信から出る言葉であろうが、門下の人々に対する高踏的な表現と尊大な態度はこの頃から一生を通じて変わらない。「アララギ」の島木赤彦とは違う意味で、白秋の態度や口調を見るたびに短歌の結社というものについて考えさせられる。白秋の弟鉄雄は阿蘭陀書房倒産の後、七月に出版社アルスを創立した。

この年、大きな転機を迎えていたのは木下利玄であった。利玄は前年から本人のいう「大旅行」に出発、六年には九州に入り、別府を本拠として九州各地を旅する。この間「工場」「波浪」「接骨木《にはとこ》の新芽」など後年話題となる力作を次々に生み出している。「波浪」十二首のうちの四首。

のびあがり倒れんとする潮浪《うしほなみ》蒼々《あを〱》たてる立ちのゆゝしも
大き波たふれんとしてかたむける躊躇《ためらひ》の間《ま》もひた寄りによる
たふれんたふれんとする波の丈《たけ》をひた押しにおして来る力はも

ほしいまゝにのびあがりたる波のおもみ倒れ畳まりとゞろと鳴るも（「心の花」8月号）

波の描写だが、力強く寄せてくるその躍動感、刻々と変化する状態を生き生きと表現する。「のびあがり倒れんとする」「ひた押しにおしてくる力」「倒れ畳《たゝ》まりとゞろと鳴る」など、写実の極限を求めての苦心の表現である。武川忠一は葛飾北斎の浮世絵を思わせると評しているが、利玄の作風確立の記念すべき一連ということができる。だがこの旅で、別府滞在中に生まれた長女夏子が十二月に至って急死、俄に旅を切り上げることになる。先に長男次男を失い、いままた長女と、三人の子を次々に失う悲運に見舞われる。

若山牧水は二月、「創作」を復刊、五月巣鴨に転居、秋田、新潟、長野に旅し、広丘村へ回る。八月に喜志子と合著の『白梅集』を刊行する。生活はつねに不安定であった。

森園天涙、橋田東声らが三月、「珊瑚礁」を創刊した。杉浦翠子は第一歌集『寒紅集』を出した。ほかに大逆事件の弁護士として奮闘した平出修の遺作を集めた『平出修遺稿』が刊行された。

・空穂「読売新聞」を辞す

空穂は前田晁から声をかけられ、大正五年十月からしばらく「読売新聞」婦人欄の「身の上相談」を担当し、六年の春まで続けた。このことは臼井和恵の精密な研究でその全貌がほぼ解明された。（臼井和恵『窪田空穂の身の上相談』）ところで空穂はこの仕事を半年ほどでやめてしまう。その間の事情は空穂自身もいくらか語っているし、村崎凡人も『評伝窪田空穂』（長谷川書房　昭29）でかなり書いているが、詳細については不明瞭な部分が多い。しかし最近発見された前田晁あて窪田空穂書簡の束の中に、読売新聞退社の真相が明らかになる貴重な書簡が含まれていた。これは臼井研究に加えられたが、最初に書簡を読んだ私が先ず書くべきだ、という臼井の強い意見にしたがってここ（槻の木）に記すことにする。

重複するが、先ず一応確認事項を記しておく。当時「読売新聞」の婦人部長は前田晁。空穂の「身の上相談」担当は、もとより前田の慫慂による。それより先、同紙は主筆五来欣造の発案で、同三年四月から、フランスの「フィガロ」に倣って婦人付録と称する一頁の婦人欄を設け、五月からは中に「身の上相談」をはじめた。さらに五来はその婦人欄の強化充実を図るため、前田晁を部長に据えた。前田は主筆の期待に応えてさまざまな面で紙面を刷新した。

ところで前田とともに婦人部に入り、記者として活躍したのが小説も書いていた水野仙子である。仙子は「身の上相談」も担当していたが、病を得て郷里で静養しなければならなくなった。新聞は日刊である。困惑した前田は「身の上相談」を旧友空穂に依頼することを思いついた。承知した空穂は毎日午後に出社、必要な原稿を書くとさっと退社するという形で効率よく仕事をしていたらしい。前任者水野仙子の明晰な歯切れのよい回答に対して、空穂の対応は噛んで含めるような調子で説得性に富み、懇切を極めた。ともに好評で新聞の特色の一つとなっていたことは同じ時期に社内にいた中村白葉の証言（「短歌」昭42・6）がある。

しかし、思わぬ事態が出来した。以下、空穂の手紙の前に、緊急事態の原因となった「読売新聞」営業部長石黒景文が前田婦人部長に宛てた手紙から見ることにする。

●読売新聞営業部長石黒景文が婦人部長前田晁に与えた手紙

封筒表（日付、消印等なし）
婦人部
前田様
親展
いし黒

封筒表（印刷）
東京市京橋区銀座一丁目壱番地
読売新聞社

本文
昨日外務大臣の夫人、用向き有て面会致候処近来身上相談は妙齢の夫人斗りでなく自分等でさえ読むに忍びざる記事が掲載されてゐるがあんな身の上相談でハ害があつて益がない故へ廃してハ如何とも注意を受け申候
それから一々新聞の綴込を持つてこられ記事を指摘致され候　誠に同一性質の賤むべき身の上相談が何遍となく掲載さるゝのハ何故かとの質問も受け誠に困却仕候　小生昨今ハ博覧会の分忙しく碌々新聞も精読致さぬ為の如何なる記事が身の上相談に掲載され居るや注意致し居らざりし事とて甚だ当惑致し候

成るほど注意を受けて取調べ候ば無理もなき記事掲載致され実ハ小生も遺憾に存じ候　度重なる身の上相談として示されたるもの左の如し　又文章中に好まざる文字往々有しとの事被申候

三月二日　　　貞操を汚されて（同一性質）
三月十四日　　結婚前の秘密（同一性質）
三月十九日　　情婦を持つて結婚（同一性質）
三月二十日　　何方が是か非か
三月二十一日　止む時なき恐怖（同一性質）
三月二十三日　独身を覚悟した訳（同一性質）
三月二十七日　消ゆる時なき嘆き（同一性質）
四月八日　　　蹂躙されたる貞操（同一性質）
四月十日　　　過去の罪が恐しく（同一性質）
四月二十一日　此罪許さるべきか（同一性質）
五月　〃　　　秘するハ罪悪か（同一性質）

此の外「諦め難き最初の愛」「年上の女の方から」等沢山に指摘され申候　至急身の上相談の取扱ひ方今少しく品能く取扱の上記事ご掲載致され候様御配慮被下度候

いし黒

前田様

右の封書は切手も消印もないところから、恐らく社内で手渡しされたものであろう。
書簡中「外務大臣夫人」とは第二次大隈重信の外務大臣であった本野一郎夫人久子を指す。「読売新聞」は明治七年、子安峻《こやすたかし》、本《もと》野《の》盛亨《もりみち》、柴田昌吉の三人によって創刊され、当初は子安が社長であったが二十二年から社主の一人、本野家と交替した。本野家では当主一郎が大正八年までその任にあった。婦人欄をもうけ、新生面を開いて部数拡大を図る企画の背後には、夫人久子が当時愛国婦人会の会長であったという組織利用の意図もあったに違いない。ところがその夫人が空穂の「身の上相談」に柳眉を逆立てたのだから始末が悪い。

要するに本野久子は最近の「身の上相談」は「読むに忍びざる」「賤しむべき」内容であり、こういう記事は「害があつて益がない」という指摘である。しかも具体的に日付とともに「見出し」を列挙している。

今の眼で見ると、何ら特殊なことではない。「身の上相談」によく見られるさまざまな男女間のトラブルに過ぎないが、当時の上流夫人の倫理観、道徳観では異常すぎる内容だというわけである。処女の純潔は至上のもの、戸主の権威は絶対、嫁は婚家に無条件で従うもの、良妻賢母が女性の鑑とされていた時代である。彼女たちにとっては男女のこと、とくに性にかかわる問題（貞操、純潔を汚す、情婦をもつ等）が新聞など公の場で語られるのは忌むべきこと、まして妻妾同居など口にするのも汚らわしい話題であっただろう。

しかし社会の現実はそうではない。とくに「読売新聞」の標榜する「平易通俗」を愛読する読者はいわゆる「庶民」であり、家父長制を基盤とする男性優位のシステムに泣く階層が中心である。相談の内容が弱者の訴え、つまり通常他人に言えないこと、とくに性に関わる男女のことに傾くのは当然である。

また回答者は文学者空穂である。現実を直視し、庶民、つまり虐げられた側に即した回答が導かれるのは当然である。上流夫人との衝突は起こるべくして起こったと言える。

社主夫人の意を体した営業部長は、婦人部長前田に対し、右のような手紙を書いた。「至急」処置を考え、品の能い紙面にせよと迫っている。前田は手紙をそのまま空穂に見せたに違いない。それに対する返答が次の書簡である。

新聞社用と見られる小型の原稿用紙にペン書き、やや荒い文字で書かれている。おそらく憤慨して書いたものと推測される。

本文（十六字詰十行の原稿用紙、ペン）封筒なし

○身の上相談は相談に対して益なるものにして、教育者としての小生の意見を吐くを目的とは致しをらず。もとより取捨すべきは心致しをれど、一つの相談が読者の興味を惹きし際には、それと同種類の物のみ集り来り、取捨する余地もなきまでとなり候

尚ほかく申すに就ては、身の上相談は毎日一項づゝを紙面にて必要と致しをり、問題なしとて載せずにはをり難きと申す事もあり候。

○御注意の点は、答として不適当なものなりとか、文章拙劣なりとか申す点に候はば、注意致すべき余地も候へど、問題その物につきては、多少の注意を致し得ると申すのみにて、多くの加減は致

しかぬる感あり候。
○婦人が未見なるを幸として記者に訴へ来る如き問題は、多くは内心の秘にして、此の秘は多くは男女問題に関しをり候。身の上相談はこれを排するを得ず候。
○以上を要するに、手加減は致し得るも、貞操問題に関係ありと申す事、同一傾向の問題なるがおゝしとの事にて、其責を記者に帰せしむるやうに候ハば小生には出来ぬ事として、御免を蒙る外はなく候。

空穂の手紙の大意は次の通り。

「身の上相談」は、相談を寄せて来た人に対して有益な回答をするものであって、教育者としての私の意見を述べることが目的ではない。もちろん投書されてきた相談を新聞紙上に載せるに当たっては注意して取捨選択をしている。しかしある相談の内容や回答が読者の興味をひいた場合は、引き続いてその相談と同傾向のものが集ってくるものだ。その場合には取捨選択しようにも出来ないことになってしまう。

その上、こういうことを言うについては、日刊新聞という性質もある。新聞であるから毎日必ず一項ずつを掲載しなくてはならない。採り上げるほどの問題なし、として休むわけには行かないということもある。

夫人や営業部長のご注意は、もし私の回答が、回答として不適当だとか、文章がまずい、などということならば注意して改めることもできるけれども、問題そのものについては、多少の注意はし得るというだけで、夫人たちが望むような多くの手加減はできないという感をもつ。

読者である女性が、記者に訴えてくるような問題は、見知らぬ人であることを幸いとして、多くは他人に語れないような、心のうちの秘密である。この秘密の多くは男女の問題に関わっている。「身の上相談」はこれを無視し、捨て去ることはできない。

以上を要するに、手加減はできるが、貞操問題に関する事がいけないとか、同じ傾向の問題が多いなどと非難し、その責任を記者に負わせるということなら、私には出来ないこととしてやめるより外、致し方はない。

この手紙を書いたのは十六日、辞職の手紙は二十六日に出した（臼井前掲書）。こうして空穂は「読売新聞」を辞した。大正六年五月。

これまで空穂の読売退社の理由は、村崎凡人『評伝窪田空穂』にもっとも詳細に記されてきた。要約すると次の通り。

営業部長石黒景文は旧佐賀藩の出で、社主本野家の家来筋にあたる。社主が出社することは少なく、会社はほとんど石黒の裁量で運営されていた。また本野家の後見役が山脇女学校校長の山脇房子の夫であり、石黒は本野家の間で空穂の身の上相談が不評であることを承知し、サクラを使って投書させたりして、しばしば前田に圧力をかけた。が、前田は取り合わない。それで遂に最後通牒に至った。社主本野子爵の代理者として、営業部長から晁あての親展書が来て、空穂の答えは面白く読めて権威がない、と子爵から非難が出ている。善処せられたい。という文面である。

空穂は言った。「ああいう記事は面白く読ませることに苦心しているのにそれがいけないと言うなら、止すよ。おれはあしたから出ないよ」「よかろう」。晃はその趣旨を主筆と編集長に取りついだ。そして、空穂を推薦した責任をとって自分も辞することにした。保高徳蔵、中村白葉も退社することになった。」（『評伝窪田空穂』）

この村崎の記述は、おそらく空穂と前田晃と両方からの聞き書きをもとに、村崎によるフィクションも多少加わって綴られたものであろう。不評として語られている「面白く読めて権威がない」は、社交上の儀礼的表現で、この手紙によれば、実はもっと強烈な圧迫であった。つまり記事そのものの日付や見出しを示した上での、テーマの選択に対する非難である。表現上の文言は末尾に添えられているに過ぎない。しかし一方、実際に本野夫人自身がこれほど精密に記事のリストを作ったであろうかという疑問も湧く。実は編集局内での人間関係など背後に社内の問題がからんでいたことも臼井は調べて記している。

石黒の手紙の内容は、石黒の潤色はあるにせよ、大筋はおそらく事実であろう。空穂の退社は村崎の書くような社内での会話ではなく、書面でのやりとりだったことも明らかとなった。

この手紙は実に多くのことを考えさせる。大正初期の新聞のあり方、社主と編集現場との関係、身の上相談の内容の歴史的推移やその内容、大正期の女性の地位、当時の女性観などを窺う上で、きわめて貴重な資料となろう。

大正七年 1918

與謝野晶子女史著

訂正七版

歌の作りやう

□中澤弘光畫伯裝釘 □四六判箱入全一冊 □紙數二百五十餘頁 □口繪＝短歌草稿三

表紙木版手刷美裝

□正價八十錢 □郵稅八錢

清新な歌を望む人及び一般文藝愛好家に薦む

私《わたし》は此書《このしよ》を二つに大別《たいべつ》しました。第一章《だいしやう》では、私自身《わたしじしん》の歌《うた》を作《つく》る態度《たいど》や感想《かんさう》を述《の》べたのです。第二章《だいしやう》では、現代《げんだい》の新《あた》らしい歌《うた》を私《わたし》が何《ど》う觀察《くわんさつ》して居《ゐ》るかと云《い》ふことを述《の》べました。前章《ぜんしやう》で述《の》べた所《ところ》は專《もつぱ》ら私自身《わたしじしん》の作《つく》る歌《うた》を内《うち》から眺《なが》めた所感《しよかん》です。後章《こうしやう》で述《の》べた所《ところ》は汎《あまね》く現代《げんだい》の作家《さくか》の歌《うた》を客觀的《かくくわんてき》に眺《なが》めた所感《しよかん》です。要《えう》するに此書《このしよ》は私《わたし》が私自身《わたしじしん》の歌《うた》の作《つく》りやうを專《もつぱ》ら述《の》べたのです。これから歌《うた》を作《つく》り初《はじ》めようとせられる人々《ひとびと》が「獨自《どくじ》の歌《うた》の作《つく》りやう」を會得《ゑとく》せられるまでの參考資料《さんかうしれう》にと思《おも》つて書《か》きました。——著者——

（内容目次）

歌とはどんなものか
歌の起源／藝術のいろ〳〵／作家と讀者／批評家といふもの／文學の分類／永久に誰でも素人／歌の新舊／現代の新しい短歌／歌の新派と舊派／現代の新派の歌／習慣に就いて／破壞と建設／神經を鋭敏にすること／情緒を豐富にすること／實社會と交渉すること／自然に親しむこと／讀書を勵むこと

私はどうして歌を作るか
實感が歌になる／實感とはどんなものか／私の受けた種々の感化／歌の「究作」と「習作」／「習作」の短所と長所／歌の制約は害にならぬ／歌の感興／私が歌を詠始めた動機／經驗が却つてしあはせ／歌に叙景や寫生がない／實感を引出すこと／技巧は考へるに及ばぬ／私の歌の用語の條件／私は力めて多作する／歌を批判する標準
—（外十數項）—

與謝野晶子女史著

雜記帳

評論、隨筆、日記 小說、小品、短歌 等を收む

總クロース綴菊半截箱入美本 表紙—著者自筆の短歌金箔押 價六十五錢 郵稅六錢

本書は晶子女史が折々の感想を集めたるものにして、强烈なる意力を以て飽までも實生活を高調する女史の根本思想が文藝、敎育、婦人問題等種々の題目に觸れて爆發するを見るべし。其他記實、敍情の文章に至つては女史の優麗嫺雅なる一面を躍動せしめて遺憾なし。

發賣所 東京神田表神保町 振替東京二七〇番 株式會社 東京堂書店

潮音

月號 廿五錢…

社友募集 社規郵送

□河原の冬 酒井仙影
□冬の景情 宮澤雨絃
□潮の香 芥川葭穗
□雪の光 野澤柿葺
□雪夜哀歌 青山榛三郎
■風土記の歌謠 中山太郎
■吾妻鏡歌集 橋川正
■最近俳壇觀 臼田亞浪
■潮の響（歌評） 太田水穗
□くさば集 清水謙一郎
□きんかんの實 齋賀琴子
□冬日集 米北時三郎
□ひと時 彥坂ちよ子
□雪山脈 柳澤繁樹
□雪山路 增田大作
□冬夜雜抄 四賀光子

□夕燒雲 野元正彥
□冬日詠草 鬼頭滿夫
□思ひ出 酒井和子
□理科室にて 伊藤秋月
□眞冬 米倉久子
■西行研究 蘆谷重常
■和泉式部 松平操子
■古今集歌抄 四賀光子
■巢鴨雜記 岩淵要
□元旦歡喜 宮坂古梁
□雪山路 本田拾穗
□七草 村川盆子
□新しき日 秀䡊音
□野中の井 川崎杜外
□歸鄉 佐野翠波
□伊豆遊草 太田水穗

發行所 東京市小石川區三軒町二番地 振替口座二五九七一番 潮音社

賣捌所 神田區南神保町十六番地 振替口座東京二六二四〇 岩波書店

・釈迢空の自作選歌

大正三年四月、上京した二十八歳の釈迢空・折口信夫は、本郷六丁目の昌平館に下宿、金沢庄三郎編の『中等国語読本』の編纂に従事するが過労のため一年足らずで辞し、以後窮迫した生活を送る。一旦は大阪へ帰る気持になるが、思い切れずに東京へとどまる。その年七月、普門院で営まれた伊藤左千夫三周忌歌会に出席、島木赤彦、土岐哀果を知る。赤彦とは意気投合し、富坂の赤彦宅へしばしば出入りするようになり、「アララギ」の同人となる。

島木赤彦と釈迢空の交流はすでに多くの人が言及しているので、短歌の初出と歌集『海やまのあひだ』の異同について少しだけ触れておく。

「アララギ」大正六年一月号には「火口原」釈迢空として次の八首が並んでいる。

日の限り鷲《すゞ》広原のうら枯れのなかにひと処昏《く》れ残る沼
ころぶせば膚にさはらぬ風ありてまのあたりなる草の穂は揺る
足柄の金時山に入りをりと誰知らましやこの草の中
をちこちに棚田《たなだ》いとなみ足柄の山の斜面に人うごく見ゆ
山原の夕やけ寒く戻り来て野鷲のなかに我はつまづく
火口原そのまんなかに爺《おぢ》来逢ひゆふべのことばかけて過ぎけり

日の入りのうすあかるみに山の湯へ手拭さげて人来るなり
向つ峯《を》に夕日けぶれりただ一もとまさぐ〳〵青く昏るる杉の木

ところが歌集では十一首となっており、右以外の歌の初出はまだたしかめていない。

照合すると雑誌の第二首目「ころぶせば」が歌集では十番目に、第三首目「足柄の」が五番目に、第四首目「をちこちに」は八番目に、第七首目「日の入りの」は初句が「日の後の」となって十一番目に、そして他の歌はなく、雑誌になかった七首が加わっている。興味深いのは後年、迢空がみずからこの「火口原」について「自歌自註」（「折口信夫全集」第廿六巻中央公論社　昭51）で語っているところがある。

「此中で赤彦が取つたのは『手拭さげて』の歌であり、私どもとどうも違つた処がある。或はもつて廻つた様なことを言う私の癖を匡正するために、強いてかういふ方面を激励したのかも知れぬ。だが非常に緻密な、都会人のたじたじする程繊細な文化や藝術を理会した人である」。当時の迢空は、赤彦を信頼し、その言うことには内心反発していても従っていたようである。さらに言う。

「赤彦の語は記憶してゐないが『棚田いとなみ』の歌も、これは悪くないと言はれたものの一つである。（略）『山の斜面に人動く』といふやうな処に、此歌の持つてゐるよりも深く、写実感を起してくれたものと思ふ。ほんたうはやかましく言へば、三句・四句・五句は、『棚田いとなみ』の印象を繰り返してゐるといふ処があつて、行き届いたと言ふより、くどいと言ふべきものだらう。かういふ風に見て来ると、本腰を入れて写生にかかつた歌は失敗してゐるし、ちつと少しは延びさうなものを持つてゐる歌は、たいして写生の為に生きてゐるとは思へない」

今の私から見ると「山の斜面に人動く見ゆ」は当時の「アララギ」に多く見られた類型の一つであり、それを赤彦が評価したというあたりに時代の傾向が見える。それに対して、この歌の三句以下は印象の「くり返し」であり「くどい」と率直に反省する迢空の説には頷ける。当時の「アララギ的写生」の難点を指摘していると言ってよいであろう。自伝や自註はえてして自慢話になりやすいが、自らの努力の成果と限界を、客観的に述べる迢空の姿勢はさわやかである。

　この頃の迢空の歌で、よく語られる「いろものせき」は「アララギ」大正六年六月号が初出である。ここでは末尾三首に注目したい。

　新内の語りのとぎれ。はつと見れば座頭紫朝《ざとうしてう》は目をあかずをり

　わりなさをぢつと堪へつゝ聴き凝す座頭の唄のはるけしやゝに

　「猫久《ねこきう》」のはなしなかばに立ち来《く》るは笑ふに堪へむ心にあらず

「新内の語りのとぎれ」は歌集では次のようになっている。

　新内の語りの途切れ　おどろけば、座頭紫朝は、目をあかずをり

　初出の「はつと見れば」が「おどろけば」になっている。これについては幸いにも「自歌自註」に懇切なコメントがある。

「『おどろく』といふのは、古い語では、気がつくといふくらゐの処に使ふ語で、びつくりするとまで翻訳しないのである。さういふ昔風な、かすかな使ひ方も、或時は生かして来るのがほんたうだと思ふ。殊に古典的な情調に依拠してゐる短歌では、さういふことが、生命を延びちぢみさせることになるのである。此歌なども、あらゆる未熟な技巧をつひやして後、やつと此形におちついたのだが、

やつぱり紫朝其人を見る如き気障で厭味な処がある。（略）『語りのとぎれ』の中止した言ひ方、『おどろけば』とはつきり言つて次へ飛躍して、而も最後に『目をあかずをり』と言ふ処、みな低い程度で、押へる処を押へてゐる、それが、此歌の高さを増さない訳だと思ふ」「おどろく」という語についての言、最後の「低い程度で、押へる処を押へてゐる」という言、ともにきびしく、教えられる。

ところで次の「わりなさを」は歌集ではカットされている。なぜ落としたか、読み返すとわからぬでもない。最後は「猫久」が「富久《トミキウ》」になっている。

・迢空の百首詠

大正六年三月から釈迢空と土屋文明は「アララギ」の選者になる。さらに十一月から岡麓《おかふもと》が選者になり、従来の斎藤茂吉、古泉千樫、島木赤彦、中村憲吉に加えて七名の顔が揃い、色彩もゆたかになった。「アララギ」の編集についての茂吉、赤彦らの意気込みが察せられる。そして大正七年三月号に、迢空は、のちに茂吉との間に問題となる九十八首の大作を発表する。

この頃「アララギ」では、今の私たちから見ると奇異というか、不思議な組み方をしている。というのは一頁二段組みはよいとして、一人の作が半段単位で区切られていること。つまり三月号に釈迢空が大作を発表する場合、まず「夜道」八首、「初奉公」八首、「二階と下屋と」八首という具合に八首ずつに仕切られ、その都度小題がついてご丁寧にも釈迢空と名前が入っている。時たま上段下段にわたるときはあるが、それは数少ない例外である。さかのぼれば斎藤茂吉の「悲報来」（大正2年9月）、島木赤彦「柚子」（大正6年5月）、斎藤茂吉「三月二十日」（同）、釈迢空「いろものせき」（同6月）、いずれも八首として発表されたものである。商業雑誌なら数を限って依頼することは当然であり、同人誌でも頁の制約から数を一定にするのも理解はできるが、一々小題ごとに作者名まであらためて組むというのは、なぜだろう。何かしかるべき理由があったのであろうが、不思議である。とにかく、九十八首の迢空の場合は小見出しが十一、そのうち「旧年」だけが一頁に組まれて十八首、他はすべて八首である。毎頁二度「釈　迢空」と書かれているわけで、全体で十一回その名を読むことになり、煩雑な印象を受ける。大作を読むというよりは小品集という趣きとなる。つまらないことのようだが、元編集者としては気になってならないことなのだ。

ところで大正七年三月号に発表された九十八首の歌はすべて『海やまのあひだ』に収録されているわけではない。むしろきびしい選歌が行なわれ、また配列も大きく変わっている。『海やまのあひだ』大正七年の項には五十六首の歌が収められているが、全集の著述総目録では同年には百三十一首が詠まれたことになっている。もっとも異なる発表誌に重出しているものもあるから単純な比較はできないが、歌集編纂にあたっては半数以上を斥ける厳選であったことは明らかである。私が見たところ「アララギ」九十八首の中から採録したと思われるものは三十八首、逆に言えば六十首を割愛したということになる。内容からいうと、三つの大きなグループに分けられる。一つはかつて迢空が下宿していた高梨家を扱ったもの八首、（歌集では「金富町」「お花」の見出し）、次に年末年始にかかわるもの二十一首（歌集では「大つごもり」「除夜」の見出し）、ほかにどちらにも属さないもの八首（歌集では「雪」の見出しほか）ということになる。

第一のグループは初出「アララギ」では「初奉公」「二階と下屋と」「三年」の見出しのもとの各八首、計二十四首で、このうち「初奉公」から三首、「二階と下屋と」から三首、「三年」から二首が選ばれている。以下に初出を記し、採録されたものに○囲みの数字をつけた。数字は『海やまのあひだ』の配列順。迢空の構成意図を察することができる。（歌集収録にあたって初出にはない句読点が付けられていること、漢字ひらがなの表記の差のこと、などは煩雑になるのでここでは詳細は省略する。語句の大きな違いのみ＊で示した）

採録された歌とされなかった歌とを比較して行くと迢空の選歌観がうかがえて興は尽きない。またこれらについては後年の自註が参考になる。

「大正二年、中学校の教師をしてゐた頃、私は大阪でぱらちぶすにかゝつた経歴をもつてゐる。処がこの大正七年といふ年は、ちぶすが非常にはやつた年で、春がそこまで来てをつても、のどかな気がしなかつた。金富町の宿は、私どもの寝起きする六畳をいたゞいて、やはり六畳と四畳半かゞ階下にあつた。その下の座敷へ、数人の裁縫を習ふ女の子が、毎日通つて来た。その意味のない笑ひ声が、多くは一日中聞こえてゐた。私の居る部屋とは上下になつてゐることを、『こがらしゆする』といつたよそ〳〵しい描写で現さうとした。これは、そんなに失敗したとも思はない。（略）私らの生活は、小さい広がりしか持つてゐなかつたので、その高梨のおくめさんといふお師匠さんの家の小女《コヲンナ》お花が、来て二三个月目にちぶすで死んだのが、大《オホ》事のやうに響いた。過去にすれば、歌のどの点も、しとか、きとかになつてしまつて生気がない。これは第四句のし迄を過去にして、雇はれて来た時も、死んだ時も、皆こゝで見てきたといふ風に言つた。だから、小娘の生命の脆さを見て後、何日か何个月か経つての詠歎といふ効果が出てゐる。（略）この辺の連作は、当時あまり同人の賛成を得なかつた。唯、つねに点の辛い土屋文明さんが、此歌はまあ気持ちが訣るけれど、といふ程度の批評をしてくれた事を覚えてゐる。」

初奉公　　　　釈　迢空

ちぶすやみて死にたる高梨の家の小婢お花のこと。

⑦朝々に火を持ち来り炭つげるをさなきそぶり床よりぞ見し
死に病ひ身には持ちつゝ国とほくお花が来つと思ふに堪へず
病院の寒きべっどにかゞまりてお花はちさく死にゝけむかも
奉公にいさみ来にしをいぢらしき一つばなしにその母哭けり
⑥下《した》に坐《ゐ》てもの言ふべきを知りそめてよき小をんなとなりにしものを
⑧よろこびて消毒を受くこれのみがわがすることぞお花の為に
くろき目の鼠に似てしお花の顔泣かぬ心にさびしくうごく
泣きてやる人のなかにもまじらはずわれは聴きゐる小をんなの死を

二階と下屋と　　　　釈　迢空

③この宿のあるじお久米がたく飯《まゝ》をもむな無味《もむな》と馴れにけるかも　＊1
家刀自《とうじ》あしたかづける手ぬぐひに絲くづかゝる赤き絹いと
お久米が子二階に来ればだまつてゐるこはきをぢにて三とせ住みたり
下屋《したや》にはおくめの亭主こよひ来て酒を飲みをり。霜はや白く

①この家の針子はいち日わらひをりこがらしゆする障子のなかに
②昼覚《さ》めてこたつに聴けばまだやめずお久米は弟子をたしなめゐるも　＊2
わが弟子とお久米が針子かどに逢ふ出あひがしらの顔いかならむ
むかひ家《や》の岩崎が門《もん》に大かど松立つるさわぎを見おろす。われは

三年　　釈迢空

④はじめより軋《きし》みゆすれしこの二階三とせを移《こ》さず風の夜ねむる　＊3
岩崎の娘がさらふピアノの音《ね》三年を聴けばとゝのほり弾く
小石川金富町《かなとみちやう》にかりそめに住むと思へど三とせとなれり
⑤雇はれ来てやがて死にゆく小むすめの命をも見つ。くめが二階に　＊4
この町の娘むすこの若き日の三とせを見つも。久米が二階に
若き友、思案外史《しあんぐわいし》が季《おと》むすこわれよぶ声はのどぶとになれり
夕さればひとつ湯にあひ三とせ知るこの人々を見ずかなりなむ
家とうじ与《あづか》りがたきやまひゆゑ年《とし》の三とせをぬめりくらすも

＊1③馴れつつも　わびしくありけり。家刀自　喰はする飯を三年はみつゝ
＊2②（第四、五句）弟子をたしなむる家刀自のこゑ
＊3④（第四、五句）風の夜ねむる静ごころかも
＊4⑤（第四、五句）命をも見し。これの二階に

・茂吉と迢空の相互批判

「アララギ」大正七年三月号に釈迢空が発表した百首（実際は九十八首）の歌に対して、すでに知られていることだが、長崎にいる斎藤茂吉は「釈迢空に与ふ」を五月号に寄せた。失望感の表明である。これに対し、迢空は六月号に「茂吉への返事　その一」を書いた。この応酬には、さまざまな意味で近代短歌のきわめて重大な問題が含まれている。引用が長くなるがしばらく追ってみたい。

茂吉は迢空の歌に対して「君の今度の歌は、なんだか細々しく痩せて、少ししやがれた少女のこゑを聞くやうである。僕はもつと図太いこゑがいいやうに思ふ。おほどかで、ほがらかな、君のいつぞやの歌のやうなのがいいと思ふ」、「古語は使つてあつても万葉調でないのが大分ある」、また「結句の四三調には肯んじがたいのがある」、「『。、』などの切目がままあるが、あれも短歌を三行に書くのと似て面白くない」、「固有名詞でも『思案外史』はまだいい。『金太郎』『お久米』『お花』『祐輔』（正しくは雄祐）などは、どうも歌調を軽くさせる」などさまざまな難点を指摘し、「万葉集の『ことば』を離れて、万葉びとの『語気』を離れて、万葉集の『精神』を云々するのは道ぐさ食ひの説だ」そして「真淵の『丈夫』をば僕らは新しい説として創造すべき筈である」と言い、「君はこのたびの歌でいろいろの新しい「試み」をしてゐる。それは僕の此迄思ひ及ばなかつた諸点に至つてゐる。その努力には感謝してもその実質には賛し難い」と言う。総じてかなり強い非難である。

だが、迢空はたやすくは従わない。「茂吉への返事」では「駁論を書くのが、本意ではありません」と言いながら、茂吉の意見は「意表外」のものではなかった、「あなたのみならず同人の方々の、ああいふ傾向の抗議のあることは漠然と予期しながら、あの百首を発表したのですから、あわただしく弁解しようとも思ひません」と言う。しかしその後は婉曲な反論である。まず茂吉らと自分との成育地・環境の違いを言う。「あなた方は力の藝術家として田舎に育たれた」人たちであり、自分は「軽く脆く動き易い都人」だと言う。これは痛烈な皮肉である。田舎ものの茂吉には理解出来ぬ洗練された都会人の感覚があるのだ、と言葉の上では逆な表現をとりながら、貴方にはわからない、という姿勢を見せる。日本の文化の流れを説き、文藝の都会性の無視できぬことを言う。そして真淵の「ますらをぶり」に言及しながら、万葉集は「ますらをぶり」だけではない。と暗に茂吉の理解の狭さを指摘し、都会育ちの岡麓や古泉千樫らに触れる。ここはなぜ自分だけを貶めるのか、という婉曲な抗議であろうし、「浄瑠璃よりも浪花節を愛せらるる」茂吉を暗に嘲笑するかのような口吻が見える。そして「りくつとしては『たをやめぶり』も却けることは出来ませぬ」ときっぱりと言う。ここのところ、当の雑誌では組み誤りがあって「たをやめぶりもはけること却出来ませぬ。」となっている。茂吉は目を白黒させて解読したことであろう。(ついでに言えばこの頃の「アララギ」は誤植が多く、沼空が超空になっているのは再々のこと、他にも引用しつつ何度か補わねばならなかった)。

この応酬について、五味保義は「この二作家の生涯を見ると、両者共ここでの言い分を貫いていることがわかる」と言っている。

沼空が島木赤彦を信頼し、その言にはよく耳を傾けていたことはすでに述べた。が、茂吉とはどうも相性が悪かったらしい。茂吉の「釈沼空に与ふ」が出る前、大正六年四月号の「アララギ」に、沼空の「近頃の茂吉氏」という文章がある。

「此頃の茂吉さんの歌は、ぴつたり動かなくなつて了うた。あきらめに住してゐる、歌口の静けさだ。かうした歌の出来る時のあぢきなさは、小くではあつたが、わたしどもにも経験がある。要するに、茂吉さんには殻が出來て來たことが、しみ〴〵と省み出されたのである。今は方に、其執着と厭離とが、氏の胸に渦まいてゐる時であらう。赤彦さんの宿なんかで、茂吉さんとわたしとの話のさきが触れて来ると、何だか、恰好な慰めの語を見つけようとして心が動く。けれども、妥協や偸安を強ひるやうな慰めは、いひたくない。其で、すまないと思ひ〳〵黙つてゐることが多かつた。
（略）

この日ごろひとを厭《イト》へりをさなごの頭《アタマ》を見ればこころゆらぐを

をさな子の顔を言はないで、あたまを捉へて来た用意は誰にも訣るであらう。をは少し徹底しない。「人を厭へり」のやうな大ざつぱな言ひ方は、鉄幹氏の好んで用ゐた発想であつて、上すべりがする。（略）

ひさびさに外に出づれば泥こほり蹄《ヒヅメ》のあとも心ひきたり

此歌が、今度の八首中で傑出してゐる。但したりで結着させたのは散文的である。「泥こほり」は「泥こほりゐて」の意義曲折が必要だ。「泥凍《イ》てゝ」でも平俗だが。「蹄のあとも」と言はないで、茲も「蹄の痕あるも」か或は「蹄のあとの泥のこほれるも」と言ふ風でなければ、あまり此儘では平凡である。

をさなごの頬《ホ》の凍風《シモヤケ》をあはれみてまた見に来たりをさなき両頬《モロホ》

頬をほゝと故らに二音にせられた真意が、わたしどもには徹せない。此は必、地方的言語情調の相違から来るのであらう。「また見に来たり」は、「また見に来つも」位でなければならぬ。此では、前と同じく散文的で、情味もなく、平俗に陥るではないか。わたしは此句の様な心持ちを辿つて見て、「友かへてまた見に出たり夕桜」の句に想到して、此から由来したもので、句自身の嫌味ではなからうとも考へて見たが、どう調節しても、此句がわるいとよりほか感ぜられない。」

このように率直に批評しあうのは沼空自身というよりも「アララギ」にそういう気風があったからで、昨今の仲間褒めに終始する各社社内評の範とすべきものである。この号には茂吉の歌について、沼空のほかに古泉千樫、土屋文明、の批評もある。したがって茂吉・沼空の応酬も決して不思議な出来事ではなかった。良しは良し、悪しは悪しと意見を言う。そこは当時の「アララギ」の健全性を物語るものであろう。茂吉の「沼空に与ふ」はこの評も念頭において読む必要がある。これだけのことを言った沼空の一年後の大作である。茂吉に一言ないはずはない。

ところでこの茂吉の批判は、『海やまのあひだ』編纂の際、沼空は十分考慮に入れたと思われる。茂吉のみならず、沼空自身、同人諸氏の気に入らない連作であろうと言っている。歌集編纂は初出から七年も経っている。厳選になるのは当然であろう。具体的に言うと、三章二十四首あった高梨家の歌は二章八首に精選され、配列も大きく変えている。「ちぶす」で死んだ少女お花への歌は三首に絞られ、裁縫の家のありさま五首が「金富町」として前におかれている。事実をそのまま述べたような歌はつとめて外したフシがある。そして初出の「お久米」を「家刀自」にしたり「これの」に改めたりしているのは、固有名詞の軽さを言う茂吉の意見を斟酌したものかも知れない。推敲の跡の見える例を一、二示す。

昼覚めてこたつに聴けばまだやめずお久米は弟子をたしなめゐるも（初出）

昼さめて　こたつに聞けば、まだやめず。弟子をたしなむる家刀自のこゑ（歌集）

はじめより軋みゆすれしこの二階三とせを移さず風の夜ねむる（初出）

はじめより　軋みゆすれしこの二階。風の夜ねむる静ごころかも（歌集）

雇はれ来てやがて死にゆく小むすめの命をも見つ。くめが二階に（初出）

雇はれ来て、やがて死にゆく小むすめの命をも見し。これの二階に（歌集）

しかしまた、茂吉が「思案外史」はまだよいとして、と言った次の歌は歌集には入れていない。

若き友、思案外史が季むすこわれ呼ぶ声はのどぶとになれり

結果として割愛された十七首、作者沼空としては表現の上であきたりぬものがあったのであろう。だがこれらの歌、私は惜しむ気持を捨てきれない。地方から上京し、流行病にかかって死んだ少女を悼む沼空の、ごく素直な心から詠まれた歌である。茂吉には過去に「おくに」（明治四十四年）があり「おひろ」（大正二年）がある。だが茂吉の場合、相手は斎藤家の使用人である。沼空の場合は下宿している家に働きに来ているお針子である。作品以前において茂吉には女性蔑視、女性差別を疑わない意識があり、この点「白樺」の良家のお坊ちゃん的傲慢さや身勝手と共通する。

一方沼空の視点は、窪田空穂が大正二年に少年植字工を詠んだ立場に通じている。より人間的なのである。読み比べて、私は「おくに」における茂吉の純情と、「初奉公」以下の沼空の純情は甲乙つけがたいと思う。そして世評高い「おひろ」は技巧的にはすぐれていても、それが文学か、と問いたい気持が残る。傲慢の上に咲いた花で、小池光に倣って言えば茂吉の「いやらしさ」の一つであり、

後年にまで及ぶものである。いやらしさといえば、迢空にも「いやらしさ」は十分にあるが、ここでは触れない。

次の歌は、その少女たちと対極にある富豪の家を描いている。「自歌自註」ではやや韜晦的な口振りであるが、やはり社会的な矛盾をそれとなく暗示する歌として見過ごしがたい。

むかひ家の岩崎が門に大かど松立つるさわぎを見おろす。われは

ここから後はつけたりだが、茂吉が迢空の歌を「いつぞやの歌のやうなのがいい」と書いている「いつぞやの歌」がどういう歌か。また迢空が自分の歌について予想した「同人の方々」の「抗議」はどういうものか、推測を交えて裏付けを拾ってみたい。

まず、茂吉が昭和七年に執筆し、八年に発表された「アララギ二十五巻回顧」では各年ごとに活躍した同人の歌が引用されているが、大正六年の項には迢空の歌は足柄山など六首が引かれているのに対し、百首を発表した七年の項ではわずかに次の三首しか引かれていない。「釈迢空に与ふ」に書いている「おほどかで、ほがらかな、君のいつぞやの歌のやうなのがいいと思ふ」は六年の歌のことで、茂吉がいかに迢空のあの百首詠を認めていないかが明らかである。

あわただしく母がむくろを葬り去る心にあらず夜はの霜ふみ
松むらに吹雪はけぶる丘のうへ閑院さまの藁の屋根見ゆ
深川の五助が家に朝づとめせる父ならむかしは手ひびく

ついでながら茂吉の認める前年の歌は次の通り。石原純、斎藤茂吉に次ぐ六首である。

足柄の金時山に入りをりと誰知らましやこの草の中
しごとより疲れ帰りてうつつなく我は寝れども明日さめにけり
朝鮮の教師に行けとすすめくるあぢきなきふみにわが心うごく
古がめに一枝をりさしはればれし庭にも内にも夾竹桃の花
かがやかに穂並みゆすれて吹きとほる麦原の底の風はとほるも
新内の語りのとぎれおどろけば座頭紫朝《ざとうしてう》は目をあかずをり

まず七年の三首はよいとして、今の私には、六年の六首のすべてが「二十五巻回顧」に記して残すほどのものか、首をかしげる歌もある。もっとも茂吉も作風の紹介という程度の基準で選んでいるのかも知れない。

・東雲堂書店の活躍

前年「短歌雑誌」を創刊して意気盛んな東雲堂書店は、雑誌では七月号に「自選歌二十四家」を特集、次の二十四人を選んでいる。

岡麓、三井甲之、植松寿樹、川田順、古泉千樫、新井洸、石榑千亦、石井直三郎、四海多実三、西村陽吉、窪田空穂、前田夕暮、金子薫園、佐佐木信綱、木下利玄、中村憲吉、橋田東声、尾上柴舟、斎藤茂吉、半田良平、若山牧水、松村英一、尾山篤二郎（一人欠）

そしてこの年同書店から出た歌集は窪田空穂『泉のほとり』、若山牧水『渓谷集』、尾山篤二郎『野を歩みて』、土岐哀果『緑の地平』、西村陽吉『街路樹』、尾上柴舟『空の色』と壮観である。西村陽吉の意欲というべきであろう。

・諸歌人の動向

この年、北原白秋は小田原に移り住んだ。七月には鈴木三重吉の『赤い鳥』創刊に参画、童謡欄を担当し、新しい童謡運動を起こす。

また前年八月、「紫烟草舎解散の辞」を書いて一人の詩人として立つことを宣言、在来の門下生には九月から「曼陀羅」を創刊させ、自らは顧問となった。しかし年明けて七年一月からはこれを「ザムボア」と改題、章子夫人を編集発行者とした。白秋としては手離したものの、見ていられないという感がしたのであろうか。再び同誌のために力を尽くす意思表示をしている。が、この「ザムボア」も九月で廃刊となる。このあたりの内部事情はよくわからない。

大病の癒えた太田水穂は「潮音」に「短歌立言」を執筆、「万有の生命と愛」を説いた。秋、窪田空穂は亡き妻を偲ぶ歌集『土を眺めて』を刊行した。

与謝野晶子は平塚らいてう・山川菊栄・山田わからと母性保護論争を続ける。約八年間に及ぶ。

島木赤彦は五月から小石川関口町に住む。十月、「アララギ」に「写生道」を発表、八月からは、麹町下六番町に住み東京と信州を往復する生活を続ける。

同じ頃、土岐哀果は北海道を旅し、歌集『緑の地平』を生む。哀果はこの後「哀果」を廃して「善麿」とし文語定型に戻る。また八月、読売新聞社を退社し、十月から朝日新聞社に入社する。

前田夕暮は十月から「詩歌」を休刊する。主な理由はやはり経済的な問題らしい。

木下利玄は四月、『白樺の森』に「白昼」ほか「波浪」を「心の花」に発表。土屋文明は三月、塚越テル子と結婚。四月から諏訪高女教頭として上諏訪におもむく。馬の歌がおもしろい。

碓氷嶺（抄）　土屋文明

上り来て峠の茶屋に茶は飲みつひそかに望むふるさとの国
雲わけば間近き峯もかくろひて畑の葱に時じくの花
谷底に盛れ上る青葉日にいきれ嶺旧道をわが下るなり
いきれ風に榛はふたふたそよげれど垂るゝ花房いまだ青しも
追ひつきし炭つけ馬は馬臭し青草いきれかぎろひ立てり
苦しければ馬は人みていななけりうれしがるぞと馬方は呼ぶ（「アララギ」9月号）

八月からシベリア出兵があったが短歌への反響は意外に少ない。
十一月、武者小路実篤が宮崎県に「新しき村」建設をはじめた。

大正八年 1919

アララギ

第十二卷第八號

定價三十五錢

八月號

東京市麹町區下六番町二七　アララギ發行所　振替口座東京二八三四三番

心の花

第廿三卷第八號

每月一日一回發行

八月號

一冊金廿五錢・税壹錢・六冊壹圓參拾錢・十二冊貳圓五拾錢

京市日本橋區石町一ノ一　竹柏會出版部　振替東京四三〇〇番　電話本局五一七〇番

・「アララギ」の新人たち

第一次世界大戦（当時は欧州大戦と言うことが多かった）も漸く終息段階に入った。国内の米騒動も沈静化の傾向を見せてきたが、世相は何となく不安で物価高などが短歌でも嘆かれるようになった。「米高く買ひはかぬなり我が子等は大河の辺に行きて水飲め（窪田空穂）」といった歌さえ見られる。その世相を反映してか、短歌の世界にも今までにない空気が生まれてきた。とくに注目したいのは「アララギ」の松倉米吉、山口好らの登場である。米吉は金属挽物（鍍金）の小工場に勤める職人であり、好は炭鉱や鍛冶工場に勤める労働者であった。

坑内惨事（抄）　　山口　好

くらやみの炭壁うけて通し風吹きまがりゆく音すさまじき（坑内作業）
落盤の重なれる下のうめきごゑ立ちきけるまにことぎれにけり
落盤におしつぶされしまはだかの女人をみたりあかりの下に
引きいだす女人の足は見えざれば石を除けつつさがしけるかも
千切れたる膝より下の片足を胸あやしくも吾は持ちけり
足も体《からだ》も一つ木箱に納め入れ荷ひてあがるはだかの坑夫《ひと》は（「アララギ」1月号）

松倉米吉

かび臭き夜具にながながこやりけりこのまゝにしていつの日いえん

灯をともすマッチたづねていやせかる、口に血しほは満ちてせかる、

菓子入にと求めて置きし瀬戸の壺になかばばかりまで吾血たまれる

かなしもよともに死なめと言ひてよる妹にかそかに白粉にほふ

帰しなば又逢ふことのやすくあらじ紅き夜空を見つゝ時ふる

かうかうと真夜を吹きぬく嵐の中血を喀くきざしに心は苦しむ（「アララギ」11月号）

山口好は明治二十八年五月二十六日福岡県大牟田市に生まれた。父は大浦炭鉱の工員で「鶴嘴鍛治」という仕事であったが、病身で十分な働きが出来ず、好は小学生の頃から学校の許可を得て朝、父の仕事を手伝ってから登校していたという。やがて高等小学校を卒業して三井工業に進学したが、父の病気、死去のために中退、工場に就職して母や弟妹を扶養する身となった。好が「アララギ」に入ったのは六年四月、竹林末人の紹介による。逼迫した生活から生まれる歌の緊張感が赤彦の目に留まり、次第に頭角を顕した。八年には上京して東京での生活を夢見たが思うに任せず、却って病を得て帰郷、九年九月に二十五歳の若さで世を去った。（この項「アララギ」二十五周年記念号（昭8・1）松井一郎「山口好」による。）

松倉米吉は明治二十八年十二月、新潟県糸魚川に生まれた。三歳で父を失ない、高等小学校在学中に再婚した母を追って上京、鍍金工場で働きながら親友高田浪吉らと「行路詩社」を結んで勉強する「アララギ」若手の一人だった。が、自らの生活をありのままに詠み、しかも右の歌に見るように人を恋しつつ結核を病み、貧窮のうちにこの年十一月に世を去った。浪吉ら友人や、師の古泉千樫らの

尽力で翌年『松倉米吉歌集』（行路詩社）が上梓された。歌の中には茂吉や千樫の影響があらわ過ぎるようなものもあるが、ここにある真率な歌は技巧を超えて胸をうつ。やはり近代短歌の収穫に数えられる歌集である。また傾向は違うが、前年十一月に急死した島村抱月門下の青年俳優、田辺若男の歌も挙げておきたい。伊藤左千夫は「牛飼の歌大いに起る」ことを期したが、まさにここに職人、炭鉱労働者、俳優など、新しいタイプの歌人層の台頭が明らかになってきた。

楽屋の木がらし（抄）　　田辺若男

私たち藝術座は島村先生を失つてはじめての旅に出た。うす暗い舞台や楽屋の灯かげには先生がいつものやうに腕組みをして歩いて居られるかと思はれた。舞台の隅々には先生の影が射し、須磨子の唄ふ『さすらひの唄』には亡き先生の魂が通うてゐるやうであつた。そして更けゆく冬の夜の芝居小屋には海から吹き上げて来る木がらしが絶えず鳴つてゐた。

しのびかに楽屋の窓をおとづるゝものあり夜の木がらしといふ
灯ともしごろいとしのびかに窓うちて心にせまる木がらしの声
この夜ごろ楽屋の窓にきこゆるは野の木がらしか人の叫びか
向つ岩闇のせまりて木がらしの鳴る音きこゆ楽屋の灯かげに
海ぎしの小屋に木がらし吹きつのり声もかなしきさすらひの唄
さすらひの旅藝人がよりて来るこの海ぎしの小屋の木がらし（「文章世界」3月号）

・赤彦と迢空

島木赤彦は、この年五月になって漸く「アララギ」に「逝く子」一連を発表した。六年末に亡くなった長男政彦の死を悼む歌で傷心の中から生まれた力作である。

島木赤彦

逝く子 一（抄）

ひたすらに面わをまもれり悲しみの心しばらく我におこらず
むらぎもの心しづまりて聞くものかわれの子どもの息終《いきをは》るおとを
このおもわすでにこの世のものならずと思ふあひだもわれはまもりつ
ふるさとよりはるばる来つる祖父《おほぢゞ》にものを言ひたりこの日のくれまで
おほぢぢの荒れし手のひらをさすりつつ国にかへりしおもひすと言ひつ
けふのあしたおほぢぢの手をとりてよろこび夕にはゆくわが子のいのちは
顔のうへに涙おとさじとおもひたりひたぶるに守《も》る目をまたたかず（「アララギ」5月号）

赤彦生涯の傑作であるこの「逝く子」については後年多くの批評が出たが、ここでは同時期の評として釈迢空の評を掲げる。迢空は以下のように右の七首は褒めず、後の第二部、第三部をよしとしている。私は必ずしも賛成ではないが、当時の迢空の批評眼を知るためにその辛辣な評のみをかかげておく。

○第一部七首は、赤彦の力がこんで居るだけに、感心の出来ぬものとなつた。観照の不動、客観態度の確立、といふことに囚はれ過ぎた処が、露骨に出てゐる。赤彦程の人が、かう言ふ風な態度を持つたのは、感傷に囚はれまいと言ふことに、専心になつた結果、却て、態度其者が、露骨に顔を出すことになつたのであらう。（略）客観的な描写に専心になつて、気分を圧へ過ぎた為、情的に触れる所は、極めて乏しくなつたのである。（「アララギ」6月号）

・**水穂と牧水**

太田水穂は「潮音」一月号に「写生と感動並びに感動の質について」を執筆、写生を批判した。写生をめぐる論議は、別に多くのすぐれた研究があるのでここでは触れず、郷里信州を訪れた歌を見ることにしたい。

南信濃（抄）　太田水穂

わが越ゆる伊奈のたぎりの幾たぎり雪解《ゆきげ》の水は蒼くむせびつ
小畔川《をぐろがは》夕闇くらくゆく水の水泡は白く見えにけるかも
駒ケ嶽ふもとの畠の桑の芽はいまだ芽ぐまず春はふかきに
遠くより喇叭《らっぱ》鳴らして夕晴の高原のうへを来たる馬車あり（「潮音」6月号）

若山牧水は一月に千葉県犬吠埼、三月に信州、四月群馬磯部温泉、五、六月榛名と旅を続けた。六月下旬は潮来に遊び、帰途筑波山に登った。留守を守る妻喜志子の歌は切実である。いま読み返すと喜志子はもっと話題にされるべき人であり、評価されてよい歌ではなかったかと思われてならない。

春愁（抄）　若山喜志子

酔人《さけのみ》の妻とよばれつさけのみにかしづくわれを愚かしといふか
酒飲まば生命《いのち》ちぢまむ酒のむなと諌むる言《こと》も正《まさ》にはきかず

愚かしの身やと己れを叱りつつも泣くに泣かれず酒はすゝむる
泣く涙顔色《かほいろ》には見せずかにかくにつぎてまゐらす酒にしありけり
われ泣かば家《いへ》は真闇《まやみ》となりぬべしいざ幼な子よ菓子を食《た》ふべよ
わが夫《つま》に力と恃《たの》む人はあらずたま〳〵あればそれも酒好き
智慧なしのこの愚妻《おろかづま》を嘲笑《あざわら》ふあまたの人の顔こそみゆれ
優《やさ》しとはこの愚かさの事ならむ年頃《としごろ》を人にさからふとせず
今さらに酒を諫《いさ》めて何すとや人の生命《いのち》は神ぞしろしめす
一《ひと》すぢに君のいのちを信じつつ生くるはわれぞまさきくてあれな（「文章世界」4月号）

・**川田順の五日会**

大阪の住友本社にいる川田順は、九月に窪田空穂、松村英一を迎え懇談、その後は花田比露志、植松寿樹、木下利玄、森園天涙、中村憲吉らを次々に招き、五日会という文学交流のサロンを開いた。実は前年から、川田は関西在住の歌人に呼び掛けて歌会を開いていた。このことは植松の歌集『庭燎』や利玄の書簡などに記されている。その会場が大阪の雲水寺であったというが、その雲水寺の所在についていて最近安田純生氏が調査され、大阪天王寺区の寺であること、同名の寺の検討などを含めその後の変化を明らかにしている。（「白珠」平成19・9）。その会を「五日会」と名付けられたのは八年になってかららしい。この年植松の師、窪田空穂が誘われて川田を訪問、歓談の後、連れ立って六甲山に登っている。結社を越えた集まりなど、いかにも川田順を思わせる。参加者それぞれの歌がある。

・長崎の茂吉

長崎の斎藤茂吉は五月、同地を訪れた菊池寛と芥川龍之介に初めて面会した。また吉井勇を迎え、諏訪神社月見茶屋で歌会を開いた。十一月から妻輝子と長男茂太が長崎に来てともに生活する。が、このころの歌は「アララギ」には見えない。茂吉自身の書いているところ（『作歌四十年』筑摩書房　昭46）によれば「長崎時代の歌稿は未整理のまま保存してあったのが、大正十三年の火事で焼け」てしまった。が、たまたま「帰朝後友人の好意によって新聞雑誌の切抜を得」たものや「欧州に持って歩いていた」手帳などによって『つゆじも』が纏められたという。八月に『童馬漫語』が刊行された。

　四歳の茂太をつれて大浦の洋食くひに今宵は来たり
　はやり風はげしくなりし長崎の夜寒をわが子外に行かしめず

・諸歌人の動向

四月、土岐哀果の尽力によって『啄木全集』が新潮社から刊行開始、翌年完結するが、印税は啄木遺児の育英資金にあてられることになった。同じ頃、窪田空穂は熱海双柿舎の坪内逍遥に招かれた。逍遥は空穂の古典研究の著書を見て、早稲田の国文科開設の柱にしようと考えた。記者生活で苦しい生活を続けていた空穂ははじめて早大教授という安定した身分を得る道が開けた。また与謝野寛も四月から慶應義塾の教授となり、以後昭和七年まで勤めることになる。森鷗外の後盾による。

小田原に居を定めた北原白秋は夏、伝肇寺東側の竹林に木菟の家を新築した。前年の「赤い鳥」創刊にともなって童謡面の仕事が多い。十月に最初の童謡集『とんぼの眼玉』が刊行された。

吉井勇は演劇関係の仕事が盛んで一月、小山内薫、久保田万太郎らと国民文藝会設立、また十一月には久米正雄、里見弴らと「人間」を創刊した。

八月、橋田東声が「珊瑚礁」を離れて「覇王樹」を創刊した。

前田夕暮は父の後をついで奥秩父原生林の経営に乗り出した。

歌集歌書は六月に尾上柴舟『空の色』、七月、半田良平『野づかさ』、八月、斎藤茂吉『童馬漫語』、十月、小田観蛍『隠り沼』などが出た。また柳原白蓮の『幻の華』が三月、新潮社から出た。次のような歌は薄幸の歌人としての白蓮を思わせる一連である。二年後の十年十月、白蓮は伊藤家を出て新人会宮崎龍介の下に走り、新聞に大きく報道される。

不知火（抄）　　柳原白蓮

その日より別れし日より弱々と憑《つ》かれしもの丶如く病みぬる
しめやかに丁子にそ丶ぐ春の雨よきたよりもやあるらむ夕べ
不知火の筑紫の国に住むわれはわれにしあるを誰《た》そ言挙《ことあげ》す
ゆくりなく逢うて別る丶旅の人筑紫の国は名さへ淋しき
朝な〳〵祈る一時ひたすらに尼心地にも勤行をする
わらぐつを泥《ひぢ》を投げかくあまりにも浄きが故にさかしき故に
か丶る事人間の世にあるものと覚りし時にうけつるすくせ
しらぬひ筑紫の海の紫にくる丶夕べをひとりぞわが見る

あす知らぬ命と知れどためらはる世ゆゑ人ゆゑ身ゆゑ恋ゆゑ（「心の花」7月号）

・「改造」の創刊

四月に「改造」が創刊された。東京毎日新聞社社長山本実彦が出版界に新風を起こそうとはじめたもの。当時総合雑誌の中心にあった「中央公論」を追跡する形でスタートした。この年、二月には大山郁夫、長谷川万次郎（如是閑）の「我等」が出、六月には東大新人会を背景に、大磴閣発行の「解放」が創刊するなど、総合誌のラッシュの年で、いずれも大正デモクラシーの思潮を背景に、社会変革を志す雑誌であったが、やがて政治・思想方面だけでなく文藝にも手を伸ばし、創刊の翌年一月から連載された賀川豊彦の「死線を越えて」が連載されて反響を呼び、さらに翌年からの志賀直哉「暗夜行路」の連載が話題となり「改造」の声価が高まった。

大正末年から短歌にも関心を寄せ、「改造」に震災関係の作品を一挙掲載したり、歌人の自選歌集シリーズをはじめ、さらにそれを改造文庫に入れたりして話題をまいた。昭和七年十月「短歌研究」を創刊し、戦前の短歌ジャーナリズムの中心となるが、創刊当時はまだ短歌との関わりは薄い。

大正九年 1920

齋藤茂吉著

増訂 短歌私鈔

初版急速に品切れとなり、爾來久しく絶版となり居りし短歌私鈔は更に著者の周到精緻なる增補訂正を經て再版を見るに至れり。歌界の渴望之によりて滿さるべきを信ず。

再版出來

定價一圓六十錢
送料十二錢

發行所 東京日本橋區通町 春陽堂書店
振替口座東京一六一七一
電話本局五十一番

齋藤茂吉著

童馬漫語

アララギ叢書第七編

忽再版

定價二圓三十錢
送料十二錢

著者が數年間に亘つてなされた短歌に於ける研究と議論とを蒐めて一卷とする。現今の歌壇に於て重要とせられる問題は凡べてこの中に考覈せられてゐると共に、現今の歌壇に向つて、更に重要なる問題を提示してゐるものであると信ずる。（赤彦）

發行所 東京市日本橋區通町 春陽堂書店
振替口座東京一六一七一
電話本局五十一番

・水穂の芭蕉傾倒

太田水穂は「潮音」に自らの歌論を書き続け着実な歩みを示した。十月から幸田露伴、阿部次郎、安倍能成らによる芭蕉研究会を発足させ、合評を翌年一月から「潮音」に掲載することにした。また自らは十一月号に「芭蕉入滅図」と題する二十五首の連作を発表、芭蕉への並々ならぬ傾倒を明らかにした。

芭蕉翁入滅の図（抄）　　太田水穂

図は蕙斎の描くところ、中央に横臥して仮寝の様なるは芭蕉のすでに寂滅せるなり。あまたの門人来り集へり。翁在世中心を寄せたる草木鳥獣昆虫魚介すべて来れり。野は初冬枯野の体なり。日没時とおぼし。

かけめぐる夢の枯原かぜ落ちて静かに人はねむりましたり
さながらに臥《ね》てはいませど何ごとものたまはぬなりその唇《くち》とぢて
かけめぐる夢の枯原かぜ落ちてしづかなる世にめざめたまへり（浄土転生）
野は花の極楽日和《ごくらくびより》旅日和《たびびより》馬ほくほくと行くすがた見ゆ
くれまどふ人の心のしぐれぞら猿も小蓑を着てきたりたり
葉をとぢてゆふべ萎《しほ》るる合歓一木《ねぶひとき》その象潟の雨をなみだに

君のゆく枯野の旅に色ふかきかげをぞつくるふたもとの椎
深川やその古池の水を出《で》ておどろく眼して蛙はゐたり
枯枝に一羽の鴉来て啼けば野もさめざめとうれふる色なり（「潮音」11月号）

この一連は、前半はまさに「芭蕉入滅図」を見ての歌だが、後半は芭蕉の句から発想を得た歌が並んでいる。すでに木俣修が指摘している（『大正短歌史』明治書院　昭46）が、一読直ちに芭蕉の句が察知される歌である。いわば本歌取りの一種と言ってよいかも知れない。俳諧の詩情を摂取して短歌に生かそうという試みだが、作品効果としてはどうであろうか。正岡子規の先例を意識しているのかも知れない。しかしこの作はともかく、当時の水穂は、短歌に理想主義的な方向を導入せんとする意欲が濃厚で、その努力は閉鎖的になりつつある大正期の歌壇に一石を投じるものであり、新生面を開く可能性を示唆するものと言うことはできる。

ところで芭蕉研究会は水穂が中心となり、幸田露伴、阿部次郎、安倍能成、小宮豊隆、和辻哲郎ら錚々たるメンバーによって八月から始まり、「潮音」には翌年一月から掲載される。貴重な試みだがこれについては十一年になってから北原白秋の論難が出る。

・節の『赤光』書き入れと古泉千樫

この年「アララギ」九月号にめずらしい記事が出た。五年前に世を去った長塚節の遺品の中に斎藤茂吉の『赤光』があり、それに節がいろいろと書き込みをしている。その内容が古泉千樫によって発表されたのである。本来は大正四年の項に掲げるべきものであるが、千樫の発表時点で衆目にさらされたのであるから、発表時の九年に掲載することにした。その経緯は次のように記されている。

「大正四年二月十一日午後九時、われわれ（古泉千樫ら「アララギ」同人）は、長塚節氏の遺骨を東京駅に迎えた。小雨の降る寒い日であつた。遺骨は、福岡から厳君と令弟小布施氏とに擁せられて来たのである。」以下、千樫の冷静、敬虔な文章が続く。九頁にもわたる長い文章なので全文は引用できないが、節の批評眼の窺えるところを幾つか選んでみた。節の感想に対してさらに千樫が自らの所感を時折書きそえている。

「翌十二日、遺骨は上野駅から郷里下総結城に向つて立たれた。遺骨を送つて行く前に、小布施氏は僕に、長塚氏の遺物を収めてある行李を解いて見せてくれた。中に書物としては、坪井伊助氏の竹林に関する大きな著者と、歌集『赤光』とがあり、雑誌では竹林に関するもの薪炭に関するもの各七八冊、アララギが十冊ばかり。ほかに雑記帳数冊、陸地測量部の五万分一、二十万分一の地図が数十冊、それから旅行案内などがあつた。地図は九州中国など、病気になつてから旅行せられた方面のものである。雑記帳の中には、長塚氏が自ら撰した歌集草稿もあつた。僕は後にこの草稿を参照して《（ママ）》。『長塚節歌集』を編纂した。『赤光』を見ると、ペンで細かく、いろ〳〵と感想批評が書き入れてある。僕は目を刳いて見入つた。そして有りがたいものだと思つたので、小布施氏に願つてそれをいたゞいて来た。」

以下赤光に書入れてある長塚氏の評語を順次鈔出する。

○

『赤光』巻頭の『悲報来』では、

ひた走るわが道暗ししんしんと堪《こら》へかねたるわが道くらし

「三四の句不熟なるべし。」

ほのぼのとおのれ光りて流れたる蛍を殺すわが道くらし

「例の道草である」。これだけしか書入れてない。『悲報来』に多く同感を持たれなかつた為か。或は未だ書き及ばなかつたものか。何れにしても、『悲報来』を尊敬して居る僕には、甚だ遺憾に思はれる。（略）

めん鶏ら砂あび居たれひつそりと剃刀研人《かみそりとぎ》は過ぎ行きにけり

「七月二十三日」中で此一首を評して、「特色を見る。」

「時間のない単純な空間をよんだ然かも相互に何関聯もないものを取つて来た処作者は只其時の閑寂な光景に感興を湧出したのである。例の癖がよく出たのである。めんどりの砂をあび居るところが既に地味な閑寂な趣である。剃刀研人も又如何にもぼさ〳〵した派手でない容子をしたものである。両者にはそこに一縷の連絡を有して居る。」とある。

『麦奴』では、

飯《いひ》かしぐ煙ならむと鉛筆の秀《ほ》を研ぎて居て煙を見るも

「特色を見る。」「煙が二つ重つて居る。然しこれはいい。句を徒らに重ねたのとは違ふ。」

ひた赤し煉瓦の塀はひた赤し女刺しし男に物いひ居れば

「女を刺し殺した囚人を診断して居る作者は其事が既に自分の心を亢奮させて居る。其時に彼は只其囚人を見て居ない。赤い煉瓦塀がつき纏うて居るのである。」

巻尺《まきじやく》を囚人のあたまに当て居りて風吹き来しに外面《そとも》を見たり
「五の句只ごとである。調和があらうがなからうが、構はぬ作者の癖が悪く働いて居る。」
まはりみち畑にのぼればくろぐろと麦奴《むぎのくろみ》は棄てられにけり
「特色を見る。」
監獄に通ひ来しより幾日経し蜩啼きたり二つなきたり
「特色を見る。」「作者が慣用手段である蜩啼きてふと幾日通つたであらうかと反省する処聞えたり。」
よごれたる門札おきて急ぎたれ八尺《やさか》入りつ日ゆららに紅し
「八尺入つ日は却つて一首を害するものである」
「大正二年に至りては八尺入つ日の如き殊更なる語句を用ゐつゝあるのが、むしろ怪まれる位である。作者の如き非常に微細な点に長所を有して居るものは、目に立つ語句などはなるべく使はぬがよろしい。さもなくば其語句のために興味が索然としてしまふ」
『みなづき嵐』の中では、
どんよりと空は曇りて居りたれば二たび空を見ざりけるかも
蚊帳のなかに蚊が二三匹ゐるらしき此寂しさを告げやらましを
の二首に「特色を見る」とある。そして『どんよりと』と前の「めん鶏ら」の歌に丸《まる》じるしがついて居る。丸じるしは佳作のしるしらしい。(略)
「死にたまふ母」五十九首には、何にも書き入れがしてない。『死にたまふ母』は、『赤光』中でどうしても最も力を入れて批評せねばならぬ物と僕は思ふのに、それがないのは残念である。十分に書くつもりで未だ果さなかつたものであらうか、或はそれほどに重く見て居られなかつたものか、作者茂吉はこれに就ての長塚氏の意見を私信又は面談のせつ聞いた事があるかも知れぬ。」

この後、千樫は、節が「おひろ」の一連の中で○のついている歌を記している。長くなるので第一句だけを以下に列記する。（表記は原雑誌のまま）

「夜くれば、浅草に、はつはつに、紙くづを、ひつたりと、うづ高く、勤めなれば、ほのぼのと、朝ぼらけ、しんしんと、あはれなる、この心葬らんとして、この心葬り果てんと、東に」の十四首である。

「『口ぶえ』五首には、

「大正元年以前のものにはなかつたものがここには出て来て居る。それは女といふものに対する作者の心持が極度に無遠慮にあらはされて居ることである。普通の藝術といふ解釈に超越して居ることである。」

このやうに何に顴骨《ほほぼね》たかきかや触りて見ればをみななれども

『女と同衾して居る時の歌である。他人には到底いふことの出来ぬものである。』

目をあけてしぬのめごろと思ほえばのびのびと足をのばすなりけり

「特色を見る」「五の句に注意すべし。」（略）

日あたれば根岸の里は川べりの青蕗のたり揺れたつらんか

「天然物になるとまだどうもまづい。」

春の風吹きたるならむ目のもとの光のなかに塵うごく見ゆ

「特色を見る」「例の些末な点にわたれば出来栄がまるで違つて来る。只二の句の如き普通でない云ひ方は其癖である。」（略）

長塚氏はこの評語中『赤光』の作者は、天然を詠ずると拙い、叙景の歌、写生の歌はその短所であるとくりかへし云はれてゐる。かういふ評語はこの後にもしばしば出てくる。さうして、一寸した些末なことを歌ふと段違ひにうまいと云はれてゐる。これには僕は多く服する事が出来ないが、かういふ説の中にも聞くべき点のあるのは無論である。それから「作者の癖」又は「常套手段」として、言語句法に就て指摘して居る所は特に参考になつて有り難い。（未完）

かなり省略してしまったが、節の率直な批評はもとより、添えられている千樫の感想もまたおもしろい。このようにして「アララギ」の批評は育っていったのであろう。

蛇足ながら興味深いのは節の「聞えたり」という評語である。これは「よく詠めている」という誉め言葉だが、明治二十年代、松岡国男（柳田）や田山禄弥（花袋）、小野節らの歌に対する松浦辰男の批評に頻りにこの語が出てくるのを何度も読んだことがある。現在はほとんど用いられない語だが、明治から大正時代まで生きていた批評用語として注意しておきたい。

・諸歌人の動向

一月、長崎にいる斎藤茂吉は、流行性感冒から肺炎を併発、六月に喀血して入院した。七月以後雲仙、唐津、古湯、六枚板、嬉野などの温泉地に転地療養を続けた。療養中に古湯温泉で『あらたま』

を編集、六枚板では『赤光』を改作、改選『赤光』の準備をした。

その茂吉に対して、仲間が次々に見舞に訪れる。連帯感の強さをいうべきか、当時の時間的余裕をいうべきか、島木赤彦は七月、土屋文明、平福百穂は十一月に訪れている。その茂吉当人は「アララギ」には歌を発表せず、かわりに「短歌に於ける写生の説」の連載を四月から始めている。六月、島木赤彦の『氷魚』が出た。

土屋文明は一月に諏訪高女校長となり、信州に赴任した。東京帝国大学卒業後四年にして校長職、これも時代なのであろう。

牧水は二月に伊豆、五月に群馬川原・草津・信州と旅を続ける。八月に沼津へ転居、ここに腰を据え仕事に打ち込もうという決意であった。沼津の土地は「創作」の社友で沼津出身の神部孝の尽力による。沼津駅から南東へ二キロ、香貫山の麓、富士山、愛鷹山を望む良い環境であった。次の歌はいよいよ転居が決まり、新居に赴いた折の歌であろうか。

○

今年住むわが家《や》は岡のうへに在りていま冬景色うららけく見ゆ　　若山牧水
朝の間をあかるく射せるこの窓の冬の日かげにものは書くなり
わが部屋のはしに居寄れば冬空のふかきところに浮ける富士見ゆ
隣家《となり》なる椎《しひ》の老樹《おいき》のうらがれていささかかくすその富士が嶺《ね》を（「短歌雑誌」1月号）

北原白秋は五月、「木菟の家」の隣に三階建ての洋館を新築したが、その地鎮祭の日に妻章子に事があり、その結果離別する羽目に陥る。このあたりのことは白秋関係の書物（藪田義雄、三木卓、瀬戸内晴美ほか）にいろいろと書かれているのでそれらに譲る。

窪田空穂から発行編集を任された「国民文学」は松村英一らによって進められていたが、そこから対馬完治が丸山芳良らを引き連れて分離、「地上」を創刊した。また以前は「心の花」に所属していた宇都野研が空穂に心酔、その指導の下に三月「朝の光」を創刊した。

・「短歌雑誌」の停滞

この年の出来事として注目すべきことは総合誌「短歌雑誌」を発行していた東雲堂に経営上の問題が起こり、発行が不順となったことである。新年号、二月号、三月号と出た後、四月五月は合併号、さらに六月七月も合併号となった。理由として東雲堂主人西村陽吉は小学校用の参考書の出版が急激に多端となり、株式会社組織にする必要に迫られ、文藝書に手が回らなくなったという。会社が成立すれば再刊可能で、それまでは休刊せざるを得ない、とのことで、果たして十二月号から復刊した。（この記述は木俣修『大正短歌史』による）。実際の状態がどの程度のものであったか、いまとなってはわからないが、西村の個人商店的な経営による「短歌雑誌」発行基盤の脆さがはしなくも露呈されたということであろう。（なお編集者も幾度か変転する。はじめの尾山篤二郎・松村英一のコンビは大正八年二月から西村陽吉へ、十年一月から尾山、七月から矢島歓一ら、以後経営母体も東雲堂から紅玉堂に移ったり、また戻ったり、正確にトレースできないほど複雑である）。

その「短歌雑誌」は六、七月合併号に「歌壇の現状に対する諸家の意見」と題して数人の歌人に意見を求めている。ということは歌壇が沈滞しているという認識が編集のほうにあるわけで、これも「短歌雑誌」発行不順の背景にあるということであろう。なお西村陽吉は以前から口語短歌への意欲を燃やしてきたが、この年三月号から「短歌雑誌」に「口語歌」欄を創設、投稿を募ることにした。が、雑誌そのものの停滞により自然に衰えていった。

・歌人番付

また四、五月合併号には「現代歌人大番附」なるものが掲げてある。次のような註があり、投書によるものと記されているが、編集部によるお手盛り記事かも知れない。

「編輯所で　久しい以前に本社へ何処かから歌人番附を送つて来て掲載したのが少《ママ》つと問題になつたことがあつたが、又現代歌人大番附と云ふものを本社へ送つてよこした物好な人がある。何もこれを掲載したところが、これによつて、歌人の位置がどうなるの、かうのと云ふことはないのだし、ほんのお笑ひ草に掲載することにした。」

まだ四十歳にもならない吉井勇、北原白秋、土岐哀果、前田夕暮の「年寄」は気の毒だし、「女力士」という表現にも驚く。

さらにまた博文館発行の「文章世界」がこの年十二月で廃刊となった。知られているように「文章世界」の投書から世に出た作家、歌人、詩人は数多いが自然主義の退潮とともに読者も減少、時代的使命を果たし終えたというべきか。歌壇の選者ははじめ窪田空穂、のち土岐哀果が務めた。短歌欄には両角七美雄、久保田暮雨（万太郎）、松倉米吉、村野次郎、谷鼎、筏井嘉一、高田浪吉、大橋松平ら後年名をなした人々の名が見え、また思いがけなく小説の吉屋信子、童話の浜田広介らの歌も見える。

六月、閨秀歌人として評判の九條武子の歌集『金鈴』が出た。九月、『左千夫全集』の刊行が開始された。

不況による失業者急増。日本初のメーデーが行なわれた。

現代歌人大番付

蒙御免

東の方

横綱 窪田空穗（國）
大關 若山牧水（創）
關脇 松村英一（國）
小結 尾山篤二郎（自）
前頭 半田良平（國）
同 岡麓（ア）
同 木下利玄（心）
同 石樽千亦（心）
同 土屋文明（ア）
同 植松壽樹（國）
同 河野愼吾（秦）
同 川崎杜外（國）
同 對馬完治（地）
張出大關 齋藤茂吉（ア）

前頭 米田雄郎（詩）
同 小田觀螢（潮）
同 菊地野菊（創）
同 土田耕平（ア）
同 四海多賀三（行）
同 青山霞村（か）
同 岩淵要（潮）
同 金子不泣（詩）
同 田邊駿一（地）
同 高鹽背山（創）
同 兩角七美雄（ア）
同 間島琴山（心）
同 小田切浪彦（國）
同 內田月城（國）
同 油川鐵太郎（尺）
同 佐野翠波（潮）
前頭 平福百穗（ア）

前頭 加納曉（ア）
同 米北時三郎（潮）
同 豐島晃（國）
同 小川茂辰（無）
同 楠田敏郎（詰）
同 渡部龍三（尺）
同 來の郎子（創）
同 鎌田虚燒（行）
同 野澤柿葺（國）
同 村野次郎（秦）
同 大關五郎（詩）
同 木曾馬吉（ア）
同 川越守固（心）
同 坂口多藻津（詩）
同 土橋青村（ア）
同 越前翠村（創）

前頭 上野甚作（自）
同 青山榛三郎（潮）
同 橋小雅（行）
同 高木今衞（ア）
同 渡邊湖畔（行）
同 加園寛（國）
同 貴田實（行）
同 若林牧春（秦）
同 鈴木義雄（水）
同 北原放二（自）
同 韮樹秋人（覇）
同 筒井萬雄（自）
同 森川邦男（尺）
同 谷口孤梢（創）
同 山澤紫明（覇）

女力士

四賀光子（潮）
若山喜志子（創）
片山廣子（心）
原阿佐緒（ア）
伊藤白蓮（心）
水町京子（連）
白岩艶子（心）
岡本かの子（水）
三津木貞子（無）
立木鶴子（國）
大村八代子（心）
中原潔子（心）
潮みどり（創）
川端千枝子（詩）
宮田勝代（國）
橋田ゆみえ（覇）

行司

三井甲之（無）

年寄

吉井勇（無）
北原白秋（無）
土岐哀果（無）
前田夕暮（詩）

檢査役

與謝野寛（無）
與謝野晶子（無）
尾上柴舟（水）
佐々木信綱（心）
金子薰園（光）

勸進元

アララギ、國民文學、創作、潮音、詩歌、地上、連作、からすき、短歌雜誌社
心の花、水甕、尺土、自然、光、抒情詩、覇王樹、行人、秦皮

西の方

横綱 島木赤彥（ア）
大關 太田水穗（潮）
關脇 石原純（ア）
小結 釋迢空（ア）
前頭 西村陽吉（尺）
同 𣘺田東聲（覇）
同 中山雅吉（行）
同 石井直三郎（水）
同 川田順（心）
同 結城哀草果（ア）
同 和田山蘭（創）
同 平瀨泣崖（ア）
同 安成二郎（尺）
張出大關 古泉千樫（ア）

前頭 加藤東籬（創）
同 森園天涙（國）
同 熊谷武雄（詩）
同 岡山巖（連）
同 横山逵三（ア）
同 木川翠明（連）
同 中島哀浪（詩）
同 淸水謙一郎（潮）
同 山下秀之助（潮）
同 內藤鋠策（抒）
同 岩谷莫哀（水）
同 服部眞砂雄（尺）
同 丸山芳良（地）
同 中村柊花（創）
同 新井洸（心）
同 横山泣果（尺）
張出關脇 中村憲吉（ア）

前頭 細井魚袋（水）
同 山本信一（ア）
同 平山鐵海（地）
同 本居亮一（國）
同 增田大作（潮）
同 醍醐信次（詩）
同 生田蝶介（自）
同 逸見亟藏（尺）
同 山中登（水）
同 渡邊隆之助（國）
同 澤式（心）
同 臼井大翼（覇）
同 廣田健次（詩）
同 森山與志男（地）
同 御園紫鸞（水）
同 若月紫蘭（水）

前頭 谷本知安（無）
同 上杉一甬（國）
同 矢島歡一（尺）
同 三宅男（水）
同 藤川柴山（水）
同 酒井廣治（秦）
同 山口好（ア）
同 高梨直郎（無）
同 假屋安吉（國）
同 永田龍雄（心）
同 勝川寄之介（尺）
同 關德彌（自）
同 長田良太郎（國）
同 筏井嘉一（秦）
同 山本不美雪（自）

女力士

山田邦子（ア）
杉浦翠子（ア）
茅野雅子（無）
長岡とみ子（水）
築地藤子（ア）
三ヶ島葭子（ア）
北町品子（潮）
矢澤孝子（無）
久保田不二子（ア）
世良田優子（潮）
河杉はつ子（心）
嵯峨秋子（無）
松平操子（潮）
足立輝子（光）
中村八千代（光）
小松原曉子（水）

大正九年五月作製　名古屋　小柴久三郎投稿

大正十年 1921

窪田空穗著 【永らく品切の處五月一日新裝發賣】

歌集

鳥聲集

再版出來

四六判頗美本
著者筆蹟短歌入
定價金一圓三十錢
送料金八錢

先生の歌集世に出でて多けれど、その最も優れたるを求めなば本集を措いて他に非ざるなり。純眞にして清明、優婉にして温雅、まことに先生の人格を宛らにしたるもの、その高雅なる歌品はこれを以て代表とすべし。殊に集中日本アルプスは槍ヶ嶽の頂上に於ける一連の聯作は、氣品と歌調の高きこと比類なく、恰も晶玉の相觸れて妙音を發するに似たり。久しく絶版となりて江湖の熱望に反きしが、今や版を更め、新裝してこれを市に送る。短歌愛好者は必ず一本を机上に備へざるべからず。

國民文學社選定・投稿用にはもつとも良きもの・

特製

原稿用紙

紙質精良印刷鮮明

菊判一種

十行二十字詰百枚綴一册
金參拾錢
送要一册四錢
送費五册十四錢

發行所 東京市京橋區北槇町十一 振替東京三三一六番 紅玉堂書店

原阿佐緒氏序 中川一政氏書
三ヶ島葭子著 伊上凡骨氏刻

歌集

吾《わ》木《も》香《かう》

内容

雜木集（自大正五年至大正九年）短歌三百三十首
青煙集（自明治四十二年至大正三年）短歌百七十一首

かすかなる仕事なりけり針しごとわれにせはしき冬としなりぬ
木がらしの障子ゆるがし寒き日を火鉢火つぎて友とこもれり
夜半に起るあらしの音にめざめてよりものおもひつぎて寢ねがたくなりぬ
雜木集より

たへがたくものなつかしき夕ぐれよわが櫛をさへ手にとりて見る
涙はやものを思ふに先だちぬはつはつ萩の咲きそむるころ
このあした思ふことなきさびしさにわれを人待つ身かと思ひぬ
青煙集より

菊細長型二百頁
表紙扉木版平刷
定價一圓五十錢
送料十二錢

發行所 東京市日本橋區檜物町九 東雲堂書店 振替東京五六一四番

・推敲の是非

大正十年は歌壇の動きとしてはさして大きな事柄はなく、表面上は「歌壇の沈滞」を言われるような状況にあった。が、この年、後年話題となる重要な二冊の歌集が出たことは特記しなくてはならない。いうまでもなく、一月の斎藤茂吉『あらたま』と八月の北原白秋『雀の卵』である。いずれもそれぞれの作家の作品歴の上で大きな意味をもつと同時に、近代短歌の歴史の上でも見逃せない存在である。個々の評価については夥しい研究や評論に委ねるが、ここで私が注目するのは（これもすでに多くの論があるが）それぞれの歌集に添えられた文章「あらたま編輯手記」と「雀の卵大序」に記された、自作の推敲改作の実例である。

茂吉は「いつか自作の歌を後で改作して、ある人から批難されたことがあつた」が、「改作しようと企てた心は、世間に気兼などをしてゐては成就されない。勇猛の心が必要である」として、その「勇猛の心」をもって改作した歌を八例あげている。これに対してほぼ半年後に白秋は「今、斎藤茂吉君の「あらたま」のそれに倣つて、私も二三の例証をあげてみよう」として二十八例を記している。ここではそれぞれ冒頭の五例のみを掲げ、あわせて前後に添えられた長い文章から必要部分を摘記することにしたい。

斎藤茂吉の改作例（抄）

(1)ぽつかりと朝日子《あさひこ》あかく東海《とうかい》の水《みづ》に生れてゐたりけるかも（原作）
ゆらゆらと朝日子あかくひむがしの海《うみ》に生れてゐたりけるかも（改作）
(2)いちめんにふくらみ円《まろ》し粟《あは》ばたけ疾風《はやかぜ》とほる生一本《きいっぽん》のかぜ（原作）
いちめんにふくらみ円《まろ》き粟畑《あははた》を潮《しほ》ふきあげし疾風《はやかぜ》とほる（改作）
(3)海浜《かいひん》に人出で来りゆふ待ちて海の薬《くすり》ぐさ火炎《くわえん》に焼きゐ（原作）
海浜に人出で来りゆふ待ちて海の薬草を火炎《くわえん》に焼きたり（改作）
いくたりも人出で来りゆふ待ちて海の薬草に火をつけにけり（改作）
(4)ひゆうひゆうと細篁《ほそたかむら》をかたむけし風ゆきてなごりふかく澄みつも（原作）
ひとむきに細篁をかたむけし寒《さむ》かぜのなごりふかくこもりつ（改作）
(5)原《はら》つぱに絵をかく男ひとり来て動くけむりを描《か》きにけるかも（原作）
冬原《ふゆはら》に絵をかく男ひとり来て動くけむりをゑがきはじめぬ（改作）
冬原に絵をかく男ひとり来て動くけむりを描《か》きはじめたり（改作）

そして茂吉は次のように記す。

（略）どういふところを主に改めてゐるかと云ふに、『ぽつかりと』『生一本《きいっぽん》の風』『火炎《くわえん》』『ひゆうひゆう』『原つぱ』などの言葉を改めて居る。かういふ音便や漢語やを織り交ぜた、一種促迫して強く跳ね返るやうな言葉は、作つた頃には新しくもあり珍らしくもあつたのであるが、直ぐ飽いたものと見える。『幽《かす》かに来《く》るも』といふやうな四三調の結句も既に大正六年頃に飽いてしまつて居る。僕の現在の考から看ても、無論到底気に入る訣に行かぬが、直した方の歌が相《（ママ）》待上気に入つてゐるから、差当りその方を採つて置いたのである。

徒らに他人の模倣をせず、自力で新機軸を出さうといふのは余程むづかしいことである。創造力の乏しい僕などが身分不相応に幾分さういふことを企てても、直ぐ厭味に陥つてしまつたのは、陥るところに陥つた感がある。ただ大正三年四年ごろの歌が厭味であつても少し活気があつて作歌に熱中して居たことが回顧されるから、僕自身にとつてはやはり興味がふかい。また縦ひ失敗に終つても、僕の骨折つた表現や看方が、何かの形となつて歌壇の中に滅びずにゐるやうな気がしてならない。（略）（「あらたま編輯後記」）

北原白秋の改作例

(1)月の夜の白き狼煙《らうえん》もくもくと見れども尽きず朗らかながら（原作）
月の夜の白き霧雲《きりぐも》もくもくと流れて尽きず夜灯《よあかり》の上（改作）

(2)玉蜀黍《とうもろこし》かがよふ中にうつら来てしばらく光り誰か消えつも（原作）
玉蜀黍かがよふ中にうつら来てしばらくはゐしか誰か去りたり（改作）

(3)ひと色に黒くにじめる冬の山雨過ぎぬらし竹のみな靡く（原作）
ひと色に寒くにじめる冬の山雨過ぎぬらし竹のみな靡く（改作）

(4)冬の日の光つめたき笹の葉に雨蕭々とふりいでにけり（原作）
短か日の光つめたき笹の葉に雨さゐさゐとふりいでにけり（改作）

(5)ふる雪の小夜の真澄となりにけりふと湧き起る牛の底吼（原作）

吹雪やみて月夜あかりとなりにけりふと湧き起る牛の太吼（改作）

以下白秋の序文より抄出。

で、これを表現するに当つての私としての信条は、何は措いても歌は言葉を以て表現せねばならぬ藝術である故、第一に大切なのは言葉の吟味と云ふ事であると思つてゐる。言霊の幸ふ国に於ては猶更の事である。言葉は生物である。この生物それ自身の声色香味触を深く、識別し、これらを色々につなぎ合せて、真の微妙な一連の交響体と成さねばならぬ。（略）だから言葉をたゞ意味さへ通じればいゝ位に粗雑に取り扱つてゐる作品に接すると、たちまち耳を覆うて走つて了ふ。（略）日本に生れて日本の言葉の本質さへ知らない人が多いのは驚くべきである。（略）

それから、此のやうな一連の調子を整へると云ふ事は何より大切ではあるけれども、単にただその調子に流れ過ぎて表現せんとするものの本体のリズムを等閑に附する事は由々しき一大事であつて、さうなつたら全く生命のない表現に堕して了ふ。

それからまた、言葉と云ふものは弾みさへつけてやると、際限が無く跳ね上るものである。これを深く圧へつけなければならない。自然を言葉の上だけで強調してはならない。言葉は自分の出入る呼吸そのもののやうにおのづから流露して来なければならない。（略）（「雀の卵大序」）

これらは近代の二大歌人の推敲例として多くの評者が引用し、論じ、推敲の範としてきたものである。私自身も推敲に関する自著に援用してきた。が、近年になって玉城徹の大胆な否定論が出た（『昭和短歌まで』短歌新聞社　平3)。これは従来、茂吉を讃え、白秋に従うことに終始してきた通説に対し、一撃を加える画期的な見解である。

結論から言えば、玉城はこの二人の改作は「藝術」から「技術」への「墜落」だ(この「墜落」は「堕落」の誤植かと思ったが、原典には明らかに「墜落」とあり小見出しにもなっているので、そのまま引用する。玉城徹独特の表現であろう)と断じている。例えば、玉城は茂吉の「ぽつかりと」と白秋の「月の夜の」をあげて「どちらの場合も「原作」のほうが絶対的にすぐれているではないか。改作は凡庸であり、敗北であり、要するに詩的生命の喪失にほかなりません」という。具体的には前者では「水に」が肝要であり、これによって「生れて」の生命感がある。後者では「狼煙」の比喩性と「見れども」という主体の存在を評価する。

そして玉城は、茂吉のコメントにある「つよく跳ね返るやうな言葉」はすぐに飽きる、というところや、白秋の「際限なく跳ね上る」言葉への後悔に鋭く反発する。原作には「詩」すなわちインスピレーションがあった。が、改作は「技術」に堕していると玉城は言う。「二人ともそろそろ「うまい」作者になりたがっている。じつは、そこに大正中期のわが藝術界の空気が鋭くあらわれているのです」と。教えられる意見だが果たしてまったく「技術」だと断定してよいのか。

私の見るところ、茂吉の改作と白秋の改作は同じではない。誤解を恐れずに言えば、茂吉の場合は表現の客観化を志向するもので、軽佻な主観的表現、観念的表現を排除したものと見る。同じ事は白秋にも言えるが、白秋にはまだ主観への執着が見られる。大正期の短歌表現が求めたものは、「アララギ」に限らず、多くは写実(実質は曖昧ながら)であり、描写への接近であった。一方白秋は、東洋的な神秘や象徴を論じているが、ここに掲げられた作品が「象徴」というには疑問がある。改作を見ると茂吉と同じような客観性志向のものもあるが、これは玉城の言うように一概に否定はできない。改作した「牛の太吼」より「牛の底吼」のほうが迫力があると私も思う。が、上の句はやはり改作のほうがはっきり対象が見えてくるのではないか。この文章では、玉城は「喩的表現」をつねに上位に置いているが、原作の「生一本のかぜ」（茂吉）や「小夜の真澄」（白秋）といった表現は一見おもしろいが気障で幼稚なことは否めない。たしかに表現の客観志向は、副作用としてその後多くの短歌を退屈千万な日常報告へと流して行ったし、その害毒は明らかだが、他方ここに隠見する「喩的表現」への甘やかしが、やがて戦後短歌の病的現象を育んだのではないか。私は玉城の意見に敬意を表しながらも、「詩」から「技術」への「墜落」という断定には慎重ならざるを得ない。二人の改作を一括りにして論じる前に、一作ごとに検討して行くべきだと考える。

・石原純・原阿佐緒・三ケ島葭子

ところでこの年七月、歌壇にもかかわる大きな事件が発生した。「アララギ」同人、東北帝国大学助教授石原純と歌人原阿佐緒の恋愛事件が七月三十日の各新聞紙上に大々的に報じられた。石原純はヨーロッパでアインシュタインに学び、相対性理論の紹介者として知られ、大正八年には「相対性理論・万有引力及び量子論の研究」で帝国学士院から恩賜賞を授与されている。新聞では、国を代表する物理学者が、妻子ある身でありながら妖艶な女流歌人と恋に落ち、遂に大学へ辞表を提出した、と報じている。

七月三十日の東京朝日新聞夕刊は次のように記す。

歌人原阿佐緒との恋愛で東北大教授を辞職　女流歌人との恋に悶へて　あららぎ派の女流歌人で、或る意味に於いて有名な原阿佐緒女史と同棲した問題で騒がれた東北帝国大学教授理学博士石原純氏は、病気職に堪へずとの理由で、二十八日の夜遅く小川総長の手許まで辞表を提出した。博士は性来虚弱の質で、殊に近来格別健康の勝れないのは事実であるが、しかし突然この挙に出でたのは、云ふまでもなく阿佐緒女史に絡まる経緯が直接の原因をなして居ることは勿論である。(略)

右に就き博士と昵懇の間柄なる某教授は、「石原君は世人がよく知つて居る通り恩賜賞まで戴いた世界的物理学者で、日本の国宝とまで推賞されて居るくらゐで、これを一時たりとも我が学界から葬る事は国家のため一大痛恨事である」と冒頭して曰く、「一体原といふ女と腐れ縁を結んだのは、石原君が几帳面の物理学者であるとともに藝術の愛好者で、あららぎ派の歌壇に重きをなして居る関係から、三年程以前原が接近して来たのがそもそも今日ある動機だ。この原といふ女は、異性を捉ふることに特別の技倆をもつて居るさうであるから、正直な石原君は知らず識らずの間に女の薬籠中のものになつたものと思ふ。いづれにしても困つた問題が持ち上がつた」と心配して居る。(以下略)

新聞の論調は当時の風潮か、右に見るように概して石原に同情的で、原阿佐緒については悪意にみちた表現をするものが多く、阿佐緒が石原を誘惑したという傾向の記事が多かった。石原は大学に辞表を出したが、この騒ぎは「アララギ」でも問題となった。阿佐緒の親友で同じ「アララギ」に籍を置く三ケ島葭子は求められるままに「婦人公論」や「新家庭」などに二人を弁護する原稿を書いたが、これらが島木赤彦の不快感を誘って原阿佐緒、三ケ島葭子ともに「アララギ」退会を余儀なくされる（石原は不問、このあたりが解せない）。この間のこと、原阿佐緒については小野勝美『原阿佐緒の生涯』（古川書房　昭49）、三ケ島葭子については秋山佐和子『歌ひつくさばゆるされむかも　歌人三ケ島葭子の生涯』（TBSブリタニカ　平14）に詳しい。事件に関する「アララギ」幹部各人の反応の温度差、当事者石原、原、三ケ島の感情の差異など未解決の部分も多く残しているが、詳細は両著に譲る。ここで明らかなことは当時の「アララギ」は個人の私的事情をも破門の理由にできたこと、またそれを容認する社会であり結社であったということ、これは後の藤沢古実の結婚問題にも尾を引いている。なお石原純はヨーロッパ留学中から定型や文語表現に疑問を抱きはじめており、「アララギ」退会は時間の問題だったかも知れない。

・諸歌人の動向

斎藤茂吉は前年十月末に『あらたま』の編集を終えた後、年明け二月に医学論文「緊張病者ノえるごぐらむニ就キテ」を仕上げ、同月文部省在外研究員の資格を得た。三月に長崎を去り、各地をゆっくりと旅行して帰京した。ベルリンへ向けて横浜を出帆したのは十月二十八日である。なお茂吉の独文による医学論文については、最近加藤淑子『茂吉形影』（幻戯書房　平19）が出て、そこに著者による新発見の「脊髄水腫及び神経膠症を伴へる髄脳膜脳嚢脱出」のことが記され、合せて四篇が存在することが明らかになった。

北原白秋は四月に佐藤菊子と結婚、家庭的に安定し、作品活動を再開した。右に述べた歌集『雀の卵』は白秋の再出発への意欲漲るもので、八月に刊行された。

与謝野晶子は一月に歌集『太陽と薔薇』刊行。四月から文化学院学監となり、以後二十年継続する。与謝野寛は十一月から第二次「明星」を創刊、白秋の「落葉松」など話題作もあったが意外に反響は少なかった（昭和二年四月まで続く）。

若山牧水は三月に歌集『くろ土』を刊行。この年も旅を続け九月には焼岳に登り、飛驒、信濃を歩く。窪田空穂は三月に歌集『青水沫』を出し、四月に小石川区雑司ヶ谷に家を新築（終生を過ごす）した。

太田水穂は四月、『短歌立言』を刊行、「潮音」では「アララギ」写生への批判を続けた。またこの頃「潮音」誌上には白秋の作品がしばしば見られた。三ケ島葭子は二月、『吾木香』を刊行した。中村憲吉は十一月から大阪毎日新聞経済部記者となる。

二月、秋田から「種蒔く人」が創刊され、「解放」には平林初之輔の「唯物史観と文学」が掲載された。プロレタリア文学興隆の気運が次第に高まってきた。

ほかに歌集は一月、橋田東声『地懐』、四月、吉植庄亮『寂光』、八月、植松寿樹『庭燎』、十一月、中原綾子『真珠貝』、十二月、斎藤瀏『曠野』などが出た。

大正十一年 1922

植松壽樹著

人見少華氏裝幀
松岡映丘氏口畫

歌集 庭《には》燎《び》

新裝發賣

私が歌を詠みはじめるやうになつてから今日まで既に十六七年の歳月を經てゐる。その間には歌を詠む友達もかなり澤山にあつたが、多くは永つゞきしないで中途で雅志を變へてしまつた。そして最初からの同行者としては私は私の友達の間に今はたつた三四人の心友のみしか見出し得なくなつてゐる。

植松君は、その少ない同行者の一人て、永い短歌道の苦行に堪へて來た人である。その友が、今十年來の勞作を輯めて、「庭燎」一卷を成し得たに就ては、私は心からの喜びを以てこれに餞けしたいと思ふ。

君は性來孤寂を愛し、典雅な趣味を極めて豊かにもつてゐる人である。その質は寡慾恬淡て、聰明な叡智は私達の最も推服する所であつた。大正六年、君は學業を終はると直ちに大阪に去つて日常俗務に沒頭する身となつたがこの社會の熱蕩裡にあることが如何に君を苦しめ、如何に君を惱ましめたか察するに難くない。從つて、君が孤寂を愛するの念は益々深くなつて行つた。大阪移住後の君の歌作は少なかつたが、世に現はれるものは、人間苦を深くたたへた心の囁きであつた。人生相の奥深く徹する所の心の悲しみであつた。私達は、君の心身の勞苦を心から氣遣ふと同時に、その心境に一段の深みと冴えと鋭さを備へて來たことを喜ぶことも忘れなかつた。「庭燎」一卷は、君の面目を眞實に語るものとしてよき歌集である。私はこの歌集が多くの人に讀まるることを冀むでゐる。（五月二十三日　松村英一記す）

四六版本文二百頁
用紙舶來上質百廿斤
純白ポプリン裝幀
天金函入極美本
定價金貳圓貳拾錢
送費金拾八錢

發行所 東京市京橋區北槇町十一 振替東京三三一六番 紅玉堂書店
發賣所 各地書店

東雲堂發行短歌書類

齋藤茂吉著 改選 赤光 定價貳圓參拾錢 送費拾貳錢

尾山篤二郎著 曼珠沙華 定價貳圓參拾錢 送費拾貳錢

川田順著 山海經 定價貳圓 送費八錢

窪田空穗著 朴の葉 定價壹圓 送費八錢

橋田東聲著 地懷 定價貳圓 送費拾錢

北原白秋著 桐の花 定價壹圓五拾錢 送費八錢

若山牧水著 別離 定價壹圓 送費六錢

發行所 東京市日本橋區檜物町九番地 東雲堂書店 振替東京五六一四 電話本局一八七一

・**萩原朔太郎「現歌壇への公開状」**

この年の話題は何はおいても萩原朔太郎の「現歌壇への公開状」(「短歌雑誌」5月号)である。これは前年六・七月合併号に「短歌雑誌」が何人かの歌人にアンケートをもとめた「歌壇の現状に対する諸家の意見」を踏まえてのもので、編集部(西村陽吉か)の「歌壇はひつそりと沈滞している」という憂いを裏付ける立場からの評論である。前年のアンケートは斎藤茂吉、岡山巌、芥川龍之介らが回答しているが、歌人側には編集部が憂えているような危機意識は薄く、頼みの斎藤茂吉ですら「今の歌壇が相対上「ひつそり」であるのが、当然の当然ならば、ありのままに「ひつそり」してゐるべきものだ」という程度であった。わずかに芥川だけが生活派や、社会主義的傾向の歌へ否定的な見解を示しているのが目立つ。肝心の歌壇中枢部からは見るべき反応はない。そこで萩原朔太郎の登場となる。これはなかば編集部の演出によって生まれたショック療法というべきものであろう。

朔太郎の評論の内容は木俣修の『大正短歌史』および篠弘『近代短歌論争史　明治大正編』に詳細に論じられているので、ここで繰り返すことはしないが、まず奇異に感じたのは最初の小見出し「歌壇は詩の本分を忘れている」である。「本分」という表現を見ると、私などは直ちに「軍人勅諭」の「一、軍人ハ忠節ヲ尽スヲ本分トスベシ」とか「学生の本分は勉強だ」などの訓戒的言辞が浮かんで不快感が湧く。作家や歌人に「本分」なるものがあるのであろうか。だが、たしかに朔太郎は本文中に「過去の歌壇に於て、和歌は明白に叙情詩の本分を尽してゐた」と書いている。そして「たとへば与謝野晶子氏等によつて代表されるあの当時の浪漫的な和歌は、さながらにして当時の人心の向ふ所を示してゐた」とし、更に「石川啄木の歌風」があの「暗澹たる深い絶望の谷間に呻吟しつつあつた暗黒時代」の「時代の感情」を捉え、また北原白秋の「桐の花」が「新しき日本に於ける『最も若々しい感情』を表現してゐた」とする。そして「歌壇は時世に遅れている」「徹底自然主義・平凡な日常生活や退屈な疲撈した生活、老人趣味の技巧」「万葉集の単純な模倣、実感の偏重、恋愛の否定」などの指摘がある。要するに「本分」は「時代の感情」を捉えよという程度のニュアンスのようである。

朔太郎の指摘は、論理に粗雑なところはあるが、現状批判として頷けるところは多い。そして過去の晶子、啄木、白秋らを讃えた後、批判の対象とする人物の例には橋田東声、川田順、河野慎吾らの名が見える。

これに対しては当然歌人側から反論が出る。対馬完治、尾山篤二郎、藻谷六郎らだが、今読み返してみてもどうも朔太郎を説得できるほどの鋭い論が見えない。ここに引用するほどでもないので詳細は先行二著に譲る。

しかし朔太郎の念頭にあった「歌壇」は、決して反論を書いた尾山や対馬にあったとは思えない。論の内容から見ても、想定されていたのは歌壇の中心にある「アララギ」であり、その総師島木赤彦や斎藤茂吉であったと思われる。が「アララギ」の名も赤彦・茂吉の名も、この評論には一切出てこない。そのあたりは朔太郎の意図があるのか、編集者の示唆があったのか、明らかではない。暗黙のうちに読む人が読めば「アララギ」批判と察しがつく仕組みになっている。この点はジャーナリズムとしては不明朗で「短歌雑誌」の態度は陰湿の感は否めない。したがって「アララギ」としては反論する必要はなく、むしろ黙殺せざるを得ない形になる。
朔太郎の提言は現状批判としてはほぼ正当であったが、受け入れる歌壇側の論が脆弱で、みのりの乏しいものに終わった。このようにして、この時期「アララギ」が全盛を謳歌する一方、「反アララギ」を標榜する「日光」創刊の気運は、ジャーナリズムによって暗に助長されながらしだいに進行を早めて行ったということができる。

・森鷗外の死

この年、七月九日森鷗外が亡くなった。鷗外の指導性は文化界全体にわたって大きく、その影響は今の私たちが想像する以上のものがあったと思われる。とくに直接間接、庇護を受けていたと言ってもよい与謝野寛ら「明星」の人々の衝撃は次の与謝野の追悼歌によっても十分にうかがい知ることができる。朔太郎は右の評論で第二次「明星」の創刊を歓迎する言葉を連ねているが、これこそ「時代の感情」を知らぬ局外者の弁で、鷗外という大きな傘を失った「明星」の末路は誰の眼にも明らかであったろう。なお「心の花」「明星」はそれぞれ八月号を「森鷗外追悼号」としている。以下与謝野寛の「涕涙行」四十四首から十首を引く。

涕涙行（抄）　　与謝野　寛

先生の病急なり千駄木へ少年の日の如く馳せきぬ
みづからを知り徹《とほ》したる先生は医をも薬も用無しとする

大いなる天命のまま文書《ふみ》かん死して已むとは先生の事
病むことを告ぐなとあればうから達三四の外は問はぬ御《み》枕《まくら》
千巻の書を重ねたる壁越しに畏まり聴く先生の咳《せき》
東方《とうはう》に稀に鳴りたる大いなるしら玉の琴今ややに消ゆ
双《さう》の手を腋《わき》に載せつつ身ゆるぎもせず四日《よか》ありて果てまししかな
二十歳《はたち》より先生を見て五十まで見し幸ひも今日に極る
弔《とぶら》ひに天子の使きたれども馬車入りがたし先生の門《もん》
先生を語らんとして尊くも鶴所《つるど》博士の泣きたまふ声（「明星」8月号）

これより先、鷗外は「明星」一月号に「M．R．」の名で「奈良五十首」を寄せている。見る人が見れば当然鷗外であることはわかる。鷗外は大正七年から正倉院の曝涼に立ち会うため、毎秋約三週間にわたって奈良に出張滞在するのが例となっていた。その間に生まれたのが「奈良五十首」であった。「明星」への発表はその再出発を祝う鷗外の好意からのものであろう。

この五十首は仕事の傍ら事に触れ折りに触れて生まれた歌で捉われるものなく、のびのびと詠んでいる。「夢の国」の歌など、鷗外らしい皮肉もこめられているようにも思われる。鷗外には明治年間、すでに「うた日記」があり、好んで歌を詠んでいたことは明らかである。かつて明治天皇の意を体し、山県有朋の声がかりではじまった常磐会や、自ら人を招いて自宅で観潮楼歌会など、ともに鷗外自身の「歌好き」が大きな力となっていることは疑いない。

奈良五十首（抄）

京はわが先づ車よりおり立ちて古本《ふるほん》あさり日をくらす街
識れりける文屋《ふみや》のあるじ気狂《きくる》ひて電車のみ見てあれば甲斐なし
夕靄《ゆふもや》は宇治をつつみぬ児《ちご》あまた並居《なみゐ》る如き茶の木を消して
木津過ぎて網棚《あみだな》の物おろしつつ窓より覗く奈良のともし火
奈良山の常磐木《ときはぎ》はよし秋の風木の間木の間を縫ひて吹くなり
奈良人は秋の寂しさ見せじとや社《やしろ》も寺も丹塗《にぬり》にはせし
蔦かづら絡《から》む築泥《ついぢ》の崩口《くえくち》の土もかわきていさぎよき奈良
猿の来《こ》し官舎の裏の大杉は折れて迹なし常なき世なり
勅封の笋《たかんな》の皮切りほどく剪刀《かみそり》の音の寒きあかつき　正倉院
夢の国燃ゆべきものの燃えぬ国木の校倉《あぜくら》のとはに立つ国
戸あくれば朝日さすなり一とせを素絹《そけん》の下《した》に寝つる器《うつは》に
唐櫃《からびつ》の蓋《ふた》とれば立つ絁《あしぎぬ》の塵もなかなかなつかしきかな
見るごとにあらたなる節ありといふ古文書生ける人にかも似る（「明星」1月号）

・赤彦の『青杉』評

この年、新しい雑誌として一月に小泉苳三の「ポトナム」、九月に吉植庄亮「橄欖」、十月に中河幹子の「ごぎやう」（後の「をだまき」）が創刊された。歌集では一月に川田順『山海経』、佐佐木信綱『常磐木』、三月に土田耕平『青杉』、五月に石原純の『曖日』、太田水穂『雲鳥』が出た。このうち土田耕平の『青杉』は、島木赤彦秘蔵弟子の歌集として話題を呼んだ。「アララギ」十一月号には赤彦が自ら「歌集『青杉』を評す」を執筆している。

赤彦は冒頭、次のように書く。「この作者の持つ神経は、儔《たぐ》ひなく鋭敏明晰である。島に於ける数年間の孤独生活は、その神経の繊維の一つ一つを、更に、微細に鮮明に磨きあげさせる機会をつくつた。（略）磨かれた神経は、その一筋一筋が作者の生活の明敏な耳目となつて、外界の影を幽かな心の底に投ずる。」

そして二十六首の歌を列挙して「作者の特徴を遺憾なきまでに透徹せしめたもの」と絶賛する。全部をあげることはできないので、はじめの五首だけを示す。

土田耕平

桜葉の散る日となればさわやかに海の向山見えわたるなり
目にとめて信濃とおもふ山遠し雪か積れる幽けき光
潮音のとよむを聞けばおぼつかな島べの春となりにけらしも
乳ヶ崎の沖べ流るる早潮のたぎちもしるく冬さりにけり
父母をならび思へばとく逝きし父の面影はうすきが如し

しかし赤彦は、『青杉』の中には「内面に籠るべき心が、往々にして外辺に浮び出てゐる」歌があるとして「之れは著者の年齢の若さにも依るであらう」と言いながらも「著者は省みていいのである」と戒めている。例として十四首があげられ、それぞれに一言ずつ評を加えている。当時の赤彦の批評眼が窺えるのでいくつかを紹介しておく。（歌の上の・は引用者がつけた）

・去なむ日は近づきにけり独りゐてもの思ふにぞ涙さしぐむ
「涙さしぐむ」に現れた神経は、寧ろ脆く弱いものであつて、今少し内面的に籠る力になつてゐるといいのである。この場合「涙さしぐむ」の位の所に感心するのは安易な心の持主がよくする所である。
・帰り来てひとりし悲し灯のもとに着物をとけば砂こぼれけり
非常にいい歌であるが、ここにも「悲し」だけは現れ過ぎてゐるのである。
・山かげは今枯れ色のうつくしさ草根に残るいささ紅
「うつくしさ」といひ「いささ紅」といひ、外面に現れ過ぎてゐる。

凡そ、集中、美し、光る、照る、映える、白し、寂し、悲し、床しといふやうな詞によつて、比較的外辺的現れ方をしたと思はれるのが可なりに多く、それが一種歌の光沢となつてゐるやうである。小生のこの歌集を重ずるのは、この光沢を称美する心とは違ふのであつて、作者に沈潜の力が加はればその艶は追々に消されて行くべきであると思ふのである。
・海原を吹き来る颪は暖かしたちまちにして木の芽ひらくも
「たちまちにして」を今少し緩やかな詞と代へたらいいであらう。
・降る雨にぬれつつ咲けるすひかづら黄色乏しくうつろひにけり
「乏しく」か「うつろひ」かを節約しないと、其所が直言《ただごと》になる。(「アララギ」7月号)
という調子である。『歌道小見』に見られる「主観語の抑制」に通じるものがあり、その後長く大正昭和歌壇を席捲した「アララギ」的批評の祖型がここにある。

大正十二年 1923

松村英一歌集

やますげ

この集には大正六年以降同十一年迄の作が六百四十八首收めてある。未熟なものが、少し多きに失しはしないかを恐れたが、兎に角六年間の勞作であるからそのまゝ編むことにした。若し、私の歌に多少でも愛情を感じてくれる人があらば、この歌集が世に出でたことも亦無意味ではない。敢て大方に告ぐる所以である。（大正十二年五月、松村英一）

定價未定

發行所 紅玉堂書店 摩雲嶺書房
東京市京橋區北槇町十一番地
振替東京三三一六番

六月下旬新刊發賣

島木赤彦・中村憲吉氏共著

歌集

馬鈴薯の花

平福百穂氏装幀
四六判三百余頁
定價壹圓參拾錢
郵送料一部拾錢

新装重版出づ

アララギ派の驍將にして現歌壇に重きを爲すもの島木赤彦、中村憲吉の兩氏也。本書は實に兩氏の處女歌集にして、齋藤茂吉氏の『赤光』と共に、謂はゆる今日のアララギ派萬葉調の源流を作すものにて、歌壇稀有の收穫たり、寶玉の價を有せざるべからざるものたり。本書初版を賣り盡くしたるまゝ、十年間之を市に出さず一般の渇望に背くところ大なしりが、今回重版新に成り、新装を凝らして世に出づ。即ち大方に告げて淸鑒を俟つもの也

發行所 東京市日本橋區檜物町九番地 東雲堂書店 振替東京五一六一四 電話本局一八一七

・比叡山の歌

大正十二年（一九二三）、年明けた歌壇では、前年からの朔太郎問題（萩原朔太郎「現歌壇への公開状」への批判・反批判）とともに、歌壇有力者相互の不穏な関係がしだいに際立ってきた。

島木赤彦の強い指導力によって「写生」を標榜する「アララギ」は、その勢いがほぼ全国へ波及するようになり、土田耕平をはじめ多くの新進の台頭が見られる一方、「アララギ」ないしは島木赤彦批判の空気も次第に顕在化し、赤彦と北原白秋との論争、赤彦に対する前田夕暮の論難などをはじめ、「アララギ」の有力メンバーである古泉千樫の作品が、前年一月以後、誌上に一度も見えないという状態も重なって、何となく暗い空気の漂う歌壇であった。

しかし赤彦の創作力はいよいよ盛んで、後に代表作とされて世評の高い次の歌はこの年に発表された。また病気で休詠の多かった中村憲吉も次のような力作を見せた。

○　　　　　　　　　　　　　　　　　　　　　　　島木赤彦

高槻のこずゑにありて頬白のさへづる春となりにけるかも

胡桃の木芽ぐまむとするもろ枝の張りいちじるくなりにけるかな

屋根葺かむ萱の束ねを庭につみて日かげとなりぬ朝々の霜（「アララギ」４月号）

○比叡山。暮山雨情　　　　　　　　　　　　　　　　中村憲吉

①日の暮れの雨深くなりし比叡寺《ひえいてら》四方《よも》結界《けつかい》に鐘を鳴らさぬ
②雨雲の上に日暮るれ昔より大比叡寺《おほひえいてら》は鐘を鳴らさず
③雨霧の吹き朧ろかせり山の伽藍杉の穂ぬれに大きく暮れつ
④霧ふかき杉の間に物々しく伽藍の構へ夕暮れにけり
⑤大杉に夕雨ふかし山にきてこの山に僧とまた遇はぬかも
⑥杉雫しげき日ぐれなり山に着きて宿院《しゆくゐん》を尋ね暗く行く道
⑦雨ふかき山のゆふかも宿院にただひとつ焚く赤き竈火《かまどび》
⑧麓にて夕鐘鳴りぬ白雲の結界のうへに幽かきこゆる（「アララギ」9月号）

右の憲吉の歌は、大正十年三月、平福百穂とともに比叡山に登った折のもの、歌集『しがらみ』に六章六十一首の大作として収められている。この八首はその三章目にあたる。『しがらみ』では「雨山慕情」と題され（「比叡山」その三）が副題として添えられ、三首を加えて十一首にまとめられている。この作品を含め、憲吉についてはすでに山根巴氏の精細な研究（「中村憲吉の研究」笠間書院　昭52）があるが、この比叡山の一連は憲吉の代表作というべきものであるし、かなり入念に推敲を重ねた形跡があるので、あえて初出の八首の表記と当該歌の歌集収載の表記とを掲げて比較することにした（歌集の振り仮名の異同はここでは扱わない）。

雨山慕情「比叡山」その三

日《ひ》の暮《く》れの雨《あめ》ふかくなりし比叡寺《ひえいでら》四方《よも》結界《けつかい》に鐘《かね》を鳴《な》らさぬ
雨雲《あまぐも》のうへに日暮《ひぐ》れてむかしより大比叡寺《おほひえいでら》は鐘《かね》を鳴《な》らさず

雨霧《あまぎり》の吹《ふ》き朧《おぼ》ろかにせる杉《すぎ》の秀《ほ》に伽藍《がらん》の屋根《やね》の大《おほ》きく暮《く》れつ
雨《あめ》ふかき大杉《おほすぎ》がなかは物《もの》ものしく伽藍《がらん》を構《かま》へ夕暮《ゆふぐ》れにけり
杉《すぎ》しづくしげき日暮《ひぐれ》なり山《やま》に来《き》てこの山《やま》の僧《そう》とまだ遇《あ》はぬかも
大杉《おほすぎ》に夕雨《ゆふあめ》ふかし山《やま》に着《つ》きて宿院《しゆくいん》へたづね暗《くら》くゆく道《みち》
雨《あめ》さむき夕山《ゆふやま》に来《き》つれ宿院《しゆくいん》の厨裡《くり》にひとつ焚《た》く赤《あか》き竈火《かまどび》
夕鐘《ゆふがね》がふもとに鳴《な》りぬ白《しら》くもの結界《けつかい》のうへにかすか聞《きこ》ゆる

①は変更なし。②は第二、三句の「上に日暮るれ昔より」を「うへに日暮れてむかしより」としている。已然形の曖昧さを捨て、すっきりした手入れである。③は第二句「朧ろかせり」が不安定である。あるいは原雑誌の誤植かと思ったがそうとも言えない。「朧かにせる杉の秀に」と改められて流れがよくなった。「杉の穂ぬれに」もやや無理な表現と思ったが「伽藍の屋根の」となって安定し、調べも整った。この歌、歌集では第四首目となり、初出第四首目の④が第三首目になる。そして初句「霧ふかき」を「雨ふかき」とし、第二句を「大杉がなかは」とゆったりとのびやかにした。頷ける加筆である。このあと二首が追加され、⑤となる。

⑤と⑥は第二句までを互いに入れ替えているのがおもしろい。ほかに推敲としては「山にきてこの山に僧と」が「山に来てこの山の僧と」となった。この「に」と「の」の差は大きい。「また」が「まだ」となったのは初出の誤植であろう。⑥は第一、二句差し替えのほか「宿院を」を「宿院へ」と変えている。⑦は第一、二句「雨ふかき山のゆふかも」を「雨さむき夕山に来つれ」とここで②で捨てた已然形を用いている。そして「宿院にただひとつ焚く」を「宿院の厨裡にひとつ焚く」とした。「た

だひとつ」の甘さを嫌って「厨裡」を入れ、正確を期したのであろう。この後に一首を入れて⑧となる。⑧は第一、二句の語順変更だけで後半の変化はない。

総じて推敲の結果はことごとく納得できるもので、調べもよくなり、表現もより緊密になっている。憲吉のすぐれた推敲力が思われることである。

・関東大震災の歌Ⅰ

ところで九月一日の関東大震災は、それまでのもろもろの問題を一挙に葬り去るほどの大きな衝撃であった。

その日、アララギ会員竹尾忠吉は京橋区北槇町の日米信託ビルの三階、千代田生命の社内にいた。朝のうちの雨はあがったが、晴れるほどではなく、蒸し暑い日であった。正午近く、早めの昼食を終えて事務所の机に戻り、腰を下ろした途端に周囲の空気を押し締めるような異様な響きが迫り、広い白壁の部屋が上下左右に凄まじい響きをたてて揺れはじめた。書棚から数百冊の書類が一時に落ち、窓ガラスが割れ、柱や壁の軋みが響き、忠吉は机の端を両手で摑んだが、机も椅子もそのまま床の上を揺れ動き、なすすべもなかった。

同じ頃本所に住んでいた高田浪吉は、地震とともに倒壊した家から父や弟とともに荷物を出し、母や妹二人を通りのほうへ避難させた。が町はたちまち迫りくる炎に包まれ、人々は我先にと川へ飛込み、川に浮かぶ船を目指す。泳げずに溺死する人もいる。辿り着いた船は人の重みで沈んだり、火が燃え移って炎上したりする。浪吉は人を助けたりしながら溺死体の間を泳ぎ、辛うじて船に助けられる。後で知ることだが、母や妹たちは遂に帰らなかった。

地震は今日の表現ではマグニチュード七・九と言われる。震源地は相模湾の北西隅の海底、死者約十万、全壊、焼失、流出家屋五十八万戸、東京は全家屋の七十パーセント、横浜は六十パーセントが焼失したという。地震発生が正午直前であったため、食事の支度で火を使っていた家が多く、火災が発生、木造家屋が類焼を呼んで被害を一層大きくした。

高田浪吉や築地藤子ら被災歌人の歌の多くは翌年になって発表される。年内にいちはやく発表された何人かの歌を次に掲げる。

天変動く　　　　与謝野晶子

もろもろのもの心より掻き消さる天変うごくこの時に遭ひ
天地崩《てんちく》ゆ生命《いのち》を惜しむ心だに今しばしにて忘れはつべき
生命をばまたなく惜しと押しつけにわれも思へと地の揺らぐ時
大正の十二年秋一瞬に滅ぶる街を眼《ま》のあたり見る
休みなく地震《なゐ》して秋の月明にあはれ燃ゆるか東京の街
燃え立ちし三方の火と心なるわがもの恐れ渦巻くと知る
頼みなくよりどころなく人の身をわが思ふこと極りにけり
都焼く火事をふちどるけうとかるしろがね色の雲におびゆる
人は皆亥《ゐこ》の子の如くうつけはて火事と対する外濠《そとほり》の土堤《どて》
なほも地震《なゐ》揺ればちまたを走る人生き遂げぬなど思へるもなし

与謝野晶子は当時源氏物語の現代語訳を進めていたが、その原稿数百枚をすべて焼失してしまった。右の歌が発表されたのは『大正大震災大火災』、震災後いちはやく大日本雄弁会講談社から十月一日（奥付）に発行された冊子。震災の実況を伝える写真や資料をもってする速報版。まだ「関東大震災」という呼称も定着していないことが知れる。晶子の歌は求められての即詠かも知れない。

次の佐佐木信綱は連作二十六首の前半十首、坪内逍遥は十二首のうちの前五首。九條武子は十一首の前六首を掲げた。これに続く五島美代子、跡見花蹊とともに、五人いずれも「心の花」同年十二月号に掲載されたものである。この時信綱は、十数年の歳月をかけてまとめた『校本万葉集』の、製本が出来上がったばかりの五百部とその原稿をすべて焼失した（焼失した文献資料は同号に詳細に記されている。なお後日、幸にも校正刷が信綱宅と武田祐吉宅とに二通残っていたことがわかり、大正十四年に刊行された）。

大震劫火（抄）

佐佐木信綱

まざまざと天変地異を見るものかかくすさまじき日にあふものか（一日）
業火もえ大地ゆりやまず今し此うつそみの世の終りは来しや
阿鼻地獄叫喚地獄画には見つ言には聞きつまさ目にむかふ
天をひたす炎の波のただ中に血の色なせりかなしき太陽
空をやく炎のうづの上にしてしづかなる月のかなしかりけり（一日夜）
恐ろしみ夜を守る心やから皆い寄りつどひて言も出ださず
もだをりて親子はらから夜を明かすせばき芝生にこほろぎ鳴くも

鶏の夜声しきりに闇にひびきむくつけき夜はや丶くだちたり
夜は明けぬ庭につどへる家びとが命ありし幸に涙おちけり
恐ろしみ明しし朝の日にしみて芙蓉の花の赤きもかなし（二日朝）

坪内逍遥

○（抄）
ノアの世もかくやありけむ荒れくるふ火の海のうちに物みなほろびぬ
大なゐゆり大き火もえて幾代々の人の力の跡かたもなき
たかぶれる人の心とそ丶りたちし石の高どの微塵となりぬ
虫一つ棲む草もなき焼原に大むさし野の秋の夜をおもふ
いしずゑゆ築きなほすとなゐやゆりし人のしわさを人の心を

九條武子

○（抄）
くづれ落つるものの音人の叫ぶ声かなし大地はゆれ〳〵てやまず
これや今世の終りかと思ふ時こころなか〳〵に安くおちゐつ
十重二十重火炎の波におはれゆくいづちゆくべきわが身とも知らず
ゆりうごく大地をなほもたのみつつせむすべしらず人のかなしさ
愛執のまつはるもののものなべてわれをすてけりそもよからむか
ふとわれを流刑の囚とをののきぬうしろにあがる炎の歓呼

跡見花蹊

○
千よろづの霊の行方や迷ふらむ暗の世てらせ秋の夜の月

泣きさけぶ声なほのこる心地して焼野の原の月のさむけき
あらみたま神のたけびも大地の直なる道を人あゆめとか

○

五島美代子

黒ずみし都のかばね目にしめばことしの秋の花のあかるさ
きづきゆく都のための小さなる石となさしめ小さきこの身
灰となりし都のはづれ動かざる電車の中に子らは遊べり

ここにこれらの歌を掲げたのは、震災という大きな事件に遭遇してそれぞれがどういう反応を示しているか、翌年発表の歌とともにその詠み方を比べたいからである。「心の花」という同じ結社の歌人であってもそれぞれに違う。とくに坪内逍遥、九條武子、跡見花蹊らは「心の花」の中でも明治の「和歌革新」の波をまともにはくぐらなかった、いわば旧派に近い詠み方で育った人たちである。が、それらの人々もこの大震災に対しては声をあげずにはいられなかった、という事実。次に歌の内容、詠み方の違いがある。著しい相違は旧派の三人には具体的な災害そのものはわずかしか描かれていない。「荒れくるふ火の海」「大き火もえて」「石の高どの微塵となりぬ」「くづれ落つるものの音」「人の叫ぶ声」などが見られる程度で「この世の終り」とか「千よろづの霊の行方や」など観念的な詠嘆が目立つ。そこは信綱も同様で「天変地異」「阿鼻地獄叫喚地獄」などの激しい語彙が頻出する。が、信綱は実際に被害にあっただけに、芝生で夜を明かす親子や蠟燭の火に寄る家族の描写がある。翌年に展開する被災者の歌はさらにリアルに災害の現実が描かれている。震災は実に写実を基本とする近代短歌の可能性がはじめて問われる大事件であった。

そしてこの約二十余年後には、日本国民全体が経験する戦争・空襲の惨禍がある。これは震災以上に国民的規模に広がる悲惨な現実であった。そしてさらに四十年後には阪神淡路大震災がある。震災も空襲も人間を予期せぬ境地、生と死の間に追い込むものだが、短歌は表現形式としてどこまでの可能性をもつか。その大きな課題にはじめて遭遇したのがこの大震災なのであった。

・関東大震災の歌Ⅱ

窪田空穂は、彼自身の家は直接の罹災を免れたが、災害を受けた親戚や友人の身を案じ市内各地を視察して歩いた。空穂の九月一日の日記には次のように記されている。

「今日は父の忌日なので、心ばかりに強飯を註文し、節三だけを招いて昼飯を食べようとし、二階で宗君と節三の碁を打つのを見てゐた。茂坊も側に来てゐた。十二時三分前、俄に強震があつた。地震は家を倒すほどのものではないと思つてゐたが、今度のは倒すかも知れないと思へて来た。鴨居がはづれたら出ようと思つて、茂坊を抱いてあぐらをかいてゐた。起つ事は出来なかつた。三分ぐらゐで止んだので、此間に下におりようとすると梯子段がこはれかかつてゐるのを発見した。下へ行くと、操と文が青い顔をしてゐた。文は泣き出した。外へ出るとゆれかへしが来た。殆ど同時に下町の方は火事になつて、東南の空一面は真紅になつた。事態の容易でないのが思はれた。地震は続いた。子供がおびえるので外へも出られなかつた。」

右の文中、「節三」は甥の窪田節三、上野の美術学校に学び画家の修業中。「宗君」は宗不旱、空穂宅の玄関番をしていた。「茂坊」は次男茂二郎、「操」は夫人。「文」は長女。

一日おいた三日に空穂は出掛けて行く。神田猿楽町に住む甥の矢口を案じてのことである。

「矢口が来さうなものだと思つたが来ないので気にして、午後に見に行つた。老松町はすでに凄惨な有様だつた。神保町の中村徳重郎氏に老松町で逢つた。家族の生命をとり留めたのが幸福だつた。神保町辺は家がすべて倒れたと話した。矢口が家の下になりはしないかと思つた。飯田町はものすごかつた。矢口の家はまだ余燼が燃えてゐた。捜しようもない。帰りに飯田町のガードへ登り、駅、汽車、造幣廠の焼けきつたのを見て帰つた。夕方、矢口が来た。宮内省の廐へ避難してゐる。むすびをもらひに来た。まだ何も口に入れてゐないと話した。今夜の中に来るやうにと命じた。夕方、前田君が見舞に来て朝鮮人が盛んに放火してゐる。此辺も何うなるか分らないと話した。夜警が初まつた。何時でも逃げ出せるやうな準備をした。今夜、空をこがしてゐた火が漸くやんだ。」

その後空穂は、雑誌社などから罹災者からの聞書を原稿としてまとめてほしいという依頼を受け、応じたこともあったようである。が、そのことどもを歌として詠むには慎重であった。散文（小説）で書きたいという気持と、歌に詠みたいという意欲とが空穂の内面で混沌としていたのではないか。

空穂の日記には、十月に入って次のような記述がある。

「（十月八日）漱石全集を読む。地震の歌を詠みたいといふ事が心に懸つてゐる。」

「（十月九日）漱石文集《ママ》を読む。地震の歌を少し詠む。心に懸つてゐながらちやうどに出て来ないもどかしさがある。」

「（十月十一日）明日から学校の始まるといふ気分になつて作歌をした。二十首ばかり詠んだ。」

これらの歌が直ちに歌集『鏡葉』に収められた歌かどうかはわからない。また次に記す「異端」の七首に関わるかどうかもわからないが、空穂が震災の歌に執着していたことは十分に察しがつく。

震災の後（抄）　窪田空穂

燃えのこるほのほの巷行きもどり見れども分かず甥が住みしあと
この下に或はゐむと思へかもくれなゐの火と甥が顔と見ゆ
この家に落ちつきてゐれば我が家もある心地すと甥のつぶやく
平気にも舞ふ蝶かなとさびしげに庭見る甥のつぶやきにけり
怪我したる父背負ひては火の巷逃げし西川を人のまた見ず（「異端」創刊11月号）

＊この「異端」掲載の空穂の歌は、紅野敏郎『文芸誌譚』（雄松堂出版　二〇〇〇年一月）からの再引用

右の日記の記述に照応する『鏡葉』の歌の冒頭十首だけを次に掲げる。時間をかけて詠んだことが思われる。

九月一日の大震災に、我が家は幸にも被害をまぬかれぬ。あやぶまるる人は数多あれども、訪ひぬべきよすがもなし。二日、震動のおとろへしをたのみて、先づ神田猿楽町なる甥の家あとを見んものとゆく。

燃え残るほのほの原を行きもどり見れども分かず甥が家あたり
地はすべて赤き熾火《おき》なりこの下《した》に甥のありとも我がいかにせむ

帰途

焼け残り赤き火燃ゆる神保町三崎町ゆけど人ひとり見ず
焼け残るほのほのなかに路もとめゆきつつここをいづこと知らず

飯田橋のあたりに接待の水あり、被害者むらがりて飲む

水を見てよろめき寄れる老いし人手のわななきて茶碗の持てぬ
負へる子に水飲ませむとする女手のわななくにみなこぼしたり
とぼとぼとのろのろとふらふらと来る人らひとみ据わりてただにけはしき
　火のなき方へと、人列なしてゆく
新聞紙腰にまとへるまはだかの女あゆめり眼に人を見ぬ
この家に落ちつきてゐればわが家もある心地すと甥のつぶやく
　甥きたる
平気にも舞ふ蝶かなとさびしげに庭見る甥のつぶやきにけり（以下略）
同時に見ておきたいのは、空穂が雑誌の求めに応じて取材に歩いた時の聞書である。以下は原稿（下書）として保存されていたものの一部である。
「甲州の出身で、日本橋で商業をしてゐた人の話です。
火事になると、第一に金を取りまとめました。何所へ着けようかと思つたが、落ちないやうに、落ちても分るやうにとの注意から、風呂敷包みにして、右の手の、肱《ひじ》のところに、しつかりと結《いは》ひつけました。上野公園へと目ざして、日本橋から浅草を通って行く時には、もう前後《ぜんご》が火でした。
「助けて下さい！」
といつて、側《わき》から縋りついたものがある。見ると若い細君で、窒息しかかつて、もう歩けさうにもない。助けたいが、この状態の中にかかづらつてゐては、自分も共倒れになりそうだ。気の毒だとは思つたが、縋られた腕を振り払つて、自分だけ逃げてしまひました。

気が付くと、腕に結《いは》ひつけてゐた風呂敷包がない。何うにも諦めかねる。引つ返して捜して見ようと思つて、いま来た方《はう》へ、火の中を歩いて行つた。

さつき振り払つた細君は、もとの所に倒れてゐて、もう絶息してゐました。通り過ぎようとしたが、「もしやあの時ではないか」といふ気がしたので、屍体を動かして見た。すると、うつ伏しになつた屍体の、ちやうど腹の下《した》のところに、その風呂敷包がありました。縋りつく、振り払ふ、夢中になつてした時に、腕から抜けてしまつたものと見えるのです。」

空穂は人から聞いた話を淡々と記しているのだが、何か短篇小説を読むような感じである。これらを消化した上で空穂は震災詠五十余首を詠み残した。右に見たように、この大震災の歌は自然主義の波をかぶった空穂が、散文で鍛えた写実の視力を韻文に定着させた大きな意欲作なのであった。

・大杉栄の死

ところで記しておきたいのは、この震災騒ぎに紛れて行なわれた、いくつかの虐殺事件である。もっとも知られているのは憲兵大尉甘粕正彦らによる大杉栄・伊藤野枝・橘宗一の虐殺である。またその前九月五日に亀戸留置場に収監中の社会主義者平沢計七ら八名ほかの虐殺、さらに朝鮮人二、三千人もの虐殺（後述）もあった。

大杉栄の死については次の歌がある。

うしろより声もかけずに殺したるその卑怯さを語りつぐべし
うち連れていでし散歩のそのままに遂にかへらず悼むすべなし

殺さるるいのちと知らめや幼児は窓辺に立ちて月を仰ぎし（土岐善麿『緑の斜面』）

事件のことはすでに多く語られているので要点のみ記せば、かねて甘粕は無政府主義者大杉栄を国家利益に反するものとして憎悪し、十日頃から殺害の折を窺っていた。九月十五日大杉が外出したのを尾行、近付いて憲兵隊へ同行を求め、大手町の司令部の応接室に座らせ、食事などを振る舞って油断させ、後から首を絞めて殺害、さらに別室でその内妻伊藤野枝、親戚の橘宗一（六歳）も相次いで扼殺した。死体はすべて裸にして菰でくるみ、火薬庫近くの井戸に投げ入れ、上から瓦礫や馬糞などを被せた。

陸軍省は事実の隠蔽に務めたが時事新報と読売新聞の記者に察知され、二十日夕刻時事新報号外と本紙、読売新聞本紙などが印刷されたが警視庁はそれらを「安寧秩序紊乱」の理由で発売禁止とし、二十四日以後も時事新報、東京朝日、東京毎夕、報知新聞、万朝報などを連日にわたって発売禁止にした。が情報はひそかに広がるばかりなので陸軍省は福田関東戒厳司令官を更迭し、小泉憲兵隊司令官と小山東京憲兵隊長を停職とし、二十四日に最小限の発表を行った。以下は九月二十五日付『時事新報』に報じられた第一師団軍法会議検察官の談話である。

「甘粕憲兵大尉は本月十六日夜大杉栄他二名の者を某所に同行し之を死に致したり、右犯行の動機は甘粕大尉が平素より社会主義者の行動を国家に有害なりと思惟しありたる折柄、今回の大震災に際し無政府主義者の巨頭たる大杉栄等が、震災後秩序未だ整はざるに乗じ如何なる不逞行為に出づるやも計り難きを憂ひ、自ら国家の蠧毒《とどく》を芟除《さんじょ》せんとしたるに在るものの如し」

何とも言葉を加えることもできないほどの暴挙で、検察官さえ暗に甘粕の行為を容認するような口吻も感じられる。

土岐善麿と大杉栄は明治末年から交友があり大杉の「近代思想」や土岐の「生活と藝術」など雑誌を通じて相互に理解し合う友人であった。「生活と藝術」に載った大杉栄「籐椅子の上にて」は、大杉の鋭くまた好意に満ちた土岐哀果論である。

善麿の震災詠は「改造」の大正十三年三月号の「地上百首」が最初だが、ここには左の三首は入っていない。が六月に出た歌集『緑の斜面』には収められている。おそらく歌集編纂に当って追加したものであろう。

騒がしき噂は起る今宵なほ二夜にかけて炎むら立ち見ゆ　平福百穂（「アララギ」13年2月号）
ひたと、さわぎ静まる橋のかなた、かの追はれしは殺されにけむ
両岸よりひと投げに投ぐる礫のした沈みし男遂に浮び来ず　土岐善麿（「改造」13年3月号）

震災による混乱の中、さまざまな流言蜚語が各地に乱れ飛んだ。本所深川は全滅した、暴徒が山の手に押し掛けた、「不逞鮮人」が放火した、井戸に毒薬を投入した、銃器を携えた二百名が二子玉川を渡った云々の根拠のない噂が次から次へと波及していった。新聞は出ない、ラジオもない東京、市民の不安は高まる一方であった。

水野内務大臣は内閣の責任で二日に「戒厳令」を公布し、その範囲を東京だけでなく横浜方面まで拡げ、近衛師団、第一師団を中心に軍隊と警察ともどもに治安維持に当たることにした。

罹災地や周辺の市民の多くは自ら自警団を作り、通行人を検問したり夜警に立ったりした。朝鮮人

と見ると、それが日本人であるか朝鮮人であるか確かめもせずに殴打したり殺したりした、百穂の歌はその「噂」を言い、善麿の歌は追われて逃げる人（多分朝鮮人）を描いている。何の罪もないのに、朝鮮人ということだけで殺された人は数多く、どさくさ紛れに社会主義者や無政府主義者が何人も殺された。亀戸の平沢計七らがそれである。大杉栄を狙った甘粕も、震災の混乱に乗じた計画的犯行である。これらを詠んだ歌はもっとあるに違いないが、なかなか見つからない。さらに捜したい。

・治安維持の緊急勅令

ところで政府（山本内閣）は九月七日に緊急勅令第四〇三号「治安維持ノ為ニスル罰則ニ関スル件」を公布した。これは右の治安混乱を整備するための法的根拠となるもので、一般には「流言浮説取締令」と呼ばれた。

「出版、通信ソノ他何ラカノ方法ヲモッテスルヲ問ハズ、暴行、騒擾、ソノ他生命、身体モシクハ財産ニ危害ヲオヨホスヘキ犯罪ヲ煽動シ、安寧秩序ヲ紊乱スル目的ヲモッテ治安ヲ害スル事項ヲ流布シマタハ人心ヲ惑乱スルノ目的ヲモッテ流言浮説ヲナシタル者ハ十年以下ノ懲役、モシクハ禁錮マタハ三千円以下ノ罰金ニ処ス」

直接的には震災による社会不安、根拠のない流言の伝播を抑制するという目的で出された緊急勅令だが、実際には途方も無く拡大解釈され、不当に濫用された。というのも、政府は前年の議会に提出して世論のはげしい攻撃を浴びて可決できなかった「過激社会主義取締法案」を復活させるための布石とする意図があり、政府の予期しなかった震災による社会不安に乗じて本格的治安立法成立へと直進した。甘粕による大杉惨殺は当然処罰の対象となるべきはずのところ、甘粕が軍人であるゆえに軍法会議で裁かれることとなった。その軍法会議の判決は極めて甘く、甘粕大尉は懲役十年、手伝った部下の森曹長は三年、他の兵士らは無罪とされた。この間、盛り上がる批判的な世論に対抗するため、右翼団体による甘粕を「国士」と讃えての減刑運動、新聞広告なども大々的に行なわれた。甘粕は十年の服役のところ四年余りで出所、満州へ渡って映画会社（満映）の理事長となり敏腕を揮ったが敗戦となり、服毒自殺を遂げた。これらのこと、当時国民はほとんど事実を知らされず、うやむやのうちに社会主義時代は悪、危険思想の持主は非国民という色で塗り込まれていってしまった。（甘粕については角田房子『甘粕大尉』（中央公論社　昭50）に詳しい。）

こうしてこの緊急勅令を伏線として、二年後の十四年六月、かの「治安維持法」が公布され、昭和に入って猛威を振うことになる。政府は震災による社会不安、渦巻く流言に乗じて思想弾圧を強行する法的根拠を確立したのである。

・夕暮のカムバック

これより先、大正七年に「詩歌」を廃刊し、久しく沈黙していた前田夕暮が二月に「天然更新の歌」八十七首を「短歌雑誌」に発表し、同時に「自己宣言」という文章も添え、華々しく復帰した。翌月さらに同じ「短歌雑誌」に六十四首を「水源地帯」の題で発表、以後白秋と親密となり競詠などを試みている。内容は奥秩父山林に働く人々の姿や自然を素材としているが、その根底に後期印象派、とくにゴッホの影響や社会主義思想への関心、「アララギ」への反感などがあったと見られているが、この勢いがそのまま「日光」創刊へと繫がって行く。

水源地帯（抄）　　　前田夕暮

急傾斜の山の草の上にいねたればからだ一二尺ずりさがりけり
太陽を見失ひたる空のはて同じやうな山が同じやうに立ち
朝はまだつめたき山の五月なり朴《ほう》の丸太のうす青みたる（「短歌雑誌」12年3月号）

・諸歌人の動向

二月、浅野保・春日井瀇ら「短歌」を創刊。三月、村野次郎「香蘭」創刊。白秋系の雑誌としては今に続く老舗である。創刊時の経緯については千々和久幸「短歌という負い目」に詳しい。五月、若山牧水『山桜の歌』。震災のため雑誌の休刊が相次いだ。

一月、「文藝春秋」が創刊した。

・空穂「乗鞍岳の歌」

大正十二年八月、窪田空穂は長男章一郎を伴って乗鞍岳に登った。歌集『鏡葉』に三十八首の大作がある。これについて、章一郎の側から書いたものが『樹下雑筆』（短歌新聞社　平14）の中の「乗鞍登山」と『窪田空穂の短歌』（短歌新聞社　平8）の『鏡葉』の項にある。またこの一連については空穂自身「自歌自釈」を書いている。ここでは『樹下雑筆』に即して読みすすめて行く。

「島々から梓川の渓谷を白骨温泉へ歩き、そこで泊るまでの一日の行程は今思うと強行軍であった。

松本電鉄が松本から島々へ通じた頃で、その先は烈日に照りつけられて全行程を歩いたのである。」

まず、昔の人はよく歩いている。当時としては当たり前のことであろうが、すぐにタクシーやバスに乗る昨今のハイカーには気が遠くなるような話だ。書き写しているうちに恥ずかしくなってくる。

「十五歳の私の眼に唯一つ刻まれているのは梓川の渓谷美で、深い谷底を流れる川を眼下に見下ろして歩いた。」

そこで空穂の歌だが『鏡葉』には「乗鞍岳に登る。梓川の渓流に臨める高岩に登りて憩ひて」という短い詞書があって歌に入る。

　登り立ち見おろせば岩や百尺に余る高さもてり肌のあらはに
　岩が根をめぐれる河瀬見おろせば細りてまぎる高きかも巌

以下まさに「渓谷美」の歌が続く。そして白骨温泉に入るのだが、章一郎は次のように記す。

「父は多分、白骨に行ったのはこの時だけであったかと思う。山を目的としていたのか、白骨までが目標であったのかは、私は聞いていなかった。松本に住む親戚筋の年上の青年二人が同行者であったが、この人等は登山のつもりで来ていたろうか」

十五歳の少年である。父はそれらしい計画など、息子に話してはいなかったのだろう。さらに次のように書かれている。

「私の今の推量では、白骨まで来た空穂はみなの歩き具合などを見て、乗鞍岳に登りたくなったと思う。宿の主人に相談して土地の強力を一人契約し、初めての山に安心して志したろう」。前著『窪田空穂の短歌』にもほぼ同様の記述がある。

前年の大正十一年八月、空穂は烏帽子岳から槍ケ岳、穂高岳まで縦走している。よし、今年も、と勢いづいたのであろう。また息子章一郎に山のよろこびを味わわせてやろうと思い立ったのかも知れない。翌朝はやく発ち、日帰り登山を試みる。

ところで私がこの稿を起こしたのは『鏡葉』のこの一連の初出と思われる「乗鞍岳」という連作二十四首を「短歌雑誌」大正十三年五月号に見出だしたからである。大正十二年という年は、いうまでもなく関東大震災のあった年、つまり空穂親子が乗鞍岳登山を果たして帰京したその半月ほど後に大震災があったのだ。大震災のため東京市内とその近郊は壊滅的な打撃を受けた。印刷出版の分野もほとんどが機能を停止した。だから諸短歌雑誌も発行不能となったものが多い。空穂の乗鞍岳登山の歌も、草稿はあってもたやすく発表できる状態ではなかったのであろう。年明けて、それも五月号になってからのことである。

もう一つ注意したいのは「短歌雑誌」の二十四首は、『鏡葉』の三十八首の後半部分にあたるということだ。『鏡葉』の連作を読んで行くと、第十四首目にあの名高い一首がある。

夏を解くるその雪渓の雫かも天の高所《たかど》を水の流るる

そしてもう一首があって次の詞書がある。

「乗鞍岳は頂広く、剣が峰、奥の院、四つ峰、摩利支天などの諸峰むらがり立ち、その裾には、やや広き草原を置けり。北アルプスの南の端とて、山はその全容をあらはせり。裾の草原に憩ひ、あたりを眺め、頂上をあふぎてたのしむ。草原にて、」

その後に続く二十三首と「短歌雑誌」の連作は内容がほぼ一致する。しかもおもしろいことに「短歌雑誌」のほうには次の長い詞書がある（『鏡葉』にはない。）

「十二年八月、子を伴ひて乗鞍岳に登る。路は白骨温泉よりなり。森林帯長く、その尽くるところやがて頂上なり。日本アルプスの南のはてとて、山は全容をあらはせり。剣が峰、奥の院、四つ岳、摩利支天などの諸峰むらがり立ち、裾に草原を置き、中に池を抱けり。境清らに頂高く、身の高山にあるを忘れしむ。」

後の「剣が峰」以下の部分は先に記した『鏡葉』の詞書とほぼ近い。思うに空穂はまず「短歌雑誌」発表の二十四首を先に詞書とともに詠み、そのあとで白骨温泉に至る道程の十数首を詠み加えたのではないか。後日歌集収録に当たり、時間の経過に従って再構成し、渓谷美を見つつ歩む連作を先に出して、山道に入ってからの前作と合わせたのではないか。ために雑誌の詞書をありのまま収めるのに無理を感じ「乗鞍の頂の見えそめしあたり」や右にあげた「乗鞍岳は頂広く云々」の詞書を途中に置いたのではないか。そのために「子を伴ひて云々」がカットされてしまったのであろう。ただし、私は『鏡葉』所収の歌の前半十五首の初出をまだ見ていない。従ってここはあくまで推定である。

ところでその「短歌雑誌」所収の歌がそのまま『鏡葉』に移行したかというと決してそうではない。詞書だけでも明らかなように、歌集収録にあたって空穂は大鉈を揮っている。

ここではまず「短歌雑誌」初出の姿を記して、その後『鏡葉』での字句の推敲、構成上の配列変更がどのように行なわれたかを見ることにする。詞書は右に引用したので省略し、構成説明の便宜上番号をつけた。原典は総ルビだが、わかりやすいものは省略した。

・「乗鞍岳」（「短歌雑誌」大正13年5月号所収）

草原

①登りつかれ心かすかなり雪渓は真白く広く目をひきてなだる
②乗鞍岳いただきに来《く》れば五峰《いつみね》と別れむらがれり青空を背に
③剣が峯しら岩のうへに立てるひと姿ちひさくて天に附くと見し
④摩利支天と天とのあひだ押しひらきあらはれいづる凝《こ》れるしら雲
⑤時じくに雪おく山に草の生《お》ひ花と咲きでぬ小さくしろき花
⑥高山《たかやま》に咲きつづく草のしろき花風《はなかぜ》にゆらぎていやかすかなり
⑦登りつかれ青草しけりしける草身《み》をめぐる草みな花もちぬ
⑧道ゆくと岩に手かくれば指にふれぬむらがり咲ける石楠《しゃくなげ》の花
⑨ここにして黄玉《きだま》こぼると檜葉《ひば》ざくらしげき蕾の露にぬれし見ぬ
⑩黄《き》に照れる深山金《みやまきん》ぽうげ山にしてさみしきに似るこころ我がもつに
⑪鈴《すず》のおと聞えはじめて時経ればおとのかすかに人あらはれず
⑫摩利支天峰越ゆる雲ふく風にちぎれてとびて消えて見えずも
⑬岩かげに立てる板小屋《いたこや》窓あらず暗きに住みてをとこ火を焚く
⑭山小屋に焚く青松のけぶる火に我の寄りゆき手をかざしたり

剣が峰

⑮剣が峰わが踏みのぼるましら岩照る日にひかり風寒く来る
⑯剣が峰岩しろく洒《さ》れて草生《お》ひずきはまるところ神ひとりいます

⑰高天《たかあめ》に水たたへたり乗鞍岳三つ立つ峰のこのふところに
⑱水とほす日かげに照りて沈《しづ》く氷《ひ》の真青《まさを》くゆらぐ炎《ほのほ》とぞなる
⑲乗鞍岳いただきに立てばこころかなし人が住む飛騨と信濃の見えたり
⑳西の空日が入る山とをさなきゆ暮ごとに見し乗鞍岳かも
㉑わが父の遠く望みて雨の来む晴れむとをしへし乗鞍岳かも
㉒大空に裾べにしづむしら雲のそこにありてふ富士が根見せず
㉓去年《こぞ》いねし烏帽子《えぼし》岳《たけ》みむ赤岳《あかたけ》をひと目とおもへ動く雲去らず
㉔四つ岳《たけ》の尾根に道みゆ雲のゐる飛騨の平湯《ひらゆ》へゆきぬべき道

次に『鏡葉』の当該部分の配列を見る。歌の後の丸囲みの数字は初出での順序を示す。

『鏡葉』所収後半

道ゆくと岩に手かくれば指に触れぬむらがりて咲く石楠《しやくなげ》の花⑧
登りつかれ心かそかなり雪渓《せつけい》は真白く広く眼を引きてなだる①
登りつかれ青草《あをぐさ》敷きぬ敷ける草我をめぐる草みな花もちぬ⑦
時じくに雪おく山に草の生ひ花と咲きいでぬ小く白き花⑤
高山《たかやま》に咲きいづる草の真白花《ましらばな》風にゆらぎていやかそかなり⑥
ここにして黄玉《きだま》こぼると檜葉桜《ひばざくら》しげき蕾の露にぬれし見ぬ⑨
黄に照れる深山金《みやまきん》ぽうげ山にしてさみしきに似る心わが持つを⑩

鈴《りん》の音《おと》聞えはじめて時経れど音のかすかに人あらはれず⑪
岩蔭に立てる板小屋窓あらず暗きにかがみ男火を焚く⑬
山小屋に焚く青松《あをまつ》のけぶる火に我の寄りゆき手をかざしたり⑭

又、峰をあふぎて

岩山の細り太れる五つ峰乱れ立ちては空に相寄る②
剣《けん》が峰白岩《みねしらいは》の上に立てる人姿ちひさく天《てん》に附くと見し③
摩利支《まりし》天峰《てんみね》越ゆる雲はその峰に附きたる空を押し披《ひら》き来る④
摩利支天峰越ゆる雲は吹きおろす風にちぎれて忽ち見えぬ⑫

剣が峰に登る

剣《けん》が峰《みね》踏みては登る白岩の日に照りひかり寒き風来る⑮
剣が峰岩白くして草むさず神くだります一つの祠《ほこら》⑯
乗鞍岳三つ立つ峰のふところに湛へて青き水のある見ぬ⑲
高天《たかあめ》に湛ふる水をめぐる雪わが見る今をかがやきいでぬ⑰
稲妻や水に起ると驚けり沈《しづ》く氷の日にかもひかる⑱

去年縦走しける北アルプスの諸峰を望み

去年《こぞ》いねし烏帽子岳《ゑぼしたけ》見む赤岳《あかだけ》をひと目とおもへ動く雲去らず㉓
四《よ》つ岳《だけ》の尾根に路見ゆ雲のゐる飛騨の平湯《ひらゆ》へ行きぬべき道か㉔

幼時を思ひて

西の空日の入る山と幼きゆ暮《くれ》毎に見し乗鞍岳かも⑳
わが父の遠く望まし雨や来む晴れむと教へし乗鞍岳かも㉑

この両者を比べると、初出では八番目にあった「道行くと⑧」にはじまる石楠花の歌を始めに置き、次に花の歌七首を順序を替えながら並べている。これは詞書の「裾の草原に憩ひ」に見合うよう、お花畑の景観を一括したことになる。ここの場面、空穂は「自歌自釈」では「草鞋がけで登りとおしの路が、最後の雪渓で悩まされてすっかり疲れ、雪渓を越えるとそこの草はらに着ござを敷いて休んだ時の実感である」と記している。読まれている花は「ミヤマシャクナゲ」と「ミヤマキンポウゲ」だけであるが、もっと多くの花があったに違いない。

歌の字句は、ひらがなを漢字にしたり、漢字をひらがなにしたりする以外では、「かすか①⑥」は二ケ所とも「かそか」とし、「咲きつづく⑥」を「咲きいづる」、「しろき花⑥」を「真白花」に、「青草しけりしける草身をめぐる草⑦」を「青草敷きぬ敷ける草我をめぐる草」に、また「むらがり咲ける⑧」を「むらがりて咲く」に、「我がもつに」を「我が持つを」にしている。次の三首、「すずのおと⑪」を「りんの音」と読ませている。白衣をまとった信仰登山の人たちである。次の小屋の歌二首は当時ただ一つあった山小屋の歌。「暗きに住みてをとこ火を焚く⑬」を「暗きにかがみ男火を焚く」とし、⑭の歌には何の加筆もない。

『鏡葉』では右の十首の後に「又、峰を仰ぎて」として初出の②③④⑫を置くが、③は「姿ちひさくて」を「すがたちひさく」と「て」を取っただけ、⑫は第二句以下「峰越ゆる雲ふく風にちぎれてとびて消えてみえずも」が「峰越ゆる雲は吹きおろす風にちぎれて忽ち見えぬ」とし、より鮮明になった。しかし②と④は原型をとどめぬほどに改められている。とくに②の「五峰と分れむらがれり青空を背に」が「五つ峰乱れ立ちては空に相寄る」となり、それを章一郎は「主観の力」として高く評価している。

続いて『鏡葉』は「剣が峰に登る」の詞書で五首を置く。初出の⑮から⑱が相当するのだが、推敲のさまはすさまじい。⑮は第二句以下「わが踏みのぼるましら岩照る日にひかり風寒く来る」を「踏みてはのぼる白岩の日に照りひかり寒き風来る」となり、ほぼ同じ形の手入れだが、⑯は第二句以下大きく変り「きはまるところ神ひとりいます」を「神くだります一つの祠」とする。「祠」と言われて具体的になった。次の三首はまったく新作といってよいほどの歌。初出⑱の「水とほす日かげに照りて沈く氷の真青くゆらぐ炎とぞなる」など幽艶な気分があってよいと思うが、空穂はより客観的な方向を好んだのか、「炎」は捨てている。

『鏡葉』は次に「去年縦走しける北アルプスの諸峰を望み」と詞書をつけて⑬⑭をほとんどそのままの形で残し、その後に「幼時を思ひて」として⑳㉑を置いて結んでいる。なお初出にあってまったく消してしまった歌は⑲と㉒の二首である。

通覧して思うことは、字句の隅々に及ぶこまかい神経もさることながら、連作の構成への深い配慮である。この後、歌集『鏡葉』では名高い大震災の歌が続くが、その五十首にも同じような細心の注意が見られる。小説家空穂の息づかいがここにはたらいていると言ってよいであろう。

最後に、私は乗鞍岳の頂上には平成十一年八月三十一日に登った。いうまでもないことながら、空穂・章一郎父子が登った頃とはまったく様相が違う。頂上直下の畳平までバスで行ったのだが、途中から大渋滞、やむなく終点までつかぬうちにバスを下り、歩きはじめた。畳平から一時間ほど登って山頂に立った。先師が立たれて後七十六年目である。多くの人で混雑していたが、それでも剣が峰に立ち、雪渓を眺めたときは数々の歌を思いつつ、感慨ひとしおであった。

大正十三年 1924

北原白秋氏著作

白秋詩集 第二巻
恩地孝氏装
収むる處純情涙を流すべき小唄、郷俗謡、天眞自ら成せる童謡、法悦を歌へる短唱小曲、幽玄深遠なる光明の歓楽鮮なる景物詩、雄渾壮大絢爛を極むる象徴詩、印象自由奔放なる散文詩等二巻通巻一千三百餘頁詩数六百餘篇を以てせる詩壇空前の大詩集也。
菊半裁布装美本 定價各冊貳圓八拾錢 送料各冊拾七錢

白秋童謡集
恩地孝氏装
全日本を風靡せる氏の童謡全集成る。その童謡や、今更言を多くするまでもなく日本童謡の最高標準を示すもので何人の追蹤を許さざる天衣無縫の神品なり。即ち氏の初期のものより最近に至るまでの数百篇を収めし六百餘頁の尨大なるものなり。この世界的傑作を擴くお薦する。
菊半裁布装美本 定價貳圓八拾錢 送料拾七錢

抒情小曲 わすれなぐさ
山本鼎氏装
本書はその美しさ、懐かしさ讀めば必ず涙も溢れ出づべき白秋氏の抒情小曲を収めたるもの也山本鼎氏の装幀白金の光澤美しき絹繻子にクロバーと螢の模様をあらはした瀟洒の趣は見るからに心躍るばかりである。
菊判半裁布装美本 定價壹圓八拾錢 送料拾五錢

白秋小唄集
恩地孝氏装
歌ひ易く解し易く愛誦措く能はざる小唄二百餘篇を收む。附録「さすらひの唄」「酒場のうた」「こんど生れたら」「カルメンの唄」「山の唄」「別れの唄」本文二度刷、表紙サラセン模様絹繻子極美本。
四六半裁判布装美本 定價壹圓八拾錢 送料拾参錢

小唄と民謡 あしの葉
森田恒友氏装
古渡珊瑚の如き純情なる小唄あり、野趣ゆたかなる民謡あり、幽趣限りなき短唱小曲あり、そのすべてに一般民衆の眞情が溢れひしひしと胸に迫る思がある。白秋小唄集以後の氏の藝術が、如何に人情の機微をうがつて眞に迫りしか。敢て懐かしき本書の一讀を薦む。
四六半裁判絹装美本 定價壹圓八拾錢 送料拾参錢

詩歌の話 洗心雑話
恩地孝氏装
詩歌壇の巨匠白秋氏が長い間の經驗から體得された心境を、誰にも分る易しい言葉で詩歌を作る時、味ふ時の心の据え方、感じ方、物の見方等を深山の面白い例話をあげて幽趣微韻を極むる詩歌の機微を說きあかされし空前の名著なり、眞に詩歌を味はんとする人々に薦む。
四六判フランス装 定價壹圓貳拾錢 送料拾五錢

東京小石川表町一〇九 アルス 振替東京二四八八八 電話小石川三五七〇

現代代表自選歌集

齋藤茂吉著 朝の螢 定價壹圓五十錢 送料十八錢

島木赤彦著 十年 定價壹圓五十錢 送料十八錢

古泉千樫著 川のほとり 定價壹圓八十錢 送料十八錢

中村憲吉著 松の芽 定價壹圓八十錢 送料十八錢

釋迢空著 海やまのあひだ 定價壹圓八十錢 送料十八錢

木下利玄著 立春 定價壹圓八十錢 送料十八錢

於ける地位は改めて茲に申すまでもない。大正歌壇を永久に記念すべき金字塔として各家の一讀をおすゝめします。古泉氏は處女歌集であり、木下氏は唯一の遺稿です。

改造社

・関東大震災の歌Ⅲ

「アララギ」は二月号を「震災報告号」として被災した岡麓、高田浪吉、築地藤子らの歌、また彼らの見舞いに駆け付けた島木赤彦、平福百穂、藤沢古実らの歌を掲げた。

また新聞記者である土岐善麿は、自宅が罹災しながら職業柄市内各地を視察、「改造」三月号に「地上百首」を発表した（同じ歌は多少の変改や追加を加えて「日光」十二月号にも掲載されている）。

高田浪吉

○

大正十二年九月一日

人々のせむすべ知らに渡りゆく橋の上より火は燃ゆるなり
母うへよ火なかにありて病める娘《こ》をいたはりかねてともに死にけむ
人ごゑも絶えはてにけり家焼くる炎のなかに火は沈みつつ
いとけなき妹よ泣きて燃えあがる火なかに一人さまよひにけむ
目に見ゆるものみな火なり川にゐて暁《あけ》まちかぬるわがこころかな
まがつ火のみなぎりし夜や明けはてて向ひの川岸《かし》に人よぶこゑごゑ
道のべに火は残りをり朝ぼらけなににすがらむ人のこころよ

被服廠跡にて

妻や子に似たるすがたと思へばか父は手づから水をそそぎぬ

災後数日経て

秋さりてけふふる雨に母上や妹どちはしとどなるべし

母上や妹のむくろのありどさへつひにわからず焼れたるらし

築地藤子

○

九月一日横浜の我家にて

地震《なゐ》のなかに眠り居る子を抱き上げ歩むとすれば家はくづれつ

耳すませば此静けさや両肩に掛る柱をいかでか退《の》けむ

むせばしき壁土の中に息こらへ猶覚めずゐる吾子をささへつ

屋根の下の光ある方へ出でなむと膝を動かすに子は泣き出でぬ

いち早き人は家にかへり飯など持ち来る。我ら未だ昼食も取らざりければ

見ず知らぬ人が飯食む即ち行き吾子に給へと頭を下げつ

夕ぐれ山を下りて母弟等と共になり草原の上に戸板もて雨露しのぐ

広らなる火明りもややをさまりつ静かに昇る海の上の月

草原に危く立てるかり小舎に寝ねがてにするしはぶきの声

地上百首（抄）

土岐善麿

逃げまどふ焔の底にこれやこのわが肉身の顔をかぞへつ

そのひとみ親のすがたをはなたじとひた寄り仰ぐあはれ子らの眼

背丈にしあまる蒲団をかひばさみより添ふ子らのうなじを抱く
かき探る長櫃のなかの闇深くたちまちあかるく焔は近し
妻子《つまこ》の手をひき急ぐ、病む母を背に負ひゆくにはぐれじとしつつ

被服廠跡

折りかさなるむくろの下にひそやかに眼をあけにけむ人のいのちあはれ
つむじ風焔にむせて今ははや倒れたりけむひとりまたひとり
路ばたの溝のなかなるされかうべ黒黒と焦げて人顧みず
焼はらの窪みの湿りふみ越えてあやふく踏めり骨の堆《かさ》みを
くろこげのむくろよく見ればよこ顔にいきのみの肉のすこしなほある

○

藤沢古実

九月四日本所に住む浪吉を気づかひ行く、途中浅草寺にて二首

焼け跡のちまたを遠く歩み来てしみじみあふぐ浅草のみ堂
ことごとく焼け亡びたる只なかになほいましたまふ観世音菩薩

藤子氏恙なし避難所を訪ひて

入つ日の光しみつく土明り救はれたりし命なりけり
秋すでに時雨ぞしげし子どもらの夜びえおそる言のかなしさ

浪吉発行所に避難して起居を共にす

冬ちかき寒さとおもへ二人ゐて心しづまる夜々の雨かも

これらの歌の迫力は近代短歌半世紀の到達点を示すといってよい。「アララギ」の人々の歌は「写生」によって培われた対象凝視の成果というべく、また善麿にはジャーナリストとしての眼がはたらいている。

個々に読んで行くと、浪吉、藤子は自身の体験に基づき、素材そのものの力に加えて対象処理にあたっての冷静な描写が効果をあげている。善麿は自宅の罹災の歌に加えて乱れ飛ぶ流言や焦土の死者の姿までも描く。その視野の広さは藤沢古実や空穂に共通する。古実は友を気遣って発行所に駆け付ける途中の嘱目を細やかに描いている。

北原白秋は震災を小田原で迎えた。洋館造の二階の書斎にいて「詩と音楽」の選歌をしている時に激震が来た。階下へ降りようとして振り落とされ、埃まみれの妻子とともに竹藪へ逃げた。本館は無事だったが木菟の家は半壊の状態だった。十三年五月に出た改造社版の『大正大震火災誌』には十三首の歌を載せている。求められての歌であろう。構えすぎて神がかった高踏的な歌が並ぶ。却って「この心を見よ」以下の花胡麻を詠んだ歌などに余情がある。

大震抄　　北原白秋

天意下る

世を挙《こぞ》り心傲ると歳久し天地《あめつち》の譴怒《いかり》いただきにけり
地は震へ轟き亨《とほ》る生けらくやたちまち空《むな》しうちひしがれぬ
大《おほ》御《み》怒《いかり》避くるすべなしひれ伏して揺りのまにまにまかせてぞ居る
言挙げて世を警むる国つ聖いま顕れよ天意下りぬ

大王《おほぎみ》は天《あま》の譴怒《いかり》と躬自《みみづか》ら照らす御光も謙《お》しみたまへり
国民《くにたみ》のこのまがつびは日の本し下忘れたる心ゆ来れり
大正十二年九月ついたち国ことごと震亨《しんとほ》れりと後世《のちみ》警め

この心を見よ（五首略）

天地《あめつち》の震ふみぎりも花胡麻の小《ち》さき営み昼闌けむとす

なお白秋は十月「詩と音楽」を震災記念号とし、これをもって終刊としている。

また釈迢空は荒涼とした焼け跡に立って「これまでと違う表現があつてよいのではないか、と思つた」と書いている。そして生まれたのが『東京詠物集』の次のような歌である。

焼け原に芽を出した／ごふつくばりの　力芝め／だが、きさまが憎めなくなつた。／たつた一かたまりの青々とした草だもの。

横網の安田の庭／猫一匹ゐる広さ。／人を焼くにほひでもしてくれ。／ひつそりしすぎる。

迢空は後年顧みてさらに書いている。

「其時は、此が短歌の次の様式だ、と思うた。でも、世間は、すぐさうした刺戟を忘れた静けさに戻つた」（『釈迢空集』追ひ書き　昭和5年）

・「日光」創刊

この年の最大の事件としては何と言っても四月の「日光」の創刊である。前年から急速に接近した北原白秋と前田夕暮が事実上の中心となり、古泉千樫、吉植庄亮、石原純、釈迢空、土岐善麿、川田順、木下利玄らが参加した。創刊に至るまでの複雑な経緯は、すでにいくつもの文献があるのでここでは繰り返さない。集まったさまざまな人々は、前田透によれば次のようになる。

「珊瑚礁」系（四海多美三・今村沙人・橘宗利・森園天涙・鎌田敬止）
「北原白秋」系（北原白秋・穂積忠・村野次郎・筏井嘉一）
「アララギ」系（石原純・古泉千樫・釈迢空）
「前田夕暮」系（前田夕暮・矢代東村・熊谷武雄・米田雄郎・中島哀浪）
「竹柏会」系（川田順・木下利玄）
吉植庄亮・土岐善麿

以上三十六名に画家の中川一政、津田青楓、詩人の大木篤夫（惇夫）、俳人の萩原蘿月らが名を連ねた。まさに壮観である。

大正十三年四月一日創刊。創刊号の表紙は厚手コットン紙、津田青楓の「草と太陽」が描かれている。これまでも白秋が関与した雑誌は装幀が美しく、人目をひくが、この「日光」はまた格別である。表紙をあけ、目次の次の扉、そこには白秋の言葉（無署名）がある。

「日光を仰ぎ、／日光に親しみ、／日光に浴し、／日光のごとく遍く、／日光のごとく明るく、／日光のごとく健かに、／日光とともに新しく、／日光とともに我等在らむ。」

そして巻末には「創刊の言葉」がある。これも無署名だが石原純の執筆である。一部を抄録する。

「（略）私たちは私たちの「日光」に於てこの短歌のあらはす美の領域を追究し、之によつて絶えず新たなる人生の真をもとめたいと思ひます。私たちは固よりすぐれた短歌の心境に達することを希ふものではありますけれども、同時にまたその内容・形式・用語に関して真摯なる研究が拓かれなければなりません。尚また私たちは短歌と密接に関連する他の形式の詩並びに一般文藝・美術に対して、広く藝術の本質的意味に接すせんがために、考察を費すことをも大いに必要とするでせう。（略）」

とくに「内容・形式・用語に関して」と、言葉を重ねているのは口語自由律を主張する石原純のカラーが強く出ているというべきであろう。また美術など他ジャンルとの関連に触れているのは白秋の基本理念が生かされているというべきか。

目をみはるのはその大作主義（数字は歌数）である。創刊号には白秋「浅春舟行」五八「山葵と独活」二三、計八一。順「熊野歌」五三、庄亮「みちのく」四三が目立つ。この傾向は以後も続き、夕暮と庄亮は毎号のように競って多くの歌を発表した。夕暮は五月号に「朝餉」七六「薄日の木の枝」二五、計一〇一。六月に「錯覚症の少女」五三、七月号に「林間」五〇、九月号に「印旛沼の歌」「手賀沼の歌」九七、十月号に「渓谷へ」四七。庄亮は五月に「浴泉素描」四六、六月に「選挙運動員の手記」五〇、七月「春影抄」八九、十月「印旛沼の家」八六と驚くべき量である。ほかには九月の白秋「山荘の立秋」七一、十二月の善麿「地上及それ以後」六九などがある。善麿の歌は大震災の現地取材の力作である。

評論は、創刊号には石原純「短歌の新形式を論ず」、川田順「新勅撰和歌集私観」、折口信夫「日本文学の発生」と顔を揃えた。折口は隔号連載で論文を続けるが、これが後に『日本文学の発生序説』として時代を画する大論文となること、この当時どれほどの人が見抜き得たであろうか。

ほかに特集として「利玄と利玄の歌」があり、武者小路実篤、長与善郎、倉田百三、里見弴、岸田劉生、志賀直哉らが揃って執筆している。詩は大木篤夫、大手拓次、長尾素枝。注目すべきは口語俳句（短唱）として白秋「蕗の薹」二〇句、蘿月「第一人集」二六句があり、また別欄に「口語歌」（行分け）として純「短歌数篇」二五と矢代東村「小さな馬車」二五首がある。

右のように、これだけ多くの個性ゆたかな歌人が集まり、纏って一旗揚げることができたのは、幸いにもいくつかの要因が重なったからであろう。

まず背景には時代のデモクラシー志向があり、震災後の気分一新という気運があったであろう。そして歌人たちそれぞれの中に、結社意識に囚われない自由な新しい雑誌を出そうという共通の願いがあったからであろう。そのかげには「アララギ」の隆盛と中心にある島木赤彦への批判や反感がある。さらに震災によって発行不能になった諸雑誌の便乗気分もあったかも知れない。だがそれだけではない。前田夕暮の積極性や石原純の革新意識も強く働いたには違いないが、運動体として作用するにはやはり強力な指導力が必要である。その役割を果たしたのが北原白秋にほかならなかった。

三木卓がその著『北原白秋』で紹介している白秋と鎌田敬止（事実上の編集者）とのやりとりは「日光」誕生の決定打となる会話である。「しかし『俺を大将にしなけりや出馬しないぞ。』と笑つたら「そりや大将にしますとも、大威張。」と鎌田も笑つた。なかなか煽て方がうまいのだ。」（白秋「日光の思ひ出」）

こうして生まれた「日光」であったが、第一年は無事に過ぎたかの感があるが、実は目立たぬところで少しずつ軋みが生じてくる。各号の巻末にある「日光室」は主要同人が思い思いのことを書くいわば拡大編集後記のようなものだが、これが号を追うに従って寂しくなる。九月号までは毎号八、九人の執筆があったのに、十月、十一月は四人に減る。誌面にどことなく不安な兆候が漂う。

・「アララギ」の地力

一方、「日光」の創刊は「アララギ」には大きな衝撃を与えた。先年来、赤彦と論争を重ねていた、いわば反「アララギ」の白秋や夕暮たちと、いかに疎遠になっているとはいえ、有力な古参会員であった純、千樫、迢空の三人が「アララギ」に背を向け、彼らと行を共にするのは「アララギ」としてはおよそ許しがたい行為とみなされたに違いない。同年五月号の「編輯便」に赤彦は書く。

「石原純氏、古泉千樫氏、折口信夫氏は今回日光同人に加つて、雑誌『日光』を出すことになつた。これは自然の成り行きとも思ふが、多年同行の道程を顧みて感慨が深い。切に健在を祈る。三氏を中心としてアララギにゐた会員諸氏は、この際矢張り『日光』に行くのが本当であると思ふ。遠慮なくお決め願ふ。」

慎重な筆致だが、要するに反乱分子への訣別の辞である。折から五月には赤彦の『歌道小見』が刊行された。小冊子ながら当時の作歌マニュアルとしては文章は緊密、構成も簡明な名著といってよいであろう。また七月には作歌研鑽の合宿訓練の場ともいうべき「アララギ安居会」が上諏訪で開かれた。複数の有力会員の「日光」参加という「アララギ」はじまって以来ともいうべき屈辱を味わう反面、却って赤彦を囲む「アララギ」会員の結束もまた固められたというべきであろう。

なお『歌道小見』の反応としては「アララギ」十月号に掲載された田辺元の「歌道小見を読む」に

注目したい。哲学者の文章だけに慇懃かつ難解だが、同著について高い評価を与えた上でなおいささかの疑問を発している。これに対し、十二月号には赤彦の「田辺元氏の「『歌道小見』を読む」についいて」が出る。

田辺は「全心の集中と表現の直接」が歌の第一義とする赤彦の説に賛意は表しながらも「写生」に執する赤彦への疑問を次のように述べる。

「写生といふ概念が客観的自然に対する関係を多分に含意するの余り、主観的精神の秘奥を表現する道を表はすに充分適しない所がありはしないか」と問う。例としてセザンヌの画は写生道を発揮したと言えるが「ジョットーの画の如きものに写生といふことを不自然なく適用し得るであらうか。私にはそれが少し無理なやうに思へる」と言う。写生は「自然の秘奥」の表現にはすぐれていても「人心の秘奥」の表現としては「充分意味を持たぬやうに思ふ」とし、「底知れぬ我が心の奥底を凝視して、そこに宿る無限の不可思議を摑み出さんとする要求は写生といふ如き途に由つて満たされるであらうか」と疑う。さらに「官能」を排する赤彦の理解の狭さをそれとなく戒め「近代西洋の象徴詩が、徹底せられた官能的表現の底に測り尽すことの出来ぬ心霊の秘密を湛へ、これに由つて詩歌の領域に高い位置を占める」ことを思うべしとする。

赤彦は田辺の誠実な読後感に謝意を表しつつも、「写生」の絶対性を繰り返す。田辺との差異は「写生」の意味の広狭にあり、「田辺氏は写生を狭義に解し、小生は広義に解せんとして」見解の相違が生まれたとし、ジョットーの宗教画も「仮りにこれを歌に移し得るとしたならば同じく写生の歌である。」とかなり強引な見解を押して譲らない。『歌道小見』は田井安曇によれば「ようやく円熟した赤彦が、大正歌壇を「支配」しきった大家として書いたものであ」り「戦闘性は既にない。文体はやさしい、が、論旨そのものはいささかも譲っていない」。その赤彦を「やんわりと…たしなめ」たのが当時三十九歳の田辺元なのであった。

ついでに余分なことを言えば、ジョットーをも写生の歌と強弁する赤彦はいったいその画を複製面であれ何であれ、どの程度見たであろうか、と思う。「白樺」の人々はかなり西洋絵画を見ているし「アララギ」でも斎藤茂吉をはじめ西洋の絵画からの影響は確かにある。が、セザンヌはともかくジョットーがどれほど一般に見られたか。しかもカラーはごく一部で、多くはモノクロの写真版のはずである。当時ヨーロッパにいた茂吉でさえ苦労してジョットーを見ている。(ジョットーと茂吉については、岡井隆の近著『「赤光」の生誕』に「マグダラのマリア」についての精細な言及がある)。セザンヌはともかく、大正期の日本では無理ではないか。あの一行は赤彦、勢いで書いてしまったように思えてならない。

・岡本かの子の「桜」百首

震災の余燼なお収まらぬ東京、その東京で「桜」の歌百首を詠むよう、「中央公論」の名編集長滝田樗陰は岡本かの子に依頼した。かの子は七年二月に第二歌集『愛のなやみ』を刊行してすでに六年、「青鞜」などに歌は発表していたが、やや控え気味であった。かの子はまず上野へ出かけた。依頼を受けて一週間、みごとに百首を詠みあげた。ところで有名な「桜ばな命一ぱいに咲くからに生命をかけてわが眺めたり。」だが、これは百首の冒頭歌としていろいろな本には書かれているが、それは十四年五月に刊行された歌集『浴身』に入れられた時の姿で、初出の「中央公論」四月号（春季特別号）では第八十二首目に置かれている。因に冒頭の歌は「うつらうつらわが夢むらく遠方の水晶山に散る桜花。」である。歌の末尾にすべて句点（マル）が打たれているのもおもしろい。塚本邦雄をはじめ、この一連を激賞する評者は多いが、私は必ずしも同調しない。以下のように首を傾げる歌が少なくない。これらの次にかの「桜ばないのち一ぱいに」が続いている。ここにある十首、数を揃えるための粗雑な歌としか思えない。しかも「金もふけんと」とある。『浴身』では「金もうけむと」と改めているが、正しくは「金まうけむと」であろう。また「おみな子」はそのままである。かなづかいには鷹揚な人だったのであろう。

　桜（抄）　岡本かの子

桜桜さくら描《えが》きておみな《（ママ）》子も金もふけん《（ママ）》とおもひ立ちたり。
おみな子の金もふくるを笑はざれ日本《にっぽん》のさくら震後の桜。
日本《にっぽん》の震後のさくらいかならん色にさくやと待ちに待ちたり。
金ほしきおみなとなりて眺むれど桜の色は変らざりけり。
金ほしき今年の春のおのれかもいやうるはしと桜をば見つ。
このわれや金とり初めつ日の本の震後の桜花《はな》の真盛りの今日。
停電の電車のうちゆつくづくと都の桜花《はな》をながめたるかも。
桜さく頃ともなればわきてわが疲るる日こそ数は多けれ。
かろき疲れさくらさく椽にかかりそめの綻もわがつくろはずけり。

しばたたきうちしばだたき眼を病めるわれや桜をまともには見ず。（「中央公論」4月号）

・諸歌人の動向

旅を続けている釈迢空は後年代表作とされる歌を「日光」や「改造」に発表している。同月、中村憲吉『しがらみ』、松村英一『やますげ』が出た。信州の土屋文明は、長野県木曾中学校校長への転任を不服として辞職、上京して法政大学予科に勤めることになった。五月、与謝野晶子『流星の道』、四賀光子『藤の実』が相次いで刊行された。六月、「種蒔く人」に替わって「文藝戦線」が創刊した。八月二十七日、古泉千樫が喀血する。木下利玄の健康状態も思わしくない。同じ頃、三ケ島葭子は脳出血で倒れ、心臓も不調である。「日光」の危機は、同人の病気という面からも迫ってきた。十月に渡辺順三『貧乏の歌』、十二月、会津八一『南京新唱』が出た。

ヨーロッパにある斎藤茂吉は、四月にドナウ川の源流を訪ねた。五月には論文が完成、十月に医学博士の称号を得て帰国の途についたが、十二月三十一日、船中で青山脳病院全焼の報せを受けた。

大正十四年 1925

土屋文明著

平福百穂装幀挿畫

アララギ叢書第二十編

近刊

歌集 ふゆくさ

四六版端麗本
定價未定
送料書未定

これはわが文明君の處女歌集である。左千夫先生の家に起臥してより十數年を經て處女歌集を出すのは君の自重性と恬淡性とが之を然らしめたのである。大凡アララギのうち、文明君の歌の如く外が落ち著いて地味で内に閃くものを藏するものは少ないであらう。内に閃くものがあるゆゑ形の地味は單なる地味ではなくて、そこに常に深い命の香ひが動いてゐる。君の歌は又アララギの中にあつて其の姿が類ひなく自然である。その自然は常に寫生に徹して到達する自然であるから其の何れもが實に清新である。以上は恐らく小生の一家言であるまい。今回これを一卷の歌集に纒めたならば君の特長は更に鮮明に我々の心に印せられるであらう。それを小生は待ち望んでゐるのである。謹んで大方に告げて清鑒を冀ふ。(赤彦生)

發行所 東京市外西大久保四五九 古今書院 振替東京三五三四〇番

島木赤彦著

アララギ叢書第八編 再刷出來

歌集 氷《ひ》魚《を》

平福百穂畫伯装幀口繪
森田恒友畫伯挿繪
四六判三六三頁、八五〇首
定價二圓五十錢、送料十八錢

赤彦君は「寫生」の實行に徹せむがために、地味で敬虔でそして勇猛な歩みを續けた。「切火」一卷以後はその歌が恐しく深みと眞實の度を高めて行つて、もう、なぐさみごとではなくなつた。座談の材料に適當なやうなものではなくなつた。それから、評判に浮かれるやうなものではなくなつた。彼の歌はさういふことに使ふには少し手厳し過ぎるであらう。けれども、この世の眞に生き、この世の眞に味ひ、眞に思ひ眞に悩み悲しむ人々のために、彼の「氷魚」一卷は、一種沈厳なる光明を投ずるに相違ない。小生はこのごろ幾たびも赤彦君を促して「氷魚」一卷を編ましめた。寂しく明暮らしてゐる小生は、自ら其を讀んでみたくなつたからである。それゆゑ小生は自ら「氷魚」の廣告文を書かうと思ふ。『氷魚はいい歌集である。多くの人がそれを讀まれむことを願ふ』(茂吉)

島木赤彦著

アララギ叢書第十六編 歌道小見

四六判二五〇頁 定價一圓五十錢
總布表裝函入 送料書留十五錢

中村憲吉著

アララギ叢書第十七編 歌集しがらみ

四六判二五〇頁 定價一圓八十錢
總布美裝函入 送料書留十七錢

發兌 東京神田南神保町 岩波書店 電話四谷五八七〇番 振替東京二六二四〇番

・茂吉帰国

前年十二月二十九日深夜、青山脳病院が失火によってほとんど全焼した。この火事については山上次郎『斎藤茂吉の生涯』（文藝春秋　昭49）をはじめ、斎藤茂太、北杜夫らの文章によって詳細を知ることができる。夫人とともにすでに帰国の途についていた茂吉は、船中でその悲報を聞く。「おどろきも悲しみも境過ぎつるか言絶えにけり天つ日のまへ」など悲痛な歌を詠み残している。神戸港には中村憲吉らが迎えに出た。茂吉が灰燼に帰した病院跡に着いたのは一月七日であった。次のような歌を詠んでいる。

焼あとにわれは立ちたり日はくれていのりも絶えし空《むな》しさのはて
ゆふぐれはものの音《と》もなし焼けはててくろぐろとよこたはるむなしさ
かへりこし家にあかつきのちやぶ台《だい》にほのぼの（ママ）の香する沢庵を食《は》む
家出でてわれは来《こ》しとき渋谷川《しぶやがは》に卵のからがながれ居にけり
うつしみは赤土道《はにみち》のべの霜ばしらづるるを見てうらなげくなり（「アララギ」4月号）
うつしみの吾《わ》がなかにあるくるしみは白《しら》ひげとなりてあらはるるなり
焼あとに掘り出す書《ふみ》はうつそみの屍《かばね》のごとしわが目のもとに
あわただしく手にとれる金槐集《きんくわいしふ》は蠹《しみ》くひしまま焼けて居りたり

やけあとにあたらしき家たちがたし遠空《とほぞら》をむれてかへるかりがね（「アララギ」5月号）（抄）

なお右の「かへりこし」の歌の「ほのぼの」は「ほのほの」の誤植であろう。歌集『ともしび』には「火焔」と漢字を宛てて収録している。『作歌四十年』で茂吉は卵のからの歌を古泉千樫が褒め、白ひげの歌を島木赤彦が褒めてくれたと記し、また『金槐集』は貞享本で書き入れもある貴重書で、この焼失については「涙も出ないわけに行かぬではないか」と痛哭のさまを記している。

傷心の斎藤茂吉が病院再建に奮闘を開始した頃、前年来話題を呼んだ新雑誌「日光」ははやくも危機を迎えようとしていた。夕暮の『緑草心理』『原生林』、千樫の『川のほとり』、利玄『立春』、迢空『海やまのあひだ』など同人の歌集も相次いで刊行され、これらによる充実感はあるが、それは表面上のことで経営面では資金の回転が滞り、三月・四月ははやくも合併号にせざるを得ない状況となり、六月から発行編集人を醍醐信次として状況の打開を図ったが好転せず、アルスへの身売りの話も崩れ、十一月は休刊、十二月号は八ページのパンフレットで急を凌ぐありさまであった。

しかも作品面の大きな支えであった木下利玄の病状（肺結核）は前年来著しく進み、遂に二月十五日に三十九年の短い生涯を終えることになる。利玄の死は創刊一年を迎え、不穏な空気を内蔵する「日光」同人たちにとって、心理的に大きな打撃となったことは疑いない。以下は「改造」三月号に発表された利玄の「夕靄」十二首のうちの四首だが、利玄はこの歌の活字に組まれた姿を見ずに世を去ったことになる。

山畑に満開すぎし梅の花黄ばみ日に立つ夕靄ごもり
寂しさを思ひ開きて枕辺の草花鉢を私《ひそ》かに愛《め》づる

夢うつゝに落ちゐし厳しき怖ろしさ覚むればしづけき深夜《ふかよ》こほろぎ
紅葉《こうえふ》の重なりふかみ夕日かげ透りなづみて紅《あか》よりも紅《あか》（「改造」3月号）

・茂吉・赤彦の競作

斎藤茂吉が帰国したのを機に「アララギ」は石原、古泉、辺空らの去った傷跡からはやくも立直る気配を見せた。

茂吉は病院の再建に難渋しながらも、精力的に作品活動を始め、五月には出版社の勧めに従って木曾へ旅に出、多くの作を生んだ。島木赤彦もこれに呼応し、茂吉を追って木曾に入り、競作のようにして歌を詠んだ。茂吉の歌は「改造」五月号から九月号にかけて連載一三七首、赤彦の歌は同十月号に四十四首が相次いで発表され、作品をもって「日光」に反撃する形となった。この競作は茂吉赤彦ともに充実した力作で、大正歌壇史の大きな収穫と言ってよいであろう。のちに著名となった歌が多く含まれている。

茂吉は「慈悲心鳥」を心をこめて詠み、とくに「さ夜ふけて慈悲心鳥のこゑきけば」が著名となった。自註（『作歌四十年』）では「慈悲心鳥は十一鳥ともいい、ジッシーンと啼く。このこえは切実で、仏法僧鳥とはまた別趣の味いである。そうして夜鳥のこえは鶯のごとき光明にむかう性質でなくて、闇黒にむかって沁み徹るような性質におもわれる」と言っている。「闇黒にむかって」という認識が茂吉独特で、充実感のある連作である。赤彦の歌は一月遅れの十月号に出たが、赤彦本人も記している通り、やや茂吉に押され気味の感はある。ともあれ大正期「アララギ」の到達を示す両作であることは疑いない。

10　木曾氷が瀬　其の二（抄）　斎藤茂吉

細谷《ほそたに》のすがしきみづに魚《いろくづ》の命《いのち》とりたりと思ひつつ寝し
山水《やまみづ》にねもごろあそび居りぬらむ魚《うを》のいのちを死なしめにけり
慈悲心鳥《じひしんてう》ひとつ啼くゆゑ起きいでてあはれとぞおもふその啼くこゑを
あかねさす昼のひかりに啼かぬ鳥慈悲心鳥を山なかに聞け
木曾山《きそやま》に夜は更けつつ湯を浴むと木の香身に沁む湯あみ処《ど》に居し
初夏の山の夜にして湯に沾《ひ》でし太き蕨も食《を》しにけるかも
さ夜ふけて慈悲心鳥のこゑきけば光にむかふこゑならなくに
啼くこゑはみじかけれどもひとむきに迫るがごとし十一鳥《じふいち》のこゑ
二《ふた》ごゑに呼ばふ鳥がね聞こえつつ川の鳴瀬《なるせ》の耳に入り来も
ぬばたまの夜の山よりひびきくる慈悲心鳥をめざめて聞かな
まぢかくの山より一夜《ひとよ》きこえ来し慈悲心鳥は山うつりせず
ほがらかにこゑは啼かねど十一鳥《じふいち》のおもひつめたるこゑのかなしさ（『改造』9月号）

氷ケ瀬に泊る（抄）　島木赤彦

雲下る真木山並《まきやまな》みの谿にして我は宿らむ夕ぐれにけり
谷なかに檜木《ひのき》づくりの小家《こや》一つ心静まりて我は眠らむ
谷川に米を磨《と》ぎたる宿の子の木の間がくりに帰り来るなり

仏法僧鳥《ぶつぽふそう》啼く時おそし谷川の音の響かふ山の夜空に
谷川の早湍の音をうち乱し夜風ぞ騒ぐ雨来るらむか
谷川の早湍《はやせ》のひびき小夜ふけて慈悲心鳥《じひしんてう》は啼きわたるなり
朝あけて檜《ひ》の木《き》の山の木のまより上《のぼ》るものあり雲にかもあらむ（『改造』10月号）

・土屋文明『ふゆくさ』への評

またこの年二月、土屋文明の第一歌集『ふゆくさ』が上梓され、「アララギ」に学生時代からの友人芥川龍之介と斎藤茂吉が批評を寄せている。親友への忌憚のない、なかば諧謔を交えた文章がおもしろい。少し長いがあえて掲げることにする。「入らざる名前」などと引き合いに出されている藤沢古実が気の毒である。また同時に掲げられている茂吉の『ふゆくさ』評も考えさせられる。若き日の文明の意気軒高たる発言が書き留められている。「作歌する熱心の度に時々むらがあつて」とか、土屋君は「短歌の形式に安住することが出来ない」などの発言は当時の茂吉の文明観として注目すべきものである、と思う。

「ふゆくさ」読後（抄）

芥川龍之介

僕等第三次「新思潮」の同人中、まづ先に一家の風格を成したものは菊池寛でも、久米正雄でも、山本有三でも、豊島与志雄でもない「ふゆくさ」の作者土屋文明である。「牧場の兄弟」以前の久米の作品「女親」以前の山本の作品「恩人」以前の豊島の作品等はいづれも大正二三年頃の土屋の作品ほど完成してゐない。況や菊池や僕などは土屋が「山上相聞」や「白楊花」の連作を作つてゐた時にも、まだ暗中模索の境から殆ど一歩も出づにゐたものである。

僕は当時土屋文明と誰か若い歌人の歌を論じ合つたことを覚えてゐる。土屋はその時僕の為に、東洋的抒情詩を対象とするや、如何に僕の鑑賞眼は幾多の誤差を生ずるかと言ふことを、――つまり談一たび歌に及ぶや、如何に僕は莫迦になるかと言ふことを頗る雄弁に説明した。僕が今日柿本人麻呂とか乃至は藤沢古実とか言ふ、入らざる名前を覚えるやうになつたのは一にその老婆心切なる土屋の説明のおかげである。（略）（「アララギ」大正14年2月号）

「ふゆくさ」小評（抄）

斎藤茂吉

明治四十二年から大正十三年まで約十六年間に三百幾十首といふ歌の数は、歌人としては非常に寡作の方である。それは、土屋文明君は作歌する熱心の度に時々むらがあつて、平等に進まなかつたためである。中学校の少年で蛇床子と号して新鮮な抒情歌を発表して居た土屋君は、高等学校に入つてからも、大学にゐた頃も、時折『短歌は所詮小藝術に過ぎない。』『短歌では到底近代人の心を盛ることは出来ん。』などと唱へて、当時にあつては何も彼も短歌で片付けてしまはうとしてゐる僕などを驚かしたのであつた。ある時は僕も赤くなつてさういふ土屋君の説に対抗したこともある。そんなことが今おもひ出されるのであるが、それでも土屋君は全く作歌を罷めてしまはずに短歌入門を書いたり、短歌に於ける写生の道を説いたり、万葉集輪講に加はつたり、選者としてはずつと変ることなく骨折つたのである。ただその間、作歌の熱心の度にむらが多かつたのである。

なぜ土屋君は短歌の形式に安住することが出来なかつたか、おそらく今でも安住することが出来ないに相違ない。それは多量の天分があつて、散文の方面にも、それから西洋文学の方面にも同じやうな価値観を以て心の向くがためであると僕はおもふ。（略）

この三朝《みあさ》あさなあさなをよそほひし睡蓮の花今朝はひらかず

日だまりの赤土《あかつち》がけの崖の下ふゆくさ青き泉にいでぬ

砌べの蒡草《はぐさ》となりこぼれたりわびて庵《いはり》すわれならなくに

茂りあふ草のもろ葉をしひたげて秋づく日影照れるひととき

丘の上のまばら榛の木秋ざれて騒く夕をゆく人もなし

是等の歌は直接の恋愛歌ではないが、やはり恋愛に通ふ心を歌つた抒情歌であつて、一首の底を流るる悲哀の味は、万葉歌人のあるものに相通じてゐる。ただそれよりも繊くて且つ細かい。これは近き頃の詩人の通性と看ていい。実朝、真淵・魚彦・元義あたりの万葉調は大どかで強くて調高くと目差したところがある。竹の里人・長塚節あたりになると、もつと細くて必ずしも調高くとは目差してゐない。それから、土屋君の是等の抒情歌を類を万葉集に求めるならば万葉後期の歌人（家持等）の佳作に見出すことが出来るであらうか。（以下略）（「アララギ」大正14年10月号）

・「アララギ」安居会

そして七月には第二回アララギ安居会を比叡山で開催。六月号に案内が出ている。現在の各結社の全国大会と共通する部分もあるが、一、二当時の「アララギ」ならではと思われるところもあるのでその要項を摘記する。

第二回安居会

期　日　七月二十九日より八月二日まで五日間。
場　所　京都比叡山山上宿院。
人　員　百人（アララギ会員に限る）。
行事大要　午前四時起床。午前中万葉集及万葉集系統歌其他講義講話。午後歌評会。夜歌話。夜九時就寝。
会　費　十二三円（六泊五日間宿泊食費其他）。
申　込　七月十日迄に申込金三円を添へてアララギ発行所宛申込むこと。申込金安居会費内に入る。
雑　件　会員は七月二十八日日没に会場に到着すべし。規制厳守。酒類禁断。会期中火急用の外下山を禁ず。女人のために別室準備あり。講義講話は岡麓、平福百穂、斎藤茂吉、中村憲吉、土屋文明、島木赤彦之に当る。（「アララギ」大正14年6月号）

「夜九時就寝」とか「酒類禁断」「会期中火急用の外下山を禁ず」などリゴリスティックな規定が明記されているところなど、まことに大正「アララギ」的で、現今のように、酒がつきもののような大会とはおおよそ空気が違う。

そのほかの動きとしては改造社の自選歌集シリーズが軌道に乗り、四月に斎藤茂吉『朝の蛍』、五月に島木赤彦『十年』木下利玄『立春』中村憲吉『松の芽』、九月に与謝野晶子『人間往来』、十月に前田夕暮『原生林』土岐善麿『空を仰ぐ』古泉千樫『川のほとり』、十二月に窪田空穂『槻の木』と矢継ぎ早に刊行され、これらはやがて改造文庫に組み込まれる。また十月から正宗敦夫・与謝野寛・晶子共編『日本古典全集』の配本が開始された。古典の普及の上でこの全集の果たした役割は大きい。ここで大正八年の項にも記したが、短歌に対して積極的になった改造社とその社主山本実彦についてあらためて記しておきたい。

・改造社・山本実彦のこと

改造社は大正八年四月、山本実彦が創業、雑誌「改造」を創刊し、第一次大戦後の社会問題、労働問題などに革新的な論文を多く取り上げ、「中央公論」と並ぶ総合雑誌として高い声価を得た。

山本は鹿児島県川内市の生まれ、郷里の先輩を頼って上京、「やまと新聞」など新聞記者を振り出しに、やがて東京市会議員に当選、政治家、事業家として頭角を現わした。「改造」は大正デモクラシーの波に乗って部数を伸ばし、とくに賀川豊彦「死線を越えて」は空前のヒットとなった。山本は海外からサンガー夫人、アインシュタイン、ラッセル、タゴール、バーナードショウらを招いて各地で講演会を開くなど多彩に活動、関東大震災の後の不況期には『現代日本文学全集』を発刊、いわゆる円本時代を開いた。

「改造」に短歌が載り始めたのは大正十一年六月号の若山牧水「山桜の歌」が最初で、十三年の九月からはほとんど毎号一、二名の掲載が見られる。特に十四年五月の斎藤茂吉「童馬山房雑歌」一三五首が好評を得、続いて茂吉・赤彦の競作などが話題となり、書籍部門の『現代代表自選歌集』シリーズの誕生を見ることになる。

この企画については山本自身が興味深いエピソードを記している。大正十二、三年頃、山本が芥川龍之介と夕食をともにしていた時、芥川が斎藤茂吉が帰朝したら茂吉に小説を書かせよと提案したという。芥川は『赤光』以来、茂吉を高く評価してきた人だが、山本には初耳だったらしい。以後山本は茂吉に着目し、小説を書かせることはできなかったが、「現代短歌叢書」を始め短歌関係の企画を次々に打ち出すことになったという。（山本実彦『小閑集』）

昭和に入ってからは、昭和六年十月から『短歌講座』全十二巻を刊行、その完結後、七年十月から「短歌研究」を創刊、さらに翌年三月から「俳句研究」を創刊、十二年からは『新万葉集』全十一巻の大企画を打ち出した。この改造社も戦時中の弾圧には抗し切れず十九年七月には事実上の廃業に追い込まれる。

大正期としては末年だったが、以後昭和戦前にかけて、山本実彦と改造社は、出版事業を通して近代短歌・俳句を支え、基礎を培った功労者である。編集には大橋松平、大悟法利雄、大悟法進らが当たり、また俳句には菅沼純治郎、石橋貞吉（山本健吉）、伊沢元美らが当たった。

・諸歌人の動向

一月、与謝野晶子『瑠璃光』、前田夕暮『緑草心理』、土岐善麿『鶯の卵』（漢詩和訳）、既述のように二月十五日、木下利玄が亡くなり、七月に『木下利玄全歌集』が出た。四月、大熊長次郎『蘭者侍』、岡本かの子『浴身』、十一月、島木赤彦『万葉集の鑑賞及び其批評』が刊行された。

西村陽吉と渡辺順三は五月に「藝術と自由」を創刊した。西村年来の口語歌を中心としながらも、口語に限らず「詩歌の革新と自由を目指す」ものとし、花岡謙二、中村孝助らが参加した。翌年には新短歌協会を結成する勢いがあったが内部の意見対立によってまもなく分裂、渡辺らは後に新興歌人連盟を結成する。

この年四月、治安維持法が公布され、言論・思想弾圧は一層強化されてゆく。

大正十五年 1926

アルス名歌選

◇互選の新形式によれる大叢書◇

第一編 若山牧水選集・前田夕暮選 定價壹圓 送料四錢
第二編 前田夕暮選集・若山牧水選 定價壹圓 送料四錢
第三編 與謝野晶子選集・吉井勇選 定價壹圓 送料四錢
第四編 吉井勇選集・與謝野晶子選 定價壹圓 送料四錢
第五編 島木赤彦選集・中村憲吉選 定價壹圓 送料四錢
第六編 中村憲吉選集・島木赤彦選 定價壹圓 送料四錢
第七編 正岡子規選集・齋藤茂吉選 定價壹圓 送料四錢

◇明治大正に亘る歌壇の寳玉集◇

東京小石川表町一〇九 アルス 電話小石川三五七〇 振替東京二四八八八

アルス名歌選

◇各巻頭を飾る選者の長序論◇

第八編 伊藤左千夫選集・島木赤彦選 定價壹圓 送料四錢
第九編 北原白秋選集・齋藤茂吉選 定價壹円 送料四錢
第十編 齋藤茂吉選集・北原白秋選 定價壹圓 送料四錢
第十一編 窪田空穗選集・土岐哀果選 定價壹圓 送料四錢
第十二編 土岐哀果選集・窪田空穗選 定價壹圓 送料四錢
第十三編 長塚節選集・古泉千樫選 定價壹圓 送料四錢
第十四編 石川啄木選集・北原白秋選 定價壹圓 送料四錢

◇羽二重表紙菊半截の極美本◇

東京小石川表町一〇九 アルス 電話小石川三五七〇 振替東京二四八八八

・赤彦の死

年が明けて間もなく、体調不良を訴える島木赤彦に対し、医師の深刻な診断が下った。赤彦に近く、諏訪在住の森山汀川は主治医の伴医師から赤彦は胃癌であり、重篤な状態であると聞き、すぐにそれを斎藤茂吉に報せている。茂吉は友人の神保孝太郎医師や佐藤三吉博士に診察を依頼するなど、さまざまに尽力するが赤彦の病勢は衰えず、癌は肝臓に転移し、三月には黄疸のような症状を呈し、下肢にも浮腫が生じるに至る。そして二十七日、遂に世を去る。

隣室に書《ふみ》よむ子らの声きけば心に沁みて生きたかりけり

信濃路はいつ春にならん夕づく日入りてしまらく黄なる空のいろ（「アララギ」4月号）

わが家の犬はいづこにゆきぬらむ今宵も思ひいでて眠れる（「アララギ」5月号）

この前後のことを具さに記した茂吉の「島木赤彦臨終記」は友情溢れる名文として名高い。

赤彦の死は「アララギ」会員はもとより、歌壇全体に大きな衝撃を与えた。「アララギ」は十月号を「島木赤彦追悼号」とし、五九六ページの大冊をもって弔意を示した。そこには主治医の伴鎌吉、診察をした神保孝太郎の所見がともに綿密に記されている。執筆者は徳富蘇峰、佐佐木信綱、西田幾多郎、阿部次郎、和辻哲郎、芥川龍之介など、錚々たる顔ぶれで、故人の大きな存在感が十分に窺える。中で異色と見えるものを二つだけ記しておきたい。

改造社社長の山本実彦は次のように記す。

「赤彦は「アララギ」派の短歌を民衆的となすことに苦心した。大正十四年初頭「改造」が短歌欄を設け劈頭第一に氏の短歌を徴したとき氏は相恰《ママ》をくづして喜んでくれた。（略）氏は狭い道を深く歩いた人だ、そして其好みも割合に狭かつたが、而し短歌に対する努力、真剣さ、腹の底から剔り出さるるやうな感詠は何人をも強く打ち、そしてヒシヒシと迫る力があつた。要するに氏は短歌と共に終始した、短歌に対して全人格であつた。（略）」

「短歌に対して全人格であつた」と赤彦の真摯な態度や実績を評価賛美する一方、そのあとに「唯だ氏の晩年には（略）総じて近代人の生活内容の盛られたものはなかつたといつてよい。もし赤彦に世界のひろびろとした旅をさせたならば、彼の人生観なり藝術観なりに一転機を画し、ひいて短歌の形式や内容やに一大革命を齎らすものがあつたと思はれるが」と加える。一大革命云々はともかく、赤彦論として見るべきものを見ているジャーナリストの眼が感じられる。

　また田辺元の次の言葉も意味深く、短歌の世界のものとして傾聴に値する意見ではないか。田辺は、赤彦『太虚集』の「諍ひを我に止めよといふ人あり自らにして至る時あらむ」の歌について「従来藝術作家が相異なる流派の間で口汚く嘲罵しあふのを苦々しく思つて居た私（田辺）が」手紙で赤彦に「多少シツツコ過ぎはしないか」と書いたのに対して、この歌を返事に書いて寄越したという。そこでこれについての田辺の解が次のとおりである。

「氏は当時にあつて、その論争が止むを得ぬものなること、併しおのづから斯かる諍ひをしないでいいやうな時が来ることを期し、その時を待つて貰ひたいといふ心持を述べられたものと解せられる。さて、諍ひをしないでいいといふのには、相手とするものが自らその非を悟り、当方の立場に帰順するからといふことも考へられるけれども、また当方が全く他と水平面を異にする高い立場に超脱して、他の云為などは全く意に介せなくなる為めといふことも考へられる。私は島木さんの意味せられたのは前の方でなく、後の方であると信じて居る。右の歌は氏が自己の心境のいつか超脱の域に達せられる日を約束せられたものであると解して、私は斯かる日の来ることをひそかに待ち望んで居たのである。噫、併し遂にその日は永久に来ることがなくなつてしまつた。」

田辺の見方はやや好意的に過ぎ、楽天的で現実味が薄いと私には思われるが、やはり赤彦への友情が言わしめているのであろう。田辺のいう「口汚く嘲罵しあふ」歌壇の悪弊は、赤彦の死後衰えるどころか、むしろ斎藤茂吉によってさらに激しさを加えて行くことは周知のことである。田辺はどういう思いで見ていたであろうか。この年六月、石榑茂が「短歌雑誌」に「転換期の「アララギ」」を発表、これに対する茂吉の駁撃が開始され、昭和に入ってからはますます激越な調子となる。

五月、「アララギ」の発行編集人は再び斎藤茂吉となる。七月、亡き島木赤彦の『柹蔭集』が出る。

・「短歌は滅亡せざるか」

雑誌「改造」が七月号で「短歌は滅亡せざるか」という特集を組んだのも赤彦の死がきっかけになったことは疑えない。（釈迢空は、赤彦追悼会の帰り道に、自分が古泉千樫に語っているところを「耳の早い」改造社の山本実彦が聞きとめ、その企画になったと「近代風景」第三号に書いている。なおこの文章ははじめ「辻談義」として発表されたが、のち「歌の円寂するとき　続篇」と改題された）。

「改造」の特集には斎藤茂吉、佐藤春夫、釈迢空、芥川龍之介、古泉千樫、北原白秋が登場するが、「滅亡せざるか」の問いに正面から応えられるのは迢空をおいて他にはいない。茂吉と白秋はもちろん滅亡論を否定、千樫は楽天的な答え、佐藤春夫は「アララギ」への嫌悪感から滅亡側に与する印象、芥川は迷惑そうにどちらともとれる態度であった。このあと、白秋と土田杏村の間に論争が起こるが、それらの詳細は篠弘『近代短歌論争史』に譲る。総じてこの特集も含めて、赤彦という大きな存在の死によって、歌壇全体が行き詰まり状態にあり、何らかの変化への期待をあらためて確認する結果になったと言うことができる。

しかし改造社そのものは決して短歌が滅亡するという立場はとっていない。前年から「改造」に短歌欄を設けて著名歌人の作品を順次掲載してゆく一方、有力歌人六人（茂吉、赤彦、千樫、憲吉、迢空、利玄）の自選歌集を企画し、第一次に続いて翌年にはすぐに第二次六人（晶子、夕暮、善麿、白秋、空穂、牧水）を企画し、「改造」誌上に大きな広告を打っている。ということは第一次の成績が良かったからであろう。むしろ短歌界をバックアップするような気概も見せている。

・「アララギ」と「日光」その後

赤彦の死は「日光」創刊の時と同じく、「アララギ」会員の結束を固める効果はあった。茂吉を中心とする態勢が急速に整い、五月から編集発行人を斎藤茂吉とした。もちろん永年赤彦の強い指導力のもとに動いてきた「アララギ」である。とくに実務の中心にあった高田浪吉と藤沢古実と、新リーダーの茂吉との関係は、当初はいくらかギクシャクした面はあったようだが、次第に克服されていった。（山上次郎は事ありげにいろいろと書いているが、取り上げるに値するほどのことはない）。茂吉自身も四月には世田谷区松原に新病院が発足して精神的な安定も得られたであろう。新聞・出版からの原稿依頼にも積極的に応じる傾向になった。

一方「日光」は一月から主要同人四人（白秋、千樫、善麿、夕暮）の交替責任編集制となったが、内容が一新するほどのことはなく、資金難とともに内部の軋轢も目立つようになった。これらについては白秋の「日光の思ひ出」をはじめ各同人の回想記などに記されている。主要同人のうち、千樫は体調を崩し（翌昭和二年八月没）、三ケ島葭子は三月に死去、石原純は次第に他の同人から遠ざかる。この年は何とか十二冊を刊行したものの、その行き詰まりは誰の目にも明らかとなった。昭和二年に入ると「日光」は四月、七月を休刊、八月にはパンフレットを出し、白秋が主任となって新しい体制で編集にあたることになった。が表紙に「北原白秋編輯」の文字が掲げられたことから夕暮・庄亮系の会員が反発、夕暮、庄亮、川田順の歌が見られなくなる。結局状況は好転せず、昭和三年一月早々、「日光」は廃刊、同人は解散という結果となった。

・牧水の「詩歌時代」

ところで若山牧水は、空穂と同じように「日光」には参加しなかった。自らの始めた「創作」を一時長谷川銀作に編集発行を任せていたが大正十一年七月から本人の手に戻し、その編集発行に専念する決意を固め、居を沼津に定めてここに永住することを決意した。牧水には「日光」に参加する余裕は事実上なかったのではないか。またしばしば旅をして各地で短冊揮毫の会を開き、多くの資金を集めた。沼津にいたために震災の被害は少なかったが、ここで牧水の野心が頭をもたげる。詩歌総合雑誌「詩歌時代」の創刊を企てる。

詩、短歌、俳句を総合する雑誌、詩歌の広場を作りたい、それは学生時代からの牧水の夢であった。「日光」が当初の意気込みをよそにやや低迷状態にあることも牧水の心を駆り立てたことであろう。当時牧水が選をつとめていた新聞雑誌は数多く、その投稿はがきは月に万を数える状態であった、と伝える人もいる。これらをベースとすれば雑誌は成り立つ、と踏んだのであろう。年頭から詩歌各分野の有力者を尋ねて執筆方々協力を依頼した。相談を受けた友人の一人窪田空穂は自身の苦い経験（国民文学）を話して自重を勧めたが、牧水は従わなかった、と後に書いている。（「短歌研究」昭和33・2）

五月の創刊号には萩原朔太郎と窪田空穂の評論を巻頭に、詩は室生犀星、富田砕花ら十名、俳句は臼田亜浪、原石鼎、荻原井泉水ら十四名、短歌は古泉千樫、北原白秋、吉井勇ら十五名、散文詩は川路柳虹、百田宗治ら五名、童謡民謡は野口雨情、浜田広介ら六名といった堂々たる顔触れである。谷邦夫によれば創刊号は五千部印刷し、直接購読者（寄贈を含む）三二三四冊、千部を大売捌（現在の取次店）に納めたというが結果は思わしくない。内容は好評だったが、毎号欠損が続き、ついに十月号で廃刊となる。たしかに初刷五千は無謀としか言いようがない。

・白秋と「近代風景」

そして他方、北原白秋はこの年十一月、弟鉄雄の経営するアルスから詩を中心とする新雑誌「近代風景」を創刊する。内紛続きで思うように行かない「日光」に嫌気がさしたのであろうか。あるいは落ち目の「日光」をはやくも見限ったのであろうか。詩が中心とは言っても、小説はもちろん、音楽（山田耕筰・服部龍太郎）や映画（野溝七生子）の欄を設けているのは白秋の創案であろうか。あるいは出版社アルスの意向も入っているのであろうか。「日光」にはない先進性が感じられる（短歌は第三号から登場する）。

なおこの「近代風景」には二頁にわたって「アルス名歌選」全十四巻の広告が出ている。十四巻は若山牧水、前田夕暮、与謝野晶子、吉井勇、島木赤彦、中村憲吉、正岡子規、伊藤左千夫、北原白秋、斎藤茂吉、窪田空穂、土岐哀果、長塚節、石川啄木というメンバーでそれぞれ互選による編集というところに新味を出している。つまり牧水・夕暮、晶子・勇、赤彦・憲吉、茂吉・白秋、空穂・哀果という組合せで、故人の子規は茂吉が、節は千樫が、啄木は白秋が選ぶことになっている。先年来、改造社の自選歌集の勢いに対抗する意図であろう。改造社版が定価二十銭であるのに対し、アルスは定価一円ながら装幀などに粋をこらし造本の美しさも加えて対抗しようとした。ともあれ「日光」や「詩歌時代」の失敗や「短歌雑誌」の衰退を見ながら、「改造」に短歌欄が出来たり、改造社やアルスから右のようなシリーズが生まれたり、短歌がある程度の市場性をもつに至ったことは、短歌史の上で大きな意義があると言ってよい。

・空穂「槻の木」創刊

窪田空穂は二月に「槻の木」を創刊した。空穂に学ぶ早稲田大学の学生たちがはじめたもので、前年に改造社から出た空穂の自選歌集「槻の木」（雑司ケ谷の空穂邸内に槻の若木がある）に因む。稲森宗太郎、染谷進、都筑省吾、尾崎一雄、山崎剛平らが中心。空穂系の雑誌としてはすでに「国民文学」「地上」があるが、学生たちにはやはり自分たちの雑誌を持ちたいという欲求があり、空穂自身も早稲田をバックに自由な発表の場をもとうという気が動いたのであろう。続いて三月、空穂は歌集『鏡葉』を出す。これまでの自然主義的な作風から一歩踏み出た広い世界が展開する。

・諸歌人の動向

古泉千樫は一月、帝国水難救済会を退職、四月に旅先で喀血。五月に大熊長次郎らと青垣会を結成したが病勢は進み、翌昭和二年八月に死去する。

中村憲吉は、父の隠居により家督を相続、四月に大阪毎日新聞社を退職し郷里に帰住することになった。

六月、松田常憲『ひこばえ』、十月、岡麓『庭苔』が出た。

十二月二十五日　大正天皇が亡くなった。

終わりに

大正期の新聞雑誌を片端から読み、私の記憶にある歌、はじめて読む歌（むろんこのほうが圧倒的に多い）行きつ戻りつしながら選んで行く作業がようやく終わった。資料は主として国会図書館、日本近代文学館、早稲田大学図書館の蔵書を頼り、時には地方の図書館や個人の記念館などに再々協力していただいた。古い雑誌には欠号が多く、しばしば立ち往生を余儀なくされた。確かめるべきもので、なお未見の雑誌は幾つもある。掲載したいと思いながら紙幅の関係で割愛した歌、そして記しておきたい人の動きなど、顧みて不備なところは限りなくある。が、それは他日を期すこととして、定められた時にしがたって線を引かざるを得なかった。

大正期の歌壇を通覧して論評することは多くの専門家にまかせ、私は実作者として、また資料整理者としての感想をいくつか記すに止めたい。

・短歌の批評

仕事をしながら、私は短歌の批評について考えるところがあった。いま歌会や雑誌の上で行われている短歌の批評はどのようにして形成されてきたか。このたびの仕事の中で近代短歌の批評用語や批評方法の成立についての資料を少しでも明らかにしたいと願った。

ところで、大正十五年七月、「短歌雑誌」の特集「短歌は滅亡せざるか」で釈迢空は「歌の円寂する時」を書き「短歌はすでに滅びかけている」として三つの証拠をあげた。その一つに歌壇に真の意味の批評が出ないことを挙げている。いま歌壇で行なわれている批評は真の批評ではない。「分解的な微に入り、細に入り、作者の内的な動揺を洞察——時としては邪推さへして」いるような批評は「およしなさい」と言うのだ。ところで本書で私が拾ってきた批評は、長塚節にせよ、島木赤彦にせよ、古泉千樫にせよ、当の釈迢空にせよ、迢空に言わせれば「およしなさい」の範疇に入るものが多くを占めている。

が、私は迢空とは少し違う考えをもつ。真の意味の批評がない、という批判は正しい。が微細な点に及ぶ批評を全否定してはならないと思う。私は表現の機微に触れている批評を主に選んだつもりである。

絵画の世界には「メチエ」という言葉がある。つまり創作のために必要な技法や技巧をさす。作品をなすにあたって最小限のメチエは（少数の例外はあるが）学習や経験によって身につくものである。短歌の世界には、その必要最小限のメチエさえ学ばずに「短歌らしきもの」を活字にして恥じない人たちが多い。

私は、大正の十五年間に近代短歌の最小のメチエが成立したという仮説をもつ。そしてそのメチエは第二次大戦直後の、国の国語政策の誤りによって年とともに崩壊を続けている、という仮説をもつ。

大正期のそれは「アララギ」では写生であり、空穂は空穂の、白秋は白秋の、牧水は牧水の、それぞれ自らの技法を弟子に伝えてきたはずだ。茂吉と哀果が大正三年前後に「歌壇警語」などで交わした論争は、メチエを超えて真の批評を生むための論争であったと私は見る。また空穂や白秋や迢空がいったん発表した自作を、歌集編集に当たって執拗に手に入れ、再構成しているのも「真の批評」に堪える作品を生むための努力にほかならない、と思っている。

迢空のいう「真の批評」はそれらの上に立ってはじめて生まれるものであり、それが大正期に十五年経ってもついに現われなかったという嘆きなのである。その指摘は半ば正しく、半ば正しくない。大正末期、最小限のメチエとしての「写生」を「アララギ」の何人かの人は身につけていた。だからこそ関東大震災に際して、高田浪吉、藤沢古実、築地藤子らは迫真的な作品を生み出し得たのだ。同じく自然主義文学の波をかぶり、描写への意識を強くもっていたからこそ、窪田空穂も土岐善麿もあれだけの震災詠を生み出し得た。これはのちの太平洋戦争中の戦場詠や空襲詠についても言い得ることで、写生または写実という方法は、国民的な大変事における人間感情を見事に形象化し得たのである。技術批評を軽視してはならない。

・短歌を生み出す「場」

大正の歌壇は「アララギ」の勢力拡張の季節であり、またそれに対抗する雑誌として十二年になって「日光」が生まれた。そのほかには明治二十九年以来の「心の花」は健在を誇り、大正五年に生まれた「潮音」も着実な歩みを続けた。が窪田空穂や北原白秋、前田夕暮、若山牧水らは、自分自身の発表機関としては安定した場を持たずに幾変転を重ねた。文学藝術の世界では作者の離合集散は常識で驚くには当たらない。むしろ一つの組織が何十年と継続するほうが奇異な現象というべきかも知れない。

短歌における結社については、最近大野道夫によって理論的な分析や研究が進んでいるが、大正期結社の特徴として言いたいのは、言い古されたことではあるが、その封建性である。師弟関係の拘束のきびしさは現在とは比較にならない。とくに「アララギ」では会員の結婚や就職にまで島木赤彦や平福百穂ら幹部が干渉し、それが十分に通用していた。原阿佐緒、三ケ島葭子、杉浦翠子、石原純、藤沢古実などは多かれ少なかれ結社の封建性による被害者である。同様の例は他の結社にもなかったとは言えない。

他方、松倉米吉や山口好のような労働者歌人や前記女流歌人たちを十分に育てられなかったこと、石原純のような口語志向の歌人を居心地悪くさせたこと、これらは赤彦個人の短歌観の狭さや人間的資質をいうよりも、組織としての問題であろう。文学とは違う無形の拘束感が大正期の結社には結びついていたのではないか。

また短歌結社ではないが「新しい女」の集団であるはずの「青鞜」までが、非文学的なトラブル頻発のため、大正五年に惨めな廃刊を余儀なくされている。雑誌の破綻は多くは経営上の問題だが、これに思想的な弾圧が加わる場合も少なくなかった。結社は短歌の創作のためには学習や人間形成、相互連帯などのための有効な育成機関ではあるが、時には前述のように、有望な新人や女流に圧力をかける桎梏《しっこく》の役割をも果たしていたと言える。

短歌を生み出す「場」として、大正期には結社以外に商業出版社による雑誌やシリーズ企画が華やかに登場した。西村陽吉の東雲堂書店、北原白秋の弟鉄雄の阿蘭陀書房・ARS、山本実彦の改造社などである。前二社は明治期から活動していたが、大正になって一層積極的になった。営利を目的としない結社雑誌と営利を条件とする商業雑誌との両者によって短歌発表の場は保たれてきた。商業出版社による広告は、短歌の存在感を世に訴える上で大きな力を発揮した。

また直接短歌雑誌の発行はしないが、発売元となって協力したり、歌集など短歌関係書籍を積極的に発行して短歌界を応援した出版社の存在を無視してはならない。「アララギ」や「潮音」の発売元となった岩波書店をはじめ、春陽堂、紅玉堂、古今書院らの名も逸することはできない。歌集や歌書は(ごく一部を除いて)、おおよそ大部数の出るものではない。商業的に採算がとれるものはごく僅かである。したがってこれらの出版社は、営利目的というよりも歌人や研究者との人間的つながりに発するものが多く、文化的使命感とともになかば義侠心によるものもないとは言えない。

しかし何はともあれ短歌の世界は明治から大正、昭和、平成と現在まで続いてきた。この大正期、一般的にみて、文藝に、短歌に好意をもつ東雲堂書店、ARS、改造社など各出版社やその社主、編集者の見識が歌壇を支えてきた事実は疑いない。こういう短歌発表の場、それはなかば世俗の分野に属するものではあるが、短歌の歴史の上でもっと系統的に、掘り下げて考える必要があるのではないか。

・人間と歌、また思想

大正といえば「大正デモクラシー」と、鸚鵡返しに言われる。その大正デモクラシーは短歌の上にどの程度生きたであろうか。

大正二年、土岐哀果によって創刊された「生活と藝術」はまさにデモクラシーの名に値する思想性をもつ革新的な雑誌であった。が、官憲の圧迫に堪えられず哀果は五年六月に投げ出してしまう。支持者の西村陽吉には哀果に替わってこの雑誌を継承する力はない。惜しむべき廃刊であった。その後口語歌運動や、萌芽を見せはじめたプロレタリヤ短歌運動はあるが、「生活と藝術」ほどの存在には至らなかった。

また北原白秋が次々に試みる新雑誌は、たしかに一つ一つ目をみはるものがあったが、直接デモクラシーとは関わらない。だが白秋の関係した大正七年の「赤い鳥」と十四年の「詩と音楽」は短歌に新しい可能性を見出だした。詩と音楽とを結びつける才能は、短歌の世界では白秋をおいて他にはいない。童謡や民謡、歌曲への展開は、黙読をもって唯一の享受手段とする近代短歌の狭さに警告を発し、聴覚による享受の可能性を示唆するものであった。大正期が生んだ試みとしてこの両誌はもっと顧みられるべきである。

明治末年にスタートを切った「青鞜」はもっとも大正デモクラシーにふさわしいカラーをもつ。が、散文はともかく、韻文つまり短歌の面では一向に新しくない。与謝野晶子や岡本かの子もいたし、斎賀琴子、原阿佐緒、三ケ島葭子らの才女が出て、あれだけ多くの短歌を誌上に掲げながら、個々の才を競うばかりに終始した。悲恋や悲運を嘆く歌はあってもそれを思想に深めるほどの歌はごく少ない。阿佐緒や葭子の作品の時代的意義はあるが、作者の自覚という点では影が薄い。

大正期の歌壇は、デモクラシーを消化し、形象化するほどの作品を遂に生み出し得なかった。というよりもむしろ、短歌にあっては思想と作品とは直ちには結びつかない、という暗示が得られたというべきか。後のことになるが、昭和の新興短歌運動の推移や戦時中の思想統制による無惨な作品群がその事実を裏書きしている。

直接デモクラシーと関わりはないが、短歌の作品的成熟という点から言えば、大正前半では斎藤茂吉の『あらたま』、北原白秋の『雀の卵』がめざましい輝きを放っている。そして大正後半では窪田空穂と若山牧水がもっとも重厚な存在感をもつ。空穂の『鏡葉』、牧水の『山桜の歌』はそれぞれの作品歴の上で画期を示すものであり、人間的充実が感じられる歌集である。ともに大正末年の刊行であることは注意されてよい。この他、前田夕暮や中村憲吉、釈迢空らの仕事もこの時期を代表する歌人として記しとどめておきたい。

最後に、大正十五年に世を去った島木赤彦の最終歌集『柿蔭集』は、大正期の終わりを告げる清澄かつ荘重な響きをもつ。たしかに赤彦とともに一つの時代が過ぎたのである。が、次にくる昭和の歌壇は、果たして大正期の遺産を正当に継承あるいは克服したであろうか。それを問うのは本稿の埒外とし、ここで一応の結びとする。

なお、本稿は「槻の木」に断続的に書きついで来たものをベースとし、その後大幅に加筆したり、新稿を補ったりしたものである。年表は、自らの心覚えとしての控をもとに諸資料から適宜項目を補った。不備は多いがご叱正を得て改めたい。

	明治45・大正元（1912）年	
歌壇（新聞雑誌掲載歌）	斎藤茂吉「木の実」アララギ1 斎藤茂吉「女中おくに」アララギ4 斎藤茂吉「赤光」アララギ2 北原白秋「哀傷篇」朱欒9 土岐哀果「無言」早稲田文学9 茅野雅子「きさらぎ」青鞜3 三ケ島葭子「わが身」青鞜7 伊藤左千夫「ほろびの光」アララギ11 木下利玄「夏の木」白樺9 柳原白蓮「幻の華」心の花8	与謝野晶子「三輪の神」朱欒1 佐佐木信綱「青琅玕」心の花1 尾上柴舟「姉」詩歌1 斎藤茂吉「葬り火」詩歌1 北原白秋「哀傷篇拾遺」朱欒1
歌壇（歌集歌書）	与謝野晶子『青海波』1 土岐哀果『黄昏に』2 窪田空穂『空穂歌集』4 石川啄木『悲しき玩具』6 前田夕暮『陰影』9 若山牧水『死か藝術か』9 佐佐木信綱『新月』11 岡本かの子『かろきねたみ』12 アララギで左千夫と新人層が対立 死去　石川啄木4 出生　宮柊二8	『日記の端より』尾上柴舟1 『桐の花』北原白秋1 『旅愁』内藤鋠策4 『涙痕』原阿佐緒5 『春かへる日に』松村英一5
文壇・社会	明治天皇没、大正と改元。 乃木大将夫妻殉死8 森鷗外「かのやうに」中央公論1 夏目漱石「彼岸過迄」朝日新聞1〜 谷崎潤一郎「悪魔」中央公論2 石川啄木「我等の一団と彼」読売新聞7〜 志賀直哉「大津順吉」中央公論9 森鷗外「興津弥五右衛門の遺書」中央公論10 武者小路実篤「世間知らず」11	文藝協会解散、藝術座結成7 森鷗外「阿部一族」中央公論1 志賀直哉「清兵衛と瓢箪」読売新聞1 徳田秋声「ただれ」国民新聞3〜

大正２（1913）年

伊藤左千夫「小天地」アララギ2
北原白秋「落日哀歌」朱欒4
若山牧水「死んだこころの歌」朱欒5
島木赤彦「病院」アララギ9
斎藤茂吉「死にたまふ母」アララギ9
斎藤茂吉「悲報来」アララギ9
斎藤茂吉「七月二十三日」生活と藝術9
斎藤茂吉「おひろ」詩歌9
原阿佐緒「かなしきたはむれ」詩歌10
創刊　創作（復刊）3　生活と藝術9
　抒情詩9
休刊・廃刊　スバル11

『啄木遺稿』土岐哀果編5
『馬鈴薯の花』久保田柿人・憲吉7
『不平なく』土岐哀果7
『みなかみ』若山牧水9
『佇みて』土岐哀果11
死去　伊藤左千夫7
出生　近藤芳美5　高安国世6
　二宮冬鳥10

田村俊子「木乃伊の口紅」中央公論4
中勘助「銀の匙」東京朝日新聞4～
北原白秋『東京景物詩他』7
三木露風『白き手の猟人』9
中里介山「大菩薩峠」都新聞9～
平出修「逆徒」太陽9
岩波書店創業8

大正３（1914）年

斎藤茂吉「一本道」詩歌1
北原白秋「地面と野菜」アララギ1
島木赤彦「諏訪湖」アララギ2
窪田空穂「郷里」早稲田文学3
土岐哀果「身辺近時」早稲田文学3
石榑千亦「潮の岬」心の花5
芥川龍之介「紫鵜絨」心の花5
佐佐木信綱「輓歌十二章」心の花5

『夏より秋へ』与謝野晶子1
『秋風の歌』若山牧水4
『銀』木下利玄5
『はつ夏』矢沢孝子5
『生くる日に』前田夕暮9
『白き路』尾上柴舟10
『落日』和田山蘭12

東北地方凶作、シーメンス事件
第一次世界大戦勃発7、対独宣戦布告8
上司小剣「鱧の皮」ホトトギス1
森鷗外「大塩平八郎」中央公論1
阿部次郎「三太郎の日記」我等1
高村光太郎「道程」美の廃墟3

長塚節「鍼の如く」アララギ6・7
斎藤茂吉「折にふれて」アララギ7
前田夕暮「向日葵畠」詩歌8
矢代東村「街上夜行」詩歌11
創刊　水甕4　国民文学5　異端6
　地上巡礼9
休刊　創作10

死去　平出修3
出生　大野誠夫3　前田透9
　山崎方代11

夏目漱石「こころ」東京朝日4～
島崎藤村「桜の実の熟する時」
　文章世界5～
永井荷風「日和下駄」三田文学8～
北原白秋「白金の独楽」地上巡礼11
「少年倶楽部」創刊11

大正4（1915）年

新井洸「二荒嶺」心の花1
大熊信行「東京の冬」生活と藝術1
北原白秋「城ケ島」地上巡礼1
斎藤茂吉「冬日雑詠」アララギ1
島木赤彦「深海松」アララギ1
長塚節「鍼のごとく」アララギ1
矢代東村「反国家の心」詩歌2
矢沢孝子「妬み」青鞜2
若山喜志子「海のほとり」潮音7
北原白秋「雲母抄」ＡＲＳ7
吉井勇「湘南秘抄」三田文学9
前田夕暮「赤城の歌」詩歌9
岡本かの子「化粧づかれ」早稲田文学9

『潮鳴』石榑千亦1
『子規遺稿』高浜虚子編2
『桜草』与謝野晶子3
『踏絵』柳原白蓮3
『明る妙』尾山篤二郎3
『切火』島木赤彦3
『街上不平』土岐哀果3
『行人行歌』若山牧水4
『濁れる川』窪田空穂5
『片々』今井邦子6
『鴉と雨』与謝野寛8
『雲母集』北原白秋8
『春の叛逆』岩谷莫哀8

大正天皇即位11
中国へ二十一ケ条要求1
森鷗外「山椒大夫」中央公論1
高浜虚子「柿二つ」東京朝日1
徳田秋声「あらくれ」読売1
谷崎潤一郎「お艶殺し」中央公論1
武者小路実篤「その妹」白樺3
夏目漱石「道草」東京朝日6
有島武郎「宣言」白樺6
芥川龍之介「羅生門」帝国文学11

	大正5（1916）年
三ケ島葭子「真暗にありて」青鞜10 原阿佐緒「病床相思吟」青鞜11 創刊　潮騒1　ARS4　アカツキ5　潮音7 休刊廃刊　地上巡礼3　ARS10	斎藤茂吉「山腹」アララギ1 島木赤彦「露仏」アララギ1 若山牧水「朝の歌」文章1 石原純「シベリヤの歌」アララギ1 古泉千樫「雨降る」アララギ3 植松寿樹「悼須田実」国民文学6 北原白秋「閻魔の咳」三田文学9 窪田空穂「亡児を嘆く」国民文学9 釈迢空「大晦日」アララギ9 前田夕暮「草木と人」詩歌10 木下利玄「伯耆の大山」白樺11 結城哀草果「囲炉裏」アララギ12
『沙羅の木』森鷗外9 『砂丘』若山牧水11 『作者別万葉短歌全集』土岐哀果11 『和歌史の研究』佐佐木信綱12 『無花果』若山喜志子12 死去　長塚節2 出生　加藤克巳6　清水房雄8	『朱葉集』与謝野晶子1 『翡翠』片山広子3 『短歌私鈔』斎藤茂吉4 『東京紅燈集』吉井勇5 『舞ごろも』与謝野晶子5 『光を慕ひつつ』今井邦子6 『朝の歌』若山牧水6 『都市居住者』西村陽吉7 『唱名』中西赤吉9 『雑音の中』土岐哀果9 『口訳万葉集上』折口信夫9
「講談雑誌」創刊4	タゴール来日6 日蔭茶屋事件11 森鷗外「高瀬舟」中公1 芥川龍之介「鼻」新思潮2 『碧梧桐句集』2 夏目漱石「明暗」東京朝日6 永井荷風「腕くらべ」文明8 中條百合子「貧しき人々の群」9 倉田百三「出家とその弟子」生命の川12

創刊　烟草の花11
休刊廃刊　生活と藝術6　青鞜2

『鳥声集』窪田空穂10
『林泉集』中村憲吉11
『白木槿』原阿佐緒11
死去　海上胤平3　上田敏7
夏目漱石12
出生　千代國一1　石黒清介3
森岡貞香3

吉野作造「憲政の本義を説いて其有終の美を済すの途を論ず」中央公論1
河上肇「貧乏物語」大阪朝日9～
「婦人公論」創刊1
「新思潮」第四次創刊

大正6（1917）年

小田観蛍「北地雪の譜」潮音1
島木赤彦「病床」アララギ1
太田水穂「奈良井川の岸に立ちて」潮音2
斎藤茂吉「寒土集」文章世界4
太田水穂「真榊の葉」潮音5
釈迢空「いろものせき」アララギ6
島木赤彦「亀原の家」アララギ7
木下利玄「波浪」心の花8
北原白秋「雀の閑居」三田文学3
柳原白蓮「筑紫より」心の花7
窪田空穂「蛍」短歌雑誌10
与謝野晶子「火中真珠」三田文学11

『平出修遺稿』寛編1
『金紗集』茅野雅子1
『続短歌私鈔』斎藤茂吉4
『寒紅集』杉浦翠子5
『口訳万葉集中・下』折口信夫5
『長塚節歌集』（古泉千樫編）6
『白梅集』若山牧水・喜志子8
『日没』米田雄郎9

ロシヤ革命2　ソビエト連邦成立11
谷崎潤一郎「人魚の嘆き」中央公論1
菊池寛「父帰る」新思潮1
萩原朔太郎『月に吠える』2
有島武郎「カインの末裔」新小説7
広津和郎「神経病時代」中央公論11
志賀直哉「和解」黒潮10

	大正７（1918）年	
創刊　珊瑚礁3　曼陀羅9　短歌雑誌10 復刊　創作2　抒情詩3 廃刊　曼陀羅12	若山牧水「渓百首」文章世界1 島木赤彦「木枯」早稲田文学1 中村憲吉「霧」アララギ2 釈迢空「夜道」ほかアララギ3 島木赤彦「写生道」アララギ3 若山牧水「夜の雨」文章世界4 若山喜志子「産みのつかれ」文章世界6 木下利玄「夏子に」心の花10 平福百穂「山の宿」アララギ10 尾山篤二郎「大和百首」文章世界10 土田耕平「折にふれて」アララギ11 創刊　秦皮11 復刊　ザムボア1 休刊　ザムボア9　詩歌10	木下利玄「出雲国加賀の潜戸」白樺1 片山広子「茶色の犬」心の花1 若山牧水「冬山水」短歌雑誌1
死去　篠原志都児7 出生　宮英子2　安田章生3 　小市巳代司4　田谷鋭12	『愛のなやみ』岡本かの子2 『良寛和尚詩歌集』相馬御風編2 『伎藝天』川田順3 『泉のほとり』窪田空穂4 『渓谷集』若山牧水5 『船大工』橋本徳寿6 『野を歩みて』尾山篤二郎6 『花袋歌集』田山花袋7 『さびしき樹木』若山牧水7 『緑の地平』土岐哀果11 『土を眺めて』窪田空穂12 死去　島村抱月11	『パンの笛』堀口大學1 『万葉集辞典』折口信夫1 『幻の華』柳原白蓮3
「主婦之友」創刊3	シベリヤ出兵8 米騒動起こる8 実篤、宮崎県に「新しき村」をつくる 葛西善蔵「子をつれて」早稲田文学3 永井荷風「おかめ笹」中央公論1 室生犀星『愛の詩集』1 有島武郎「小さき者へ」新潮1 芥川龍之介「地獄変」東京日日5 島崎藤村「新生」朝日新聞5～ 佐藤春夫「田園の憂鬱」中外9 菊池寛「忠直卿行状記」中央公論9 西條八十「かなりあ」赤い鳥11 「赤い鳥」創刊7	パリ講和会議1　普選運動盛ん、各地にストライキ起こる

大正8（1919）年	大正9（1920）年
釈迢空「日向の国」アララギ1・2 古泉千樫「鹿野山」アララギ3 窪田空穂「甲斐路」文章世界7 島木赤彦「逝く子」アララギ5 太田水穂「南信濃」潮音6 松倉米吉「わかれ」アララギ9 松倉米吉「病みて」アララギ11 高田浪吉「雨路」アララギ12 創刊　カラスキ3　自然5　覇王樹8 廃刊　珊瑚礁3	島木赤彦「帰国」アララギ1 石原純「国境」アララギ1 古泉千樫「北海道」アララギ1 木曾馬吉「むらぎも」アララギ3 斎藤茂吉「短歌に於ける写生の説」アララギ4〜 若山喜志子「雪割草」文章世界3 島木赤彦「氷湖」アララギ5
『街路樹』西村陽吉3 『紅玉』木下利玄7 『野づかさ』半田良平7 『火の鳥』与謝野晶子8 『童馬漫語』斎藤茂吉8 『空の色』尾上柴舟8 『隠り沼』小田観螢10 『宝石』生田蝶介11 死去　松井須磨子1　村山槐多2　松倉米吉11 出生　葛原妙子8　武川忠一10	『朴の葉』窪田空穂2 『松倉米吉歌集』6 『氷魚』島木赤彦6 『金鈴』九條武子6 『槐多の歌へる』村山槐多6 『左千夫全集』第一巻8
菊池寛「恩讐の彼方に」中央公論1 山本有三「津村教授」帝国文学2 宇野浩二「蔵の中」文章世界4 島田清次郎『地上』第一部　新潮社4〜 北原白秋「トンボの眼玉」10 木下杢太郎「食後の唄」アララギ12 創刊「我等」2「改造」4「解放」4「キネマ旬報」7「人間」11	財界不況　八幡製鉄スト2 国際連盟成立2 尼港事件3 第一回メーデー5 賀川豊彦「死線を越えて」改造1 岩野泡鳴「おせい」改造2 菊池寛「真珠夫人」大阪毎日6〜

	大正10（1921）年
原阿佐緒「山国の春」アララギ6 三ケ島葭子「みちのく」アララギ6 斎藤瀏「北蝦夷」心の花7 佐佐木信綱「亡き父をしのびて」心の花8 中村憲吉「搾酒場」アララギ9 窪田空穂「借家難」地上12 松村英一「妻病む」国民文学12 太田水穂「芭蕉翁入滅の図」潮音11 創刊　尺土　地上	若山牧水「山かげに住みて」新文学1 前田洋三「秩父の歌」新文学 窪田空穂「磐梯山」短歌雑誌2 松村英一「病院往来」国民文学2 古泉千樫「故郷」アララギ2 島木赤彦「蓼科山の湯」アララギ3 三ケ島葭子「雪の日」アララギ3 原阿佐緒「帰郷」アララギ3 北原白秋「紫陽花と蝶」潮音4 柳原白蓮「東京にありて」心の花4 九條武子「日記の中より」心の花4
死去　大口鯛二10　末松謙澄10 出生　安永蕗子2　塚本邦雄8 宮地伸一9	『さんげ』花田比露思1 『あらたま』斎藤茂吉1 『太陽と薔薇』与謝野晶子1 『地懐』橋田東声1 『吾木香』三ケ島葭子2 『くろ土』若山牧水3 『青水沫』窪田空穂3 『寂光』吉植庄亮4 『短歌立言』太田水穂4 『庭燎』植松寿樹8 『雀の卵』北原白秋8
「新青年」創刊1	大本教問題化（東京日日）5 石原純、東北大教授を辞職7 柳原白蓮離婚し上京10 大本教解散へ12 宇野千代「脂粉の顔」時事新報1 倉田百三『愛と認識との出発』3 武者小路実篤「或る男」改造7

大正11（1922）年

釈迢空「夜ごゑ」アララギ4
小泉藤三「父逝く」水甕5
北原白秋「かつしかの夏」国粋8
木下利玄「牡丹」白樺9
与謝野晶子「源氏物語礼讃」明星12
与謝野寛「石榴集」明星12

創刊　あけび10　明星（第二期）11
種蒔く人1

M・R（森鷗外）「奈良五十首」明星1
吉井勇「隠棲雑詠」明星2
萩原朔太郎「歌壇への公開状」短歌雑誌3
島木赤彦「木曾御岳」アララギ3
与謝野寛「涕涙行」明星8
与謝野晶子「うたかた」明星8
潮みどり「富士の歌」創作8
橋田東声「土用明け」短歌雑誌9
前川佐美雄「悲愁」心の花10
太田水穂「故郷」潮音11
四賀光子「月影」潮音11

『曼珠沙華』尾山篤二郎9
『死をみつめて』原阿佐緒10
『改選赤光』斎藤茂吉11
『真珠貝』中原綾子11
『曠野』斎藤瀏12

『山海経』川田順1
『常盤木』佐佐木信綱1
『青杉』土田耕平3
『光る波』中河与一3
『霙日』石原純5
『雲鳥』太田水穂5
『観相の秋』北原白秋8
『夕潮』小泉苳三8
『草の夢』与謝野晶子9
『現代口語歌選』青山霞村ほか11
死去　山県有朋2　森鷗外7

前田河広一郎「三等船客」中外8
三木露風「赤蜻蛉」樫の実8
山本有三「坂崎出羽守」新小説10

アインシュタイン来日11
プロレタリヤ文学隆盛

志賀直哉「暗夜行路」改造1
芥川龍之介「藪の中」新潮1
有島武郎「宣言一つ」改造1
平林初之輔「第四階級の文学」解放1
山川均「無産階級運動の方向転換」前衛8
谷崎潤一郎「お国と五平」新小説6
久米正雄「破船」主婦之友8
野上弥生子「海神丸」中央公論9

創刊　美穂2　ポトナム4　御形10
　橄欖11　詩と音楽9

蕨真10
出生　片山貞美3　中城ふみ子11
　吉野昌夫12

大正12（1923）年

北原白秋「弱太陽の崖」詩と音楽1
前田夕暮「天然更新の歌」短歌雑誌2
島木赤彦「〇」アララギ4
前田夕暮「天神村と荻窪村」詩と音楽4
北原白秋「初夏の印バ沼」詩と音楽7
古泉千樫「沼畔雑歌」詩と音楽8
吉植庄亮「踊」詩と音楽8
中村憲吉「比叡山」アララギ9
与謝野晶子「天変動く」10（講談社）
佐佐木信綱「大震劫火」心の花10
　坪内逍遥・九條武子・五島美代子・
　跡見花蹊（震災歌）心の花10
四賀光子「禍の日」潮音10
創刊　短歌2　香蘭3　真人7
　ひのくに7
復刊　自然9
廃刊　白樺9　詩と音楽10

『近世和歌史』佐佐木信綱1
『竹之里歌全歌集』千樫・茂吉編3
『不知火』山川京子4
『山桜の歌』若山牧水5
『水墨集』北原白秋6
『作者別万葉全集』土岐善麿編9
死去　有島武郎6　厨川白村9
　大杉栄9
出生　上田三四二7

有島武郎、軽井沢で情死6
関東大震災9　戒厳令
大杉栄・伊藤野枝ら虐殺される9
葛西善蔵「おせい」改造1
宇野浩二「子を貸し家」太陽4
正宗白鳥「生まざりしならば」
　中央公論4
山本有三「同志の人々」改造4
横光利一「蠅」文藝春秋5
滝井孝作「無限抱擁」改造6
室生犀星「日録」改造10
菊池寛「災後雑感」中央公論10
広津和郎「非難と弁護」時事新報11
「文藝春秋」創刊1
「少女倶楽部」創刊1

大正13（1924）年

岡麓・島木赤彦・平福百穂・藤沢古美・高田浪吉・築地藤子（震災歌）アララギ2
中村憲吉（震災歌）改造3
土岐善麿「地上百首」改造3
岡本かの子「桜」中央公論4
釈迢空「奥遠州」日光4
川田順「熊野歌」日光4
木下利玄「吉野山」日光4
三ケ島葭子「街かげ」日光7
原阿佐緒「帰省雑歌」日光7
北原白秋「山荘の立秋」日光8
前田夕暮「印旛沼の歌」日光9
窪田空穂「乗鞍岳」短歌雑誌5
釈迢空「島山」改造11
創刊　国歌1　日光4　文藝時代4
　文藝戦線6　吾妹7
復刊　明星6

『やますげ』、松村英一4
『流星の道』与謝野晶子5
『藤の実』四賀光子5
『歌道小見』島木赤彦5
『いしずゑ』角鷗東5
『緑の斜面』土岐善麿6
『子規全集』第一巻6
『しがらみ』中村憲吉7
『貧乏の歌』渡辺順三10
『太虚集』島木赤彦11
『短歌随見』窪田空穂11
『南京新唱』会津八一11
『一路』木下利玄12
死去　萩野由之2　戸川残花12
　山村暮鳥12
出生　岩田正4　大西民子5
　玉城徹5　岡野弘彦7

アメリカで排日法案可決
新感覚派の文学起こる
反アララギを標榜して雑誌「日光」創刊。築地小劇場開場6
志賀直哉「雨蛙」中央1
谷崎潤一郎「痴人の愛」大阪朝日3
牧野信一「父を売る子」新潮3
宮沢賢治『春と修羅』4
北原白秋「からたちの花」赤い鳥7
広津和郎「散文藝術の位置」新潮9
宮本百合子「伸子」改造9
宮沢賢治『注文の多い料理店』12

与謝野晶子「渋谷にて」改造1
四賀光子「霜枯」潮音1
太田水穂「信濃にて」潮音2

『仰望』岩谷莫哀1
『瑠璃光』与謝野晶子1
『ふゆくさ』土屋文明2

ラジオ放送開始3
治安維持法公布4
普通選挙法公布5

大正14（1925）年

若山牧水「沼津千本松原」創作2
木下利玄「夕靄」改造3
斎藤茂吉「この日ごろ」ア4
窪田空穂「槍ケ岳西の鎌尾根」短歌雑誌4
古泉千樫「稗の穂」改造5
若山喜志子「春とわが身と」創作6
北原白秋「明星ケ岳の焼山」日光6
斎藤茂吉「短歌一家言」中央6
土屋文明「或る友を懐ふ五首」ア8
藤沢古実「父を葬る」改造8
釈迢空「枇杷の花」日光9
斎藤茂吉「童馬山房雑歌」改造9

創刊　青杉1　藝術と自由5　くぐひ5
草の実6　白檮7

『泉のほとり』窪田空穂3
『朝の蛍』斎藤茂吉4
『草籠』尾山篤二郎4
『川のほとり』古泉千樫5
『立春』木下利玄5
『十年』島木赤彦5
『松の芽』中村憲吉5
『朝ぐもり』尾上柴舟
『浴身』岡本かの子5
『海やまのあひだ』釈迢空5
『林泉集』中村憲吉6
『人間往来』与謝野晶子9
『空を仰ぐ』土岐善麿10
『原生林』前田夕暮10
『万葉集の鑑賞と其批評』赤彦11
『野原の郭公』牧水12
『金子薫園全集』12
『李青集』利玄12
『槻の木』空穂12

死去　木下利玄2　服部躬治3

新感覚派隆盛
梶井基次郎「檸檬」青空1
志賀直哉「濠端の住ひ」不二1
川端康成「伊豆の踊子」文藝時代1
野口雨情「雨降りお月さん」
コドモノクニ3
北原白秋「ペチカ」子供の村5
細井和喜蔵『女工哀史』7
葉山嘉樹「淫売婦」文藝戦線11
改造社、短歌企画に熱意を示す
ARS、短歌全集を企画
「キング」創刊1
「家の光」創刊5

大正15（1926）年

北原白秋「トラピスト修道院の夏」日光1
島木赤彦「山房内外」改造1
島木赤彦「恙ありて」アララギ3・4
島木赤彦（遺作）アララギ5
斎藤茂吉「渾沌」改造3
斎藤茂吉「◯」アララギ4
釈迢空「赤彦の死」日光5
釈迢空「東京詠物集」日光6
平福百穂「島木赤彦君を憶ふ」アララギ6
大熊信行「五月一日」日光6
石榑茂「転換期のアララギ」短歌雑誌7
久保田不二子「亡き人を憶ふ」アララギ11
北原白秋「良夜」日光11
釈迢空「山道」日光11
創刊　短歌革命1　あしかび1　槻の木2
　啄木研究4　詩歌時代5　蒼穹6

出生　山中智恵子5
　大町桂月6
『私燭』臼井大翼1
『鏡葉』窪田空穂3
『金槐集私鈔』斎藤茂吉4
『芭蕉俳諧の根本問題』太田水穂5
『御風歌集』相馬御風6
『ひこばえ』松田常憲6
『長塚節全集』6
『木下利玄全歌集』7
『柿蔭集』島木赤彦7
『庭苔』岡麓10
『作者別万葉以後』土岐善磨12
死去　石橋忍月2　島木赤彦3
出生　前登志夫1　春日真木子2
　山本かね子6　富小路禎子
　8　川島喜代詩10

労働争議頻発
円本時代始まる
横光利一「ナポレオンと田虫」文藝時代1
藤森成吉「何が彼女をさうさせたか」改造1
宮沢賢治「オッペルと象」月曜1
正宗白鳥「安土の春」中央公論2
片岡鉄兵「綱の上の少女」改造2
北原白秋「この道」赤い鳥8
横光利一「春は馬車に乗つて」女性8
島崎藤村「嵐」改造9
青野季吉「自然生長と目的意識」文藝戦線9
葉山嘉樹『海に生くる人々』11

＊参考文献は大正期各年の新聞雑誌はもとより、書籍も、『編年体　大正文学全集』はもとより「序にかえて」に掲げた三冊をはじめ、夥しい数に上る。よって一覧とするのは避け、最小限度を必要箇所に註記するにとどめた。註記するしないに関わらず、参照した多くの先学の業績に心から謝意を表します。

最後になりましたが、本書の上梓については、藤田三男氏をはじめゆまに書房の皆様に多大のお世話になりました。心から御礼申し上げます。

【ゆ】

【よ】

【わ】

【外国人名】

【か】

【き】

人名索引

来嶋靖生（きじま・やすお）
昭和６年（1931）旧満州大連市に生まれる。昭和26年早大短歌会と槻の木会に入り、都筑省吾に師事。平成９年から「槻の木」編集発行人。
・歌集『月』『笛』『雷』など九歌集。
・著書『森のふくろう・柳田国男の短歌』（河出書房新社）『窪田空穂以後』（短歌新聞社）『会津八一』（新潮社）『歌人の山』（作品社）『現代短歌の秋』（角川書店）など。
『現代短歌大事典』（三省堂）『昭和万葉集』（講談社）の編集に参画。『編年体 大正文学全集』（ゆまに書房）短歌欄担当。
・昭和60年、第13回日本歌人クラブ賞。平成８年、第32回短歌研究賞受賞。現代歌人協会常任理事。窪田空穂記念館運営委員。

大正歌壇史私稿

発行――二〇〇八年四月二十五日
著者――来嶋靖生
発行者――荒井秀夫
発行所――株式会社 ゆまに書房
東京都千代田区内神田二－七－六
郵便番号一〇一－〇〇四七
電話〇三－五二九六－〇四九一代表
振替〇〇一四〇－六－六三一六〇
印刷・製本――新灯印刷株式会社
落丁・乱丁はお取替いたします
定価はカバー・帯に表示してあります
©Kijima Yasuo 2008 Printed in Japan
ISBN978-4-8433-2831-6 C1092 ¥2500E

編年体 大正文学全集 全十五巻・別巻一

（各巻定価　六、六〇〇円＋税）
〈第一巻のみ特別定価　本体六、二〇〇円＋税〉

一年を一冊に。大正文学の全容を初めて集大成。待望のアンソロジー。

第一巻　大正元年〔編・解説〕中島国彦／第二巻　大正二年〔編・解説〕竹盛天雄／第三巻　大正三年〔編・解説〕池内輝雄／第四巻　大正四年〔編・解説〕十川信介／第五巻　大正五年〔編・解説〕海老井英次／第六巻　大正六年〔編・解説〕藤井淑禎／第七巻　大正七年〔編・解説〕紅野敏郎／第八巻　大正八年〔編・解説〕紅野謙介／第九巻　大正九年〔編・解説〕松村友視／第十巻　大正十年〔編・解説〕東郷克美／第十一巻　大正十一年〔編・解説〕日高昭二／第十二巻　大正十二年〔編・解説〕曾根博義／第十三巻　大正十三年〔編・解説〕亀井秀雄／第十四巻　大正十四年〔編・解説〕安藤宏／第十五巻大正十五年〔編・解説〕鈴木貞美／別巻　大正文学年表・年鑑〔編・解説〕宗像和重・山本芳明
〔通巻担当〕（近代詩）阿毛久芳・（短歌）来嶋靖生・（俳句）平井照敏・（児童文学）砂田弘

文藝時評大系 全七十三巻・別巻五

わが国独自の文学批評のスタイル、「文藝時評」の全容を初めて集大成。

＊明治篇　全十五巻・別巻一〈索引・総目次・解説〉〔編〕中島国彦（揃定価　二八八、〇〇〇円＋税）
＊大正篇　全十四巻・別巻一〈索引・総目次・解説〉〔編〕宗像和重（揃定価　三〇〇、〇〇〇円＋税）
＊昭和篇Ⅰ　全十九巻・別巻一〈索引・総目次・解説〉〔編〕池内輝雄（揃定価　四〇〇、〇〇〇円＋税）
昭和篇Ⅱ　全十三巻・別巻一〈索引・総目次・解説〉〔編〕曾根博義（揃定価　二八〇、〇〇〇円＋税）
昭和篇Ⅲ　全十二巻・別巻一〈索引・総目次・解説〉〔編〕曾根博義（揃定価　二六〇、〇〇〇円＋税）

＊＝既刊